지은이 **레몽 크노** Raymond Quenea[illegible]

초현실주의자, 언어학자, 지[illegible]학자, 영화인, 번역가, 소[illegible]노는, 문학실험과[illegible] 독보적인 창작세계를 폭[illegible]다. 1903년 르아브르에서 태어나 소[illegible] 공부했다. 알렉상드르 코제브의 헤겔 강의를 들[illegible] 그 문하생으로 있던 바타유, 메를로퐁티, 레리스 등과 오랫동안 가까이했고, 나중에 코제브의 헤겔 강의를 편집해 출간하기도 했다. 일찍이 초현실주의운동에 가담했다가 스탈린을 지지하는 초현실주의자들에게 의문을 품기 시작해 결정적으로 앙드레 브르통과 사이가 멀어지며 1929년 결별했다. 이후 철학과 수학, 정신분석을 통한 자아의 긴 탐색 끝에 첫 소설 『잡초』(1933)를 발표해, 애호가들의 열렬한 지지로 제1회 되마고상을 받으며 데뷔했다. 평생 1000편에 가까운 시와 15편의 소설, 그 밖에도 여러 분야에서 수많은 글과 영상 작업을 남겼다. 25년간 갈리마르출판사의 도서검토위원과 사무국장을 거쳐 '플레이아드총서' 발행을 총괄했고, 전후에는 콜레주드파타피지크그룹, 프랑스수학협회, 아카데미공쿠르, 유머학회, 공상과학애호가서클, 울리포 등 다방면으로 연대하며 끊임없이 지적 실험을 펼쳐나갔다.

언어실험의 극단적 예를 보여주는 그의 작품들은 문학사에서 유례없는 작품들로 이름을 남겼는데, 일례로 바흐의 푸가에서 영감받아 동일한 일화를 99가지 문체로 변주해낸 『문체연습』(1947), 단 10편의 소네트만으로 시 100조 편의 제작 가능성을 제시한 시집 『시 100조 편』(1961) 등은 오늘날 기념비적인 작품으로 꼽힌다. 이외에 대중적으로 크게 성공해 루이 말이 영화화하기도 한 『지하철 소녀 쟈지』(1959), 중국의 호접지몽 우화를 특유의 언어실험으로 버무려내어 만년의 대가다운 면모를 보여준 『연푸른 꽃』(1965) 등을 비롯해 『오딜』(1937), 『진흙의 아이들』(1938), 『내 친구 피에로』(1942), 『살리 마라의 내면일기』(1950), 『인생의 일요일』(1952), 『이카로스의 비상』(1968) 등의 소설과 『떡갈나무와 개』(1937), 『운명의 순간』(1946), 『만돌린을 연주하는 개』(1965) 등의 시집, 『선, 숫자, 그리고 글자』(1950) 등의 비평에세이를 출간했다. 오늘날 그의 작품들은 문학 속 언어의 지리적 풍경을 완전히 뒤바꿔놓음으로써 독자로 하여금 새로운 문학언어에 대한 상상력을 증폭시킨다.

연푸른 꽃

LES FLEURS BLEUES
by Raymond Queneau

이 도서의 국립중앙도서관 출판예정도서목록(CIP)은 서지정보유통지원시스템 홈페이지
(http://seoji.nl.go.kr)와 국가자료공동목록시스템(http://www.nl.go.kr/kolisnet)에서
이용하실 수 있습니다. (CIP제어번호: CIP2019009374)

LES FLEURS BLEUES

레몽 크노

연푸른 꽃

RAYMOND QUENEAU

정혜용 옮김

인문 서가에 꽂힌 작가들

문학동네

ὄνχρ ἀντὶ ὀνείρχτος.*

플라톤

* “자네 꿈 대신 내 꿈을 들어보게”: 플라톤, 『테아이테토스』, 201e.

일러두기

1. 이 책은 아래의 원서를 완역한 것이다.
   Raymond Queneau, *Les fleurs bleues*, Gallimard, 2010.
2. 본문 주는 모두 옮긴이 주다.
3. 원서에서 이탤릭체로 강조한 곳은 고딕체로 표시했다.
4. 단행본이나 잡지는 『 』로, 논문은 「 」로, 노래·그림·공연 등은 〈 〉로 표시했다.

차례

I

일천이백육십사년 구월 이십오일 동틀 무렵, 오주 공작은 역사적 정황을 살짝 찔끔 살펴보고저, 성의 망루 꼭대기에 모습을 드러냈다. 정황은 모호한 편이었다. 여전히, 과거의 잔재가 이곳저곳에 뒤죽박죽 굴러다녔다. 근처 실개천변에 훈훈 훈족 두 명이 야영중이었다. 거기에서 그다지 멀지 않은 곳에 골골 골족 한 명이, 어쩌면 아이두이족일지도 모르는데, 흐르는 차가운 물에 대담하게 발을 담그고 있었다. 저멀리 지평선에는 대역사로 피로에 절은 로마인들과 코린토스의 힘센 사라센인들, 옛 프랑크인들, 알딸딸 알라니인들의 풀어진 윤곽이 드러났다. 노르만족 몇몇은 노르스름 칼바를 마시고 있었다.

오주 공작은 한숨을 내쉬긴 했으나, 어쨌든 계속해서 이 닳아빠진 모습들을 주의깊게 관찰했다.

훈훈 훈족들은 타르타르스테이크를 요리하고, 골루아인은 골로가 지탄 담배를 피워대고, 로마인들은 그리스풍 번개무늬를 새겨넣고, 힘센 사라센인들은 빡세게 귀리를 베어내고,

옛 프랑크족은 사라진 프랑화를 찾아대고, 알딸딸 알라니인들은 오인오색의 오세트족을 바라보고 있었다. 노르만인들은 노르스름 칼바를 마셔댔다.

"너무 과한 역사로세." 오주 공작이 오주 공작에게 말했다. "싱거운 말장난 조금과 시대고증오류 조금에 담아내기엔 너무 과한 역사로세. 내 이를 민망하다 여기노라. 한데 이로부터 결코 헤어날 수는 없단 말인가?"*

완전히 정신이 팔려버린 오주 공작은 박살나기를 거부하는 이 잔당들을 몇 시간이고 계속 감시하다가, 망보던 자리를 떠나 성의 아래층으로 내려가는 길에 아무런 외면적 이유 없이 누구라도 두들기고 싶은 기분을 마음껏 발산했다.

마누라는 두들기지 않았는데, 이미 작고한 몸이니까. 하지만 세 명에 달하는 딸들은 두들겼다. 그는 남녀를 가리지 않고 하인들을, 양탄자를, 아직도 달아 있는 쇠를, 돌다리를, 봉창을 두들기다, 어느덧 하릴없이 자신의 뱃구레를 두들기게 되었다. 그러자 곧, 짧은 여행을 해야겠다는 결심이 섰고, 조촐하게 시종 무스카요만 대동하고 수도에 다녀오기로 했다.

그는 의장마들 가운데 페르슈산産 애마를 골랐다. 아가리에 재갈을 물려놔도 주절거렸기에, 데모스테네스라고 명명한 말이었다.†

* 훈족, 골족, 아이두이족, 사라센인, 알라니인, 노르만족, 프랑크족, 오세트족 등은 모두 고대 프랑스의 역사에서 갈리아지역에 등장했던 민족들이다. 크노는 싱거운 말장난에 실어 이들을 뒤죽박죽 나열함으로써, 오주 공작의 표현을 빌리자면, '시대고증오류'를 홍겹게 저지른다.

† 데모스테네스(BC 384~BC 322)는 아테네의 정치가이자 웅변가로서, 젊은 날 부정확한 발음을 고치고자 입에 재갈을 물고 말하는 훈련을 했다고 전해진다.

"아! 나의 충직한 데모여." 오주 공작이 징징거리는 목소리로 말했다. "나는 아주 서글프고 몹시 말랑꼴리하단다."

"계속 그 문젠가요? 역사?" 스테네스가 물었다.

"역사가 내 안의 즐거움을 싸그리 말려버리누나." 공작이 답했다.

"기운내세요, 나리! 기운내세요! 안장 위에 오르셔서 바람이라도 쐬는 게 어떨지요?"

"안 그래도 그러려고 했어. 아니, 그 이상이지."

"대체 무슨 말씀?"

"며칠간 돌아다니는 거지."

"정말 몹시도 기쁘군요. 나리, 어디로 모실까요?"

"멀리! 저멀리로! 이곳 진창, 우리의 꽃들로 이뤄졌도다."*

"……연푸른색이죠. 저도 알아요. 그런데요?"

"골라봐."

오주 공작이 스테네스의 등에 올라타며 말하자 애마는 다음의 제안을 해왔다.

"노트르담성당 건축이 어느 정도 됐는지 보러 가는 건 어떨까요?"

"뭐라고!" 공작이 소리를 내질렀다. "아직도 끝이 안 났단 말인가?"

"바로 그게 우리가 알게 될 사실이죠."

"그렇게 질질 끌다가는 마호메트사원을 짓고 말겠네."

* 보들레르의 『악의 꽃』 「우울과 이상」 중 '모에스타 에트 에라분다' 3연에 나오는 시구 "멀리! 저멀리로! 이곳 진창, 우리의 눈물로 이루어졌네"의 변주.

"부다사원은 왜 아니겠어요? 공자서원은? 노자도관은? 그렇게 울적한 표정 짓지 마세요, 나리! 길을 떠납시다! 가는 김에, 루이라는 이름을 아홉번째로 갖다쓴 그 성스러운 왕에게 우리의 봉건적 경의를 표하자고요."

주인의 대답이 떨어지거나 말거나 스테네스는 따가닥따가닥 도개교로 향했고, 다리가 마침하게 내려왔다. 무스카요는 쇠사슬 토시를 낀 주먹 한 방이 아구창으로 날아들까봐 두려워 입도 벙끗 못하고 스테판 위에 올라타고 뒤따랐는데, 거의 말이 없는 말이라서 그런 이름으로 불렸다.* 공작이 씁쓸함을 되씹고 있었기에, 그리고 무스카요는 정략적 신중함을 고수하며 침묵을 지키고 있었기에, 스테네스만이 계속 즐겁게 재잘거리며 자신이 지나가는 모습을 바라보는 사람들에게, 그러니까 프랑스 교회파다운 표정의 켈트인들, 카이사르다운 표정의 로마인들, 센 척하는 표정의 사라센인들, 훈훈한 표정의 훈족들, 나르트†다운 표정의 알딸딸 알라이인들, 엉큼한 표정의 옛 프랑크인들에게 희롱의 말들을 툭툭 던졌다. 노르만인들은 노르스름 칼바주를 마시고 있었다.

평민들은 그들이 몹시도 경애하는 봉건군주에게 깊숙이 허리 굽혀 절을 올리면서도 무시무시한 위협의 말을 웅얼거렸는데, 그러면서도 그런 말이 소용없으리라는 것을 그들 역시

* 스테판은 프랑스의 상징주의 시인 말라르메의 이름이기도 하다. 말라르메는 백색의 종이를 앞에 두고 글쓰기의 고통으로 얼룩진 불면의 밤을 지새우곤 했지만, 일 년 내내 쓴 시가 사십 줄 미만일 정도로, '침묵의 시인'이었다.

† 스키타이계 언어를 사용하는 북北코카서스지방의 오세티아인 사이에는 영웅 나르트들의 활약을 담은 이야기가 아직까지 전해내려오고 있는데, 알라이인들은 이들을 자신들의 선조로 여긴다.

알고 있었기에, 수염을 길렀다면 그 말들이 그들의 수염이라는 울 밖으로 벗어나는 일은 없었다.

대로에 오르자 스테네스는 시원스럽게 나아갔고, 드디어 입을 다물었는데, 돌아다니는 사람들이 전혀 없어 더는 말상대를 발견하지 못해서였다. 그리고 자기 등에서 졸고 있는 모양인 기사를 귀찮게 하고 싶지도 않았다. 스테프와 무스카요도 그런 조심스러움을 함께 나눴기에 오주 공작은 급기야 잠에 빠져들고 말았다.

그는 늘 묶어두는 수송선을 집 삼아 대도시 근교에서 살았는데, 이름은 시드롤랭이었다. 그다지 신선하지 않은, 걸쭉한 마요네즈 범벅의 바다가재요리가 그의 앞에 놓였다. 호두 까는 도구로 바다짐승의 다리 껍질을 까며 시드롤랭이 시드롤랭에게 말했다.

“신통치 않아. 이거 모다 썩 신통치 않아. 라멜리가 요리 좀 하게 되는 일은 절대 없겠지.”

그가 말을 잇는데, 여전히 자신을 상대로 해서였다.

“그런데 말 위에 올라타고 대체 어딜 그리 가는 중이었을까? 더는 기억이 안 나네. 하긴, 그런 거지, 꿈이란 게. 내 삶을 통틀어 말이라곤 타본 적이 없으니. 내 삶을 통틀어 자전거도 타본 적이 없어. 꿈에서 자전거도 타본 적이 없는데, 말을 타다니. 뭔가 이유가 있을 텐데, 확실히. 이 바다가재는 정말이지 신통치 않군. 이 마요네즈는 한술 더 뜨고. 말 타는 거나 배워볼까? 숲에서 말이야. 아님 자전거라도?”

“그럼 면허증은 필요 없겠죠.” 옆에서 한마디한다.

“넘어가자, 넘어가.”

그러더니 치즈가 나온다.

돌덩이네.

이번엔 과일.

버러지들이 묵고 있네.

시드롤랭은 주둥아릴 훔치더니 웅얼거린다.

"이것도 잡쳤군."

"그렇다고 낮잠을 못 주무시는 것도 아니면서." 옆에서 말한다.

그는 대꾸하지 않는다. 갑판 위에서는 장의자가 주인을 기다리고 있다. 그가 얼굴을 손수건으로 덮자 어느 결에 그 눈앞에 수도의 성벽이 솟아나니, 수도까지의 여정이 얼마나 걸렸을지는 내 알 바 아니다.

"멋지구리." 스테네스가 외쳤다. "다 왔다."

오주 공작은 고약한 음식을 먹었다는 느낌과 함께 잠에서 깨어났다. 바로 이때, 출발할 때부터 한마디도 않고 있던 스테프가 발언을 해야 할 필요를 느끼고는 이렇게 말했다.

"정신적 젖줄이자 그 유명한 도시……"*

"조용히!" 스테네스가 말했다. "우리가 말하는 걸 사람들이 듣는다면 우리의 훌륭한 주인님이 주술 혐의를 받게 될 거야."

"부르르." 공작이 떨었다.

그의 시종도.

* alme et inclyte. 라틴어 어휘에 프랑스어 어미를 붙인 이 표현은 라블레의 『팡타그뤼엘』 6장에 등장하는 표현으로, 팡타그뤼엘을 만난 리모주 출신 학생이 수도 파리를 묘사하면서 한 말이다.

"부르르." 무스카요가 떨었다.

그러자 스테네스가 말은 어떤 방식으로 의사표현을 하는 것이 적합한지를 보여주려고 히잉거렸다.

오주 공작은 시렌토르트* 여인숙에서 내렸는데, 어느 날 지나가는 음유시인 한 명이 추천해줬던 곳이다.

"성, 이름, 신분?" 여인숙 주인 마르탱이 물었다.

"오주 공작이네." 오주 공작이 대답했다. "조아생이 내 이름. 내가 대동한 자는 앙푸아뉴 백작의 아들이자 나의 헌신적인 시종 무스카요. 내가 타는 말은 스테네스, 다른 한 마리는 스테프."

"거주지는요?"

"라르슈, 다리 근처의."

"모다 아조 믿음이 갑니다요." 마르탱이 말했다.

"무척 바라는 바야. 자네가 그 고약한 질문들로 내게 슬슬 엿질해대기 시작하는 참이니." 오주 공작이 말했다.

"영주님 절 용서하시길. 왕의 명령입니다요."

"내가 수도에 뭐하러 온 건지는 안 물을 텐가?"

"물어보나마나죠! 영주님께서는 그리스도교 세계를 탈탈 털어 가장 어여쁜 우리네 논다니들을 보러 온 거죠. 우리의 성스러운 왕께서는 질색하시지만요. 하지만 걔네들이야말로 담번 십자군원정의 재원 마련에 열성적으로 참여하고 있답니다."

"왕창 틀렸네, 주인장. 노트르담성당 공사가 어디만큼 갔나

* Sirène Torte. 주술 혐의를 두려워하는 일행이 가닿은 여인숙의 이름은 '괴상한 마녀'를 의미한다.

보러 온 걸세."

"남쪽 탑은 순조롭게 진행되고 있고, 이제 북쪽 탑과 두 탑을 연결하는 통로를 시작할 참입죠. 그리고 좀더 많은 빛이 들어오도록 윗부분을 다시 손보는 중이라네요."

"그만!" 공작이 호통을 쳤다. "자네가 몽땅 이야기해버리면 난 집에 돌아갈 수밖에 없을 터, 그건 내가 바라는 바가 전혀 아니네."

"그야 저도 그렇죠. 즉시 저녁을 대령하겠습니다."

공작은 실컷 먹더니 잠자리에 들었고, 걸탐스레 잠을 잤다.

두 명의 떠돌이가 강둑 위에서 그를 불러 깨웠을 때 그는 미처 오수에서 빠져나오지도 못한 상태였다. 시드롤랭은 손짓으로 그들에게 대답했지만, 그들이 언덕을 내려와 건널판자를 건너 수송선에 오른 걸 보니 그 언어를 알아듣지 못한 모양이었다. 수컷 야영족 한 명과 암컷 야영족 한 명이었다.

"에스퀴우즈 어스." 수컷 야영족이 말한다. "마 비 진트 로스트."

"시작이 끝내주는군." 시드롤랭이 대꾸한다.

"카피토? 에가ㄹㄹ리르테스…… 로스테스."

"길을 잃었다고. 거 안됐군."

"캄핑? 머ㄹ어? 론타노? 어스…… 스마ㄹㄹ리티……"

"잘 떠드네." 시드롤랭이 중얼거렸다. "그런데 토착유럽어인가? 아님 신新바벨어?"

"아, 아." 상대방이 생생한 만족감을 명백히 드러내며 말했다. "당신…… 에우로피언……?"

"쬐끔, 아 리틀, 운 포코." 시드롤랭이 대답했다. "고귀한 이방인들이여, 등짐 거기 내려놓고, 한잔하고 다시 출발해요."

"아, 아, 카피토. 한잔, 글라스."

얼굴이 환해진 고귀한 이방인은 등짐을 내려놓더니, 그 용도로 놓아둔 가구들은 거들떠보지도 않고서 유연하게 다리를 꼬면서 배 바닥에 엉덩이를 부렸다. 옆에 있던 처자도 똑같이 했다.

"일본인들인가?" 시드롤랭이 자그마한 목소리로 혼잣말을 했다. "머리카락이 금색인 걸 보면, 어쩌면 아이누족인지도 모르지."

그러더니 머슴애 쪽을 향해 말을 건다.

"아이누 아니신가?"

"아이? 노우. 난, 세상 모든 것의 친구."

"그렇군. 평화주의자?"

"야, 야볼! 근데 글라스는?"

"정신줄은 안 놓는군, 이 유로피언."

시드롤랭은 손뼉을 쳐서 불렀다.

"라멜리! 라멜리!"

모습이 드러났다.

"라멜리, 이 고귀한 이방인들에게 마실 것 좀."

"어떤 거요?"

"글쎄, 회향주 어때, 생수도 같이."

모습이 사라졌다.

시드롤랭은 떠돌이들 쪽으로 몸을 굽혔다.

"자, 내 어린 새들, 그러니까 에가ㄹㄹ리르테스라고?"

"땡전 한 푼 없어." 여자애가 말했다. "완전 거덜났어."

"혹시 프랑스인이신가, 벗이여?"

"아직은 아니. 난 캐나다 사람."

"그런데 한잔은?" 철퍼덕 앉아 있던 머슴애가 물었다. "슈넬! 한잔 쭉!"

"좀 성가신 녀석이구먼." 시드롤랭이 말했다.

"오, 나쁜 녀석은 아냐."

"물론 둘 다 야영객용 야영장으로 가는 중이고."

"찾는 중."

"얼추 다 왔는데. 강 따라 상류 쪽으로 오백 미터도 채 안 돼요."

"비 진트 아리바티? 우리 왔어?" 머슴애가 단번에 벌떡 일어서더니 소리쳤다. "쓰리 헌드레드 야즈? 안디아모! 가! 가!"

그는 다시 등짝에 짐을, 일 톤은 나감직한 짐을 졌다.

"회향주 기다리고 있잖아." 가시내가 꼼짝도 않고 말했다.

"웰, 웰."

그는 엄청난 무게의 적재물을 내려놓고, 바닥이 연꽃이라도 되는 양 아까처럼 아주 자연스럽게 바닥에 다시 앉았다.

시드롤랭은 가시내를 향해 미소짓고는 아첨하듯 말을 건넸다.

"훈련이 잘 되어 있군요."

"훈련? 무슨 말인지 몰라."

"그러니까 그래, 손짓 한 번, 눈짓 한 번에도 말을 듣는다는 소리지."

그녀는 어깨를 으쓱거렸다.

"그쪽은 대가리 안 쓰는 귀차니스트." 그녀가 말했다. "재는 자유로우니까 꼼짝 않는 거지 훈련되어 있어서 아냐. 훈련되어 있음 즉각 야영객용 야영장으로 가겠지. 자유로워서 머문 거라고."

"저런 작은 머리통에도 생각이란 게 들어 있군." 시드롤랭이 캐나다 여자애를, 특히 허벅지의 금빛 솜털과 신발 바닥을 주의깊게 바라보면서 중얼거렸다. "그러네, 생각이……"

그러고 있는데, 회향주와 생수가 나왔다. 다 같이 한잔 걸쳤다.

"어떻게 방랑중이신가?" 시드롤랭이 물었다. "두 발? 말? 자동차? 헬리콥터? 자전거? 오토바이?"

"스톱." 가시내가 대답했다.

"오토스톱?"

"물론 오토스톱."

"난, 가끔 오토택시로 다니는데. 덜 경제적이긴 해도."

"돈, 그런 건 개무시."

"그럽시다. 그런데 내 회향주는?"

"나쁘지 않네. 근데 난 순수한 물 더 좋아."

"이곳에선 절대 물이 순수하지 않지. 강이란 건 하수구고 수돗물엔 염소를 푼답니다."

"쟤가 그쪽을 위해 노랠 부르면 어떨까?"

"뭐하러?"

"감사드리려고."

"회향주에 대해서?"

"이렇게 맞아준 거에 대해서."

"친절도 하지. 고맙군."

가시내가 머슴애를 향해 몸을 돌리더니 말했다.

"노래해."

머슴애는 짐을 뒤져 아주 작은 사이즈의 밴조를 꺼내들자마자 현을 긁기 시작했다. 준비단계로 화음 몇 개를 넣은 뒤 입을 여니 이런 가사가 들렸다.

"난 좋아해, 팽폴도, 그 절벽도, 그 바위도, 그 오랜 용서도……"*

"저런 건 어디서 배웠대요?" 노래가 끝나고 거장의 솜씨를 치하하며 시드롤랭이 물었다.

"팽폴서, 당연히." 캐나다 가시내가 대답했다.

"나도 참 어리석지." 시드롤랭이 이마를 치며 말했다. "그 생각을 못했다니."

미니밴조가 다시 륙색 안으로 들어갔다. 머슴애가 다시 입식 자세를 취하더니 시드롤랭에게 손을 내밀었다.

"당케." 그가 말했다. "또봐, 어겐, 아리베데르치."

그러고는 가시내에게.

"슈넬! 갈거 오어 말거?"

가시내가 우아하게 일어서더니 후다닥 군장을 갖춘다.

"훈련이 잘 되어 있네." 시드롤랭이 자그마한 목소리로 말했다.

떠돌이가 항의했다.

"나인! 나인! 훌련 아냐. 자유로워. 시 이즈 자유로워. 안다

* 작곡자이자 가수로 활약한 테오도르 보트렐(Théodore Botrel, 1868~1925)의 작품 〈팽폴의 여인〉.

투 더 캠퍼스 비코즈 시 이즈 자유롭게. 고 투 더 캠퍼스."

"알아요, 안다고."

"안녕히." 이번에는 가시내가 시드롤랭에게 손을 내밀며 말했다. "다시금 고마워요. 시간 되면 어쩜 보러 올게요."

"그래요." 시드롤랭이 말했다.

그는 두 사람이 등짐을 잔뜩 지고 비탈을 오르는 모습을 지켜봤다.

"기운 꽤나 써야 하는 일일세." 그가 중얼거렸다.

"저들이 돌아올까요?" 라멜리가 물었다.

"아닐걸. 돌아오지 않을 거다, 절대. 난 저들을 데리고 뭘 했을까나? 저들이 떠났을까말까 한데, 벌써 저들에 대한 기억이 날똥말똥하군. 어쨌든 그들은 존재하고, 아마도 존재할 가치가 있겠지. 그들이 다시 돌아와 내 기억의 미로에서 헤매는 일은 없을 거야. 그건 하찮은 작은 사건이었다고. 하찮은 사건들인 양 전개되는 꿈들이 있지. 깨어 있는 삶에서는 그런 것들을 담아두지 않아. 하지만, 그것들이 앞다퉈 아침에 눈꺼풀의 문을 밀어댈 때 그것들을 포착하면 흥미롭지. 내가 꿈을 꿨던 걸까?"

라멜리가 그에게 가타부타 말할 필요는 없었다. 그녀는 그 장광설이 끝나기를 기다리지도 않았다.

시드롤랭은 식당에 걸린 벽시계를 들여다봤고, 떠돌이들의 에피소드가 그가 오수에 할애한 시간에서 아주 짤막한 막간극이었을 뿐이며 당연히 아직 몇 분 더 오수를 이어갈 수 있음을 확인하자, 적이 만족스러웠다. 그리하여 장의자 위에 몸을 길게 뻗고 다시 성공적으로 잠에 빠져들었다.

II

"내가 지금 뭘 보고 있는 거지!" 여느 때처럼 떡갈나무 아래 기대 앉아 정사政事를 벌이던 왕이 소리를 질렀다. "저기 다가오고 있는 이는 내가 진정 아끼는 오주가 아닌가?"

"바로 그 장본인입니다, 전하." 시골뜨기 귀족이 몸을 깊숙이 숙이면서 대답했다. "제 충심을 받아주십시오." 그가 한마디 더 덧붙였다.

"건강이 흘러넘치는 경을 보니 아주 행복하오." 왕이 말했다. "그래, 경의 가솔들은 다 잘 있고?"

"안식구가 죽었습니다, 전하."

"자네가 죽인 건 아니겠지, 적어도? 하긴, 자네라면 무슨 일을 벌일지 결코 알 수 없긴 하지만."

왕은 선량한 너그러움이 담긴 미소를 지었고 주위의 군중은 그로 인해 더더욱 그를 찬미할 뿐이었다.

"여전히 후계자는 없고?" 왕이 물었다.

"오호통재라!" 공작이 말했다. "세쌍둥이 딸년들밖에 없는데, 장담컨대, 이야말로 고난이랍니다."

"고난 이야기가 나왔으니 말인데, 경을 만나서 아주 기쁘네." 왕이 말했다. "우리는 다시 십자군을 일으킬 생각이야. 경이 합류하리라고 굳게 믿고 있지."

"저로서는 별로 구미가 동하지 않는군요."

"쯧쯧. 자세한 이야기를 듣기도 전에 결정을 내리면 쓰나. 우선 이집트(라며 이 트집 저 트집 잡아봐야 소용없네), 이번에는 그리로 가지 않네. 카르타고를 향해 출항할 거야."

"그런 얘기를 들어도 별론데요."

"카르타곤데? 이보게, 내가 진정 아끼는 오주, 역사적 기억들만 더듬어봐도…… 성 아우구스티누스…… 유구르타…… 스키피오…… 한니발…… 살람보*…… 이래도 아무 관심 없다고?"

"전혀요, 전하. 전 지식인이 아니랍니다."

"아, 오주, 내 진정 아끼는 오주, 무신론자들의 배를 가르러 나와 함께 가야 할걸세."

"천만의 말씀. 전하, 이번에는 추호도 휘말리지 않으렵니다."

"마호메트의 숭배자들을 더는 박멸하고 싶지 않은 겐가?"

"보세요, 전하. 전 시골로 내려가 제 작은 성에 콕 처박혔고, 그곳에서 선량하신 하느님이 제게 떠안긴 고통의 짐짝인 세 딸들을 키우고, 그곳에서 다미에타와 저 먼 곳의 또다른 이런

* 이들은 모두 카르타고와 관련된 인물들이나, 크노가 꽁무니에 슬쩍 갖다붙인 살람보는, 앞의 누미디아의 왕, 로마의 장군, 카르타고의 장군과 같이 기원전 실존인물이 아니라, 플로베르의 동명의 소설에서 반란군 지휘자와 사랑에 빠지는 카르타고 용장의 딸이다.

저런 식민지에서 갖고 온 말라리아열을, 비록 완전한 치유는 못 되더라도 다스리고 있으며, 제 성당의 전속 신부인 오네지포르 비로통 신부가 절 성화聖化의 길로 이끌고 있는데, 대체, 왜, 그렇습니다, 전하, 대체, 왜, 제가 제 작은 시골마을을 떠나겠습니까? 내년에, 소금에 전 시신이 되어 단지에 담겨 돌아오게 될지도 모를 판에요?"

성 루이대왕은 한숨을 내쉬었다.

"그러니까, 가서 알 무스탄시르 빌라를 단칼에 갈라버리지 않겠단 말이지?"

"그 스스로 스스로를 가르기를. 전하, 이것이 제 최후의 결정입니다."

"아! 이번 팔차 십자군원정을 이끄는 일이 쉽지 않으리라는 게 뻔히 보이는군."

선량한 루이대왕은 그로 인해 완전히 울적해졌다.

"자, 자." 오주 공작이 말했다. "그 머나먼 바닷가까지 전하와 함께 할 얼간이들은 찾으면 늘 한 줌은 나올 겁니다."

"그러면 오죽 좋겠나." 왕이 말랑꼴리하게 말했다.

"그럼 전 이만 물러가도 되겠습니까?"

왕의 허락이 떨어졌다.

공작은 물러나다가 낯짝 한 귀퉁이에 썩은 달걀과 시든 토마토 세례를 흠씬 받았다. 루이성왕이 떡갈나무 아래에서 말하는 것을 듣고 있던 군중은 소위 성왕이라는 이가, 기독교정신에 입각한 비제르타원정의 위험을 감수하는 대신 자기 소유의 작은 성이 주는 안락함을 택한 이 비겁한 가신 앞에서 좀 많은 나약함을 보였다고 판단했다. 그도 그럴 것이, 부르주아나 장인 혹은 평민인 그들은 예전 카르타고 땅이었던 고장으로 자신들이 파견되어 그곳에서 적들이 휘두른 언월도에 맞거나 치유할 수 없는 병에 걸릴 위험이 전혀 없다고 보았으니까.

"워, 워, 이 개잡놈아." 그들이 외쳤다. "오, 비열한 겁쟁이, 똥이나 지릴 놈, 돼지 같은 호모 새끼, 겁꾸러기, 사이비 애국자, 저주받은 돈아豚兒, 추잡한 놈, 고약한 놈, 지질한 놈, 수치를 모르는 짐승, 불충스러운 이단아, 이가 득실대는 겁쟁이, 더러운 놈, 똥 덩어리, 겁쟁이 변절자, 이불 밑에서나 활개치는 놈, 예수님의 무덤은 이교도들의 손에 나 몰라라 내버려두고 자신이 섬기는 왕의 부름에는 응하지 않는 놈. 푸아시*의 루이, 만세! 워, 워, 개잡놈아!"

그러더니 그들은 싱싱한 소똥과 알찬 개똥을 계속 공작에게 던졌고, 공작은 그예 화가 나고 말았다. 검집에서 검을 뽑아든 공작이 풍차 날개처럼 검을 휘두르니 평민, 장인, 그리고 부르주아들이 후다닥 달아나 재빨리 둥그렇게 둘러섰는데, 그 과정에서 서로를 심하게 짓밟는 일이 발생하지 않을 수가 없었고, 그 결과 그중 수십 명이 죽음을 통해 영혼의 안식을 찾았으며, 성왕은 효과적으로 차후에 그들을 위한 기도를 올렸다.

욕지기가 치민 공작은 공공의 적의가 남긴 찌꺼기들을 씻어낼 생각으로 목욕탕을 향해 걸음을 옮겼다.

"아! 개자식들." 그가 웅얼거렸다. "저 천한 것들이 끼어들

* 성왕 루이의 고향.

기 시작하면 자유란 없어진다고. 루이 그이는 내가 다미에타와 만수라에서 자기에게 베푼 봉사를 잊지 않고 있는 거지. 식민지 전쟁, 그게 뭔지 그는 알고 있다고. 그는 나를 이해해. 그이 루이는 그리로 돌아가겠다는군. 그건 그의 일이지. 그이 루이는 나랑은 달라. 그는 성인이고 그의 이름은 결국엔 성인력聖人曆에 오르게 될 거야. 그런데 내게 야유를 퍼붓는 그 천것들은 대체 내게 원하는 게 뭐야? 예수의 무덤을 해방하는 것? 그들은 그런 건 개의치도 않는다고. 그들이 원하는 것, 그건 숄루족이 나 같은 귀족들의 배를 갈라 창자를 끄집어내면 우리 귀족들의 성을 약탈하는 것, 저장고에 쟁여놓은 우리의 최상급 포도주를 퍼마시는 거지. 그리고 또 누가 알겠어? 우리의 어머니, 아내, 딸, 하녀, 그리고 암양들을 강간하려는 건지."

"우리의 암말들도." 스테네스가 말했다.

지나가던 이가 소스라쳤다.

"그리고 우리의 암말들도." 공작이 커다란 목소리로 말했다.

그는 그 무명씨를 향해 몸을 수그렸다.

"'우리의 암말들도'라고 말한 사람은 바로 나야. 나라고, 알아들어, 이 촌놈아?"

공작이 두 눈을 부라렸기에 상대방은 아주 공손하게 대답했다.

"그러믄입쇼, 나리."

그러고는 그 무명씨는 썩 개운치 않은 기분으로 가버렸다.

"바로 지금이 이 도시를 떠나야 할 때다." 공작이 말했다. "우리는 노트르담성당이 올라가는 모습도 봤고, 생트샤펠성당, 그 고딕예술의 보배에 감탄했고, 예를 갖춰 우리의 성왕에게 경의를 표했으니, 지금까지는 전부 다 아주 좋네만, 여기 인간들 때문에 이걸 망칠 것 같은 기분이 든단 말이야. 그러니 씻고 나면 고급 음식점에 저녁을 먹으러 가서 기운 좀 차리고 즉각 출발하지."

옷 빨래가 되는 동안, 따듯한 물에 느긋하게 잠겨 있던 공작은 잠이 들고 말았다.

시드롤랭은 대로로 나온 뒤 쪽문을 닫고서, 수송선과 이웃한 언덕배기와 대로를 가르고 있는 울타리가 낙서로 더렵혀져 있진 않은지를 살폈다. 아무것도 없었다. 그러자 그는 건너편에서 진행중인 공사를 보러 가려고 길을 건널 결심을 했다. 그곳에 건물이 세워질 모양인데, 지금은 구덩이를 파놓았을 뿐이다.

필요한 주의를 기울인 뒤, 시드롤랭은 차도 저편에 무사한 모습으로 나타났다. 신중하게 각책에 다가가보니, '위험-트럭 출구'라고 적혀 있었다. 구덩이 바닥에서는 동력삽이 트럭에 실으려고 지하실 잔해를 긁어모으고 있는데, 경고대로라면 그 트럭이 나올 때 몹시 위험하단다. 흰색 헬멧을 쓴 남자들이 오간다. 한구석에 잡다한 것들을 부려놓는다. 건설업자에게는 이 모든 것이 이해할 만하리라.

지나가는 이가 시드롤랭 곁에 와서 섰다. 두 사람 다 트럭에 적재하는 모습을 바라본다. 트럭은 적재물로 가득차면 경사로를 올라가 구덩이를 빠져나갔다. 시드롤랭은 신중하게 옆으로 비켜났다. 일단 평지에 오르자 트럭은 대로를 내달렸다. 곁에 있던 무명씨가 소스라치며 뒤로 물러섰고, 여기저기서 차동차 브레이크가 끽끽댔다.

"보셨소?" 창백하게 질린 무명씨가 시드롤랭에게 말했다. "그 개잡놈의 자식이 날 칠 뻔했다고."

"그는 아무 짓도 안 했어요." 시드롤랭이 객관적으로 대답했다.

"제 놈이 할 수 있는 건 다 했지."

"미리 주의를 줬잖아요. '위험-트럭 출구'라고 적혀 있었는데. 학교 다닐 때 왜 읽기를 배우는지 궁금했는데, 이젠 알겠네. 트럭을 피하라고 그랬구나."

"좋아요. 나도 글 읽기를 배웠다고 칩시다. 하지만 댁의 언어와는 다른 언어를 말이오. 그 경우 난 필시 트럭에 깔려 죽어야 한단 말이오?"

경오토바이를 탄 신사 한 명이 급하게 제동을 걸더니 땅에 내려섰고, 오토바이 손잡이를 잡아끌며 그들에게로 다가왔다. 그는 기다란 검은색 통옷을 걸쳤고 테가 살짝 말려올라간 같은 색의 챙 넓은 펠트 모자를 쓰고 있었다.

"아드 마요렘 데이 글로리암."* 그가 손을 내밀며 말했다.

"이 양반 불어를 모르네." 시드롤랭이 말했다.

"세두 투?"†

"나야 가까스로 이해하는 정도지요."

"좋아요, 아주 좋아."

그는 다시 안장에 앉더니 법규에서 벗어나 보도 위를 조금

* Ad majorem Dei gloriam. 예수회 수도사들의 좌우명으로, '하나님의 보다 큰 영광을 위하여'를 의미한다.

† Sed tu? 라틴어 표현으로, '그러는 넌?'을 의미한다.

달렸고, 약간 멀어진 지점에서 다시 차도로 들어서며 차동차 물결에 섞여들었다.

"공의회에 참석한 사제마냥 타협적이로군." 곁의 무명씨가 말했다.

시드롤랭은 하품을 했다.

"졸리시오?" 옆 사람이 물었다.

"아니, 시장기가 느껴져서요. 점심시간이 가까워지니. 그럼 이만 실례하지요. 식전 산보를 계속해야겠어서. 아직 다 돌지 못했답니다."

"내가 말씀드렸죠." 옆 사람이 목청을 높이며 말을 이었다. "그러니까 난 이곳 사람이 아니라고요. 트럭 사건 기억하죠?"

"그러니까 댁도 그 떠돌이들 축에 끼나요……?" 시드롤랭이 예의바르게 물었다.

"나요? 천만에. 난 호텔에서 묵고 있어요……"

"난 저 수송선에……"

"그것도 고급 호텔에……"

"움직이지 않아요……"

"욕실 안에 화장실도 있고……"

"묶어놨죠……"

"승강기도……"

"놓으려고 들면 전화기도 놓을 수 있을걸요……"

"객실에 전화기도 있고……"

"파란색으로 숫자를 적어놓은 전화기죠. 마치 집에 주소를 적듯이……"

"내가 직접 외국으로 걸 수 있는 자동식 전화기……"

"이십일 번지예요……"

"일층에는 바가 있어요……"

"난 방에 앉아서 낚시를 할 수 있죠……"

"미국풍이죠."

"내가 낚시를 즐긴다면 낚시도 할 수 있지만 낚시를 좋아하지 않아요."

"옳습니다." 무명씨가 상대방의 말에 급작스럽게 관심을 보이면서 말했다. "낚시란 것도 투우처럼 끔찍하죠……"

"그런 식의 비교를 한 적은 없는데." 시드롤랭이 온건하게 말했다.

"잠깐 생각 좀 해보시구려. 가학적 편집광들이 아니고 뭐겠어요. 대낚시꾼들 말예요. 그들은 무해한 철학자들이란 명성을 누리고 있는데, 그게 다 낚인 거예요. 솔직히, 낚싯바늘이 죽살보다 더 음험하고 악랄하게 야만스럽다고 생각지 않으세요?"

"죽살?"

"왜, 거, 날뛰는 짐승의 목구멍에 깊숙이 박아넣는 것들 말요."

"그걸 그렇게 부르는 거 확실해요?"

"지금은 바로 내가 그걸 그렇게 부르니까 그건 그렇게 불리는 거고, 지금 이 순간 댁과 이야기를 나누고 있는 사람은 바로 나지 다른 그 누구도 아니니, 댁은 내가 사용하는 어휘를 액면가 그대로 받아들여야 한다고요."

"무슨 말인지 완벽하게 접수했어요."

"그렇죠! 그럼 이 대화는 이만 접고, 여러 국민과 미래의 평화 사이에 조성된 상호적이고 유네스코스러운 이해의 벽두에서 만족하는 걸로 합시다. 산책을 계속해도 되겠죠? 만나서 반가웠어요."

무명씨가 멀어져갔고 현장감독은 호각을 불어 휴식을 알렸다. 시드롤랭은 대로 횡단을 시도했는데, 이에 신중에 신중을 기했으니, 차동차들이 기름 마시러 갈 시간이었기 때문이다. 반대편 인도에 무사히 당도한 그는 쪽문도 울타리도 아무런 낙서 없이 말끔한 상태임을 확인할 수 있었다.

회향주와 생수, 적포도주 일 리터들이 한 병, 겨자 단지가 시드롤랭을 기다리고 있었다. 버터로 요리한 앤초비, 감자를 깔고 감자로 덮은 순대요리, 로크포르 치즈, 그리고 스펀지케이크 세 쪽을 내왔다. 앤초비라고는 질퍽거리는 비웃이었고, 순대와 감자는 흐물거렸고, 로크포르는 나이프 날 아래에서 끽끽대며 밀려다녔고, 물렁거리는 스펀지케이크에 들어간 럼은 그저 맹물이라는 명칭 말고는 달리 부를 길이 없었다.

시드롤랭은 한숨을 쉬고 웅얼거린다.

"또 잡쳤군."

"자네의 최고급 음식점에서는 뭘 먹는가?" 오주 공작이 묻는다.

음식점 주인이 대답했다.

"슬라보니아산 양배추를 넣은 러시아식 수프 보르시와 사과주 칼바를 넣고 찐 노르망디지방의 소내장요리, 그리고 쉬렌 포도농원의 포도주를 곁들입니다."

"이 무쇠 이로 겨우 씹어줄까 말깔세." 공작이 경멸조로 말했다.

"그러는 나리께서는 러시아식 수프를 이미 드셔보셨나요?" 성난 음식점 주인이 거의 불손하다 싶게 대꾸했다.

"헐!" 공작은 일갈하더니 무스카요를 향해 말을 걸었다. "이 자가 날 얼간이 취급이로군! 안 왕비* 시절부터 알고 있는 건데."

감명을 받은 음식점 주인이 깊숙이 허리를 굽혔다.

"얼굴을 보니, 안 왕비가 누군가 하는 표정이로군." 공작이 말을 이었다.

"그러니까…… 나리……"

음식점 주인이 그에 대해 아는 것이 실제로 전무함이 명백했다.

"아, 무스카요." 영주가 말했다. "우리의 선하신 왕들과 우아한 왕비들이 백성으로부터 이리도 빨리 잊히다니. 고작 이백 년이 흘렀을 뿐인데 이 음식점 주인은 키예프의 대공녀 안나 블라디미로비치가 누군지 알지도 못하는군. 그렇다고 러시아식 수프요리를 내는 데 장애가 있는 건 아니지. 넘어가자!"

유리한 입장을 적극 활용해, 공작이 다음과 같이 말을 이어갔다.

"주인장, 그전에 식전주 한잔을 하고 싶군. 가령 회향주랄까. 회향주를 먼저 한잔 주겠나?"

"아, 나리!" 음식점 주인은 눈물을 다 글썽이며 외쳤다. "제발 겸허히 애원컨대, 제 음식점의 별 셋 문장을 욕되게 하지 말아주십시오."

* 앙리 1세와 결혼한 키예프의 안(1024~1063년경)을 가리킨다.

그러더니 수차례 굽실거렸다.

"저 꼴을 보니 마호메트를 숭배하던 자들의 길고 긴 인사치레가 생각나는군."

"회향주를 한잔 올릴까요?" 음식점 주인이 비통한 목소리로 다시 말했다. "영주님, 여러 등급이 있습니다만."

"그럼, 최상급을 내오게나! 그리고 내 말들에게는 최고급 건초, 최고급 짚, 최고급 귀리를 먹이도록."

분주히들 움직였다. 공작은 생수 한 방울을 섞은 회향주를 작은 잔으로 여러 잔 비웠다. 음식 시중을 드는 근육질 하인들이 러시아 수프가 담긴 커다란 솥단지를 내오고 있는데, 갑자기 어떤 인물이 모두를 공포에 빠뜨릴 만한 고함을 내지르며 난입했다. 그는 벌벌 떨고 있었고 노랑과 주홍으로 얼룩덜룩한 얼굴이 백묵처럼 새하얗게 변해가고 있었다.

"어머머머." 그는 제자리에서 펄쩍거리며 떠들었다. "어머나, 어머나."

"엑토르." 주인장이 말했다. "내 식당에 와서 이리 엉망을 만들어놓다니 창피도 수치도 모르나? 몽둥이찜질을 좀 해야겠군. 제 마부 녀석입니다." 그는 공작을 향해 말을 덧붙였다.

"하느님아버지, 맙소사." 마부 녀석은 계속 탄식을 해댔다. "아이코야, 엄청 겁났어요. 이 가련하고 비천한 마부 생활 평생에 젤로 겁났습죠. 오마니나, 아이고 무서라!"

"그러니까 얘기를 해보라고!"

"기운 좀 차리게 회향주 한잔 마실 수 없을까요?"

엑토르는 공작의 식탁 위에 놓여 있던 병을 집으려고 손을 뻗었다가 공작에게 호되게 손가락을 얻어맞았다.

"아야." 엑토르가 말했다.

"얘기를 하라고! 얘기를!"

음식점 주인이 신경질을 냈다.

"이제 제 수프를 맛볼 수는 없을까요?" 공작이 무시무시한 비꼼을 담아 물었다. "음식 시중을 드는 이 근육질 하인들이 솥단지를 식탁에 내려놓게……"

"저분의 말이 말을 한다고요!" 엑토르가 울부짖기 시작했다. "저 나리의 말요." 그는 아주 버르장머리 없이 공작에게 손가락질하면서 말을 이었다. "말이 주인님과 저처럼 말을 한다고요! 맙소사!"

"별 얼간이 같은 녀석을 다 봤나." 공작이 말했다.

"아." 음식점 주인이 위협적인 표정으로 대꾸했다. "만약 거짓말이라면……"

"정말이라니까요. 맹세해요! 정말이라고 맹세한다고요! 나리의 말이 말을 해요! 수다를 떤다고요! 주절거린다고요!"

"아니, 그렇다면 그건 악마의 소행이지!" 음식점 주인이 외쳤다.

이 말에 음식 시중을 드는 근육질 하인들이 커다란 솥단지를 놓쳐버리는 바람에 내용물이 바닥에 쏟아졌다. 하인들 전부 무릎을 데면서도 수프 범벅 바닥에 무릎을 꿇고서는 수없이 성호를 그어댔다. 여기저기에서 하느님아버지를 찾아대는 소리가 솟구쳤다.

"보르시가 사라졌으니 내장요리를 먹으면 되겠지." 공작이 침착하게 말했다.

하지만 주위의 감정적 동요에 잡아먹힌 요리사가 막 불 속에 요리를 떨어뜨린 참이었다.

“또 잡쳤군.” 공작이 고함을 빽 질렀다.

그럼에도 불구하고, 삼성급 음식점에서 어떤 말이 말을 했다는 소문이 주변 골목을 따라 퍼져나가기 시작했다. 그러자 수도의 선량한 주민들은 그 사실을 이용해서 전속력으로 수다를 떨어댔고, 그 사건을 이렇게 논평하기 시작했다.

“말이 말하니 말로써 망하리라.”

“수탉이 홰치면 암탉은 회친다.”

“얼룩말이 덜룩거려도 말은 바로 하랬다.”

“붕어가 뻐끔대면 죽은 자식 붕알 만지기.”

“가는 말이 고와야 오는 말이 꼽다.”

그러고도 또다른 몇 가지 경구들을 선보였는데, 번번한 듯 뻔뻔한 이 경구들은 일드프랑수아지역의 해묵은 지혜를 모아 놓은 얄팍한 자원으로부터 삭고 삭다 곰삭아서 태어난 것들이었다.

“나리.” 무스카요가 말했다. “예견하셨던 대로 상황이 엉망이 되어갑니다. 집으로 돌아가는 게 어떨까요?”

“저녁도 안 먹고?”

바깥에서는 사람들이 소리를 질러대기 시작했다.

“화형대로, 주술사를! 화형대로, 마법사를!”

“자네가 옳아.” 공작이 다시 입을 열었다. “우린 이 지역에서는 전혀 인기가 없군.”

공작이 몸을 일으켰다. 무스카요를 거느린 공작이 마구간으로 향하자, 그 바람에 달아나고 밀치고 빽빽거리는 일이 생겼다.

"아, 나의 충직한 데모여." 공작이 말했다. "어쩌자고 그 마부 놈에게 네 재능을 보여줬나? 우릴 불태우려 드는 그 성난 물결에 모두가 휩쓸리고 말았도다."

"아, 나리." 스테네스가 대꾸했다. "그 웃긴 녀석이 삥땅을 치려고 들잖아요. 내 몫의 귀리를 주려고 들질 않았답니다. 나리께서는 제가 당하고만 있었다면 좋으셨겠어요?"

"아니다, 아니야, 나의 충직한 데모여. 네가 옳다. 그 못돼먹은 마부 놈은 겁증으로 죽을 게다. 그리 당해 싸지. 자, 출발!"

바깥에는 엄청난 사람 떼가 기다리고 있었다.

"오, 오." 교구 신자 여럿이 외쳤다. "십자군원정에 참가하지 않겠다던 그 고약한 촌구석 귀족이잖아! 저 알비 이단자*는 보나마나 마호메트를 숭배할 테고 저놈 마부는 사탄이라고 불릴 게 틀림없어."

똥덩어리와 돌덩이들이 공작과 무스카요를 향해 비 오듯 쏟아지기 시작했다. 그 뒤를 이은 것은 활활 타오르는 장작과 쇠꼬챙이, 발판, 짱돌이었다. 공작이 기분을 상하게 할 모든 조건을 갖췄으니 선량한 민중은 이 이단자, 귀족, 촌뜨기에게 몹시 짜증이 치밀었지만, 바스티유 함락이 매일, 특히나 13세기에는 매일 있는 일이 아니었다.

그날 두번째로 검을 뺀 조아생 도주는 군중 속으로 돌진했

* 1140년대에 유럽에 나타난 카타리파의 또다른 이름으로, 카타리파가 주로 프랑스 남부의 알비지역에 많이 퍼져 있어서 알비 종파로 더 잘 알려지게 됐다. 알비 종파의 교리는 시기와 지역에 따라 차이가 있지만, 가장 큰 특징은 선과 악, 물질과 정신, 영혼과 육체의 이원론이다. 따라서 알비 종파는 물질로 이루어진 가톨릭의 모든 것을 사악한 것으로 보았으며, 자연스럽게 성당, 성상, 성물, 십자가 등을 거부하며 '순수'를 의미하는 '카타르'의 상태로 나아가야 한다고 주장했다.

고 남자, 여자, 아이, 그 외 도합 이백열여섯 명을 참했고, 그 중에는 영업세를 내는 부르주아 스물일곱 명과 막 그리될 참이었던 스물여섯 명이 들어 있었다.

그 도시에서 빠져나오기 위해서는 궁수들 또한 박살을 내야 했다.

III

"저기요, 저기요." 누군가 외쳤다.

시드롤랭은 움직이지 않는다. 그가 얼굴에 덮어뒀던 손수건이 들숨날숨을 따라 일정하게 들썩인다.

"저기요, 저기요." 누군가 좀더 크게 외쳤다.

"캐나다 가시내와 그녀의 밴조 연주가가 또 왔나보군." 시드롤랭은 손수건을 덮은 채 웅얼거렸다.

"이봐요, 이봐요."

점점 가까워지는 이봐요 소리는 한 사람 거다.

"여자 혼자로군. 겹대가리가 없네."

시드롤랭은 오수에서부터 빠져나오기로 결심한다. 그가 하품을 하고 몸을 일으킨다. 실제로, 건널판자 저편에 야영객 차림새의 처자가 한 명 있다.

"실례합니다." 그녀가 말한다. "야영객용 야영장이 어딘가요?"

이 질문에 그는 또다른 질문으로 대답한다.

"우연히도 캐나다분이 아니신가?"

그렇고말고. 캐나다 여인임은 틀림없다. 하지만 우연이 아니라 필연이다. 왜냐하면 그렇게 태어났고, (그 여인이 자신이 숫처녀라고 단언하지 않는 걸 보니) 결혼을 하긴 했으나 이방인하고 한 건 아니며, 루머니아나 잔나비아로 귀화한 것도 아니었으니까. 시드롤랭은 그 여인을 좀더 찬찬히 살펴보다가 자신이 이제껏 그 여인을 찬찬히 바라본 적이 없었음을, 그리고 인종주의자가 아니었기에 그 여인이 홍인종임을 알아보지 못했음을 알아챘다.

"내가 놀래켰남?" 그녀가 속닥거렸다.

"전혀." 시드롤랭이 대꾸했다.

"난 이로쿼이족임." 그녀가 말했다. "난 그게 자랑스러워요."

"그럴 만하군."

"지금 빈정대남?"

"아니, 아니지요. 빈정 상하지 마세요."

"내가 당신을 깨웠남?"

"아니라고 하면 거짓말이겠죠."

"그래서 원망스럽남?"

"벗이여, 말장난은 그만."

"그런데 캠핑장은요? 이제 거기가 어딘지 말해줄 거죠?"

시드롤랭은 손짓으로 십 센티미터도 채 안 떨어진 지리적 정황을 확실히 알려줬다.

"고마우이." 캐나다 국적의 이로쿼이족 여인이 말했다. "오수를 방해했던 건 용서하게남. 하지만 사람들 말이 프랑스 사람들은 무척이나 호의적이고…… 또 무척이나 친절하다고 해서……"

"그야 사람들 말이지."

"그래서 실례를 무릎쓰고…… 아니, 무릅쓰고던가?"

"발음 동일. 지장 무無."

"그래도 맞춤법이……"

"아직도 그런 걸 믿어요? 내 나라 사람들의 호의와 친절을 믿듯? 아가씨, 혹시 뭐든 쉽게 믿는 편?"

"뭐라고요? 프랑스어의 언어규칙들을 더는 믿지 말라고요?…… 그다지도 달콤하고…… 그다지도 순수하고…… 매혹적이며…… 황홀하고…… 투명한데……"

"자, 자, 아가씨, 별것도 아닌 걸로 눈물까지 흘리는 건 아니겠죠. 자, 기운을 돋우기 위해 내 수송선에 올라 회향주 한잔, 어때요?"

"그럼 그렇지! 이런 호색한! 사람들이 그것도 분명히 말해줬거든. 프랑스 남자들은 전부……"

"아가씨…… 그러니까 내 말은……"

"이보세요, 알랑거리는 말들을 나불대서 당신의 그 음란하고 음탕한 목적에 도달할 거라고 생각한다면, 날, 이 가련한 처자를, 이 가련한 이로쿼이족이기까지 한 날 당신의 그 음란한 소굴로 끌어들일 생각이라면, 당신, 엄청 착각하는 거야! 착각하는 거라고!"

암팡스레 돌아선 젊은 처자는 조화로운 엉덩판 살집을 내보이며 다시 언덕배기를 기어올라갔다.

"내 다시 볼일 없을 캐나다 여인 또 한 명 추가요." 시드롤랭이 중얼거렸다. "캐나다 여인들을 이미 봤을 텐데. 그것도 왕창. 무더기무더기 무더리로 찾아들 가더군. 그게 언제였더

라. 무더위가 기승을 부렸으니 여름이었지. 혹은 봄이든가. 혹은 가을이든가. 저런, 아까 그 처자에게 오늘은 아주 청명한 가을날이라고 했어야 했나. 그랬더라면 오해를 사지 않았을까나."

그는 식당으로 들어가 시계를 봤고, 그 관찰 결과, 중단된 오수를 마무리하려고 다시 장의자에 길게 누웠다.

그가 다시 눈을 떴을 때, 주위에 늘 보아오던 것들이, 그러니까 본인의 침실 벽, 약간의 햇빛을 들여보내는 좁다란 창, 침대 발치에 깔린 짚단 위에 잠들어 있는 충실한 시종 무스카요와 무스카요를 둘러싼 사냥개 몇 마리, 각기 워리, 워어리, 우어리, 워리워리와 기타등등으로 불리는 개들이 있음을 알아봤다. 이 익숙한 광경에 마음이 푹 놓인 공작은 일어나자마자 이 작은 세계의 구성원 전부를 발길질로 깨워줬고, 그 바람에 징징거리는 소리와 왈왈거리는 소리가 촉발됐다.

파테르*를 읊조리며 층계참에서 오줌보를 진정시키고 난 뒤, 공작은 자신의 전속 신부인 오네지포르 비로통이 올리는 미사에 참석하기 위해 부속 예배당으로 갔다. 오네지포르 비로통은 전투형 신부였다. 공작이 그에게 발길질을 한번 날리면 그는 두 배로 갚아줬고, 그래서 공작은 그를 무척이나 좋아했는데, 그날은 몇 가지 주요 쟁점에 대해 그와 논의하고자 서둘렀다. 오주 공작은 비로통 신부가 이테 미사 에스트† 어쩌고 할 짬도 안 주고 그를 잡아끌어 경내 중정으로 향하더니

* pater로 시작하는 주기도문.

† ite missa est. '미사가 끝났으니 가서 복음을 전합시다'는 의미의 라틴어로, 미사를 마무리하는 말.

이렇게 말했다.

"잘 들어, 오네지포르. 난 걱정근심이 한가득이어서 자네 귀에 다 쏟아놓을 테야."

"수도에서 곤란한 일을 겪었다면서요?"

"그게 문제가 아니야." 공작이 신경질을 부렸다. "그런데 그걸 알고 있는 거야? 아님 짐작하는 거야?"

"흠, 흠." 오네지포르가 말했다. "공작님이 안 계시는 동안 따님들께서는 구두쟁이네 문간에 붙은 그림 속 아가씨들처럼 얌전하셨어요."

"그런가. 그 얘기는 나중에 하고. 지금 나는 자네에게 물어볼 게 세 가지가 있네. 프리모,* 꿈에 대한 자네의 생각, 세쿤도,† 동물의 언어에 대한 자네의 생각, 테르티오,‡ 일반보편사와 개별일반사에 대한 자네의 생각. 자, 어서."

"흠흠." 오네지포르가 말했다. "디스팅구오§……"

"논리적 변별 따윈 집어치우라고!" 공작이 발을 구르면서 고함을 질렀다. "알겠어? 논리적 변별이니 변증법이니, 그따위 것들은 다 집어치우라고! 난 확실한 걸 원해. 자, 시작해보게."

"흠흠." 오네지포르가 말했다. "세 가지 질문에 동시에 답할 수는 없죠. 내 담론은 선조적線條的인 겁니다. 모든 인간의 담론이 그렇듯이."

* primo. '첫번째로'를 의미하는 라틴어.
† secundo. '두번째로'를 의미하는 라틴어.
‡ tertio. '세번째로'를 의미하는 라틴어.
§ distinguo. '논리적 변별'을 의미하는 라틴어.

"도대체 어디로 가고 싶은 거야?"

"여기로. 그러니까 나는 우선 하나의 질문, 그다음에 다른 또하나의 질문에, 끝으로 마지막 질문에 답해야 합니다. 내가 어떤 것부터 답하면 좋으시겠어요?"

"두번째부터."

"옵티메.* 그런데 두번째 질문이 뭐였죠?"

"이 우쭐거리는 얼간아, 벌써 내 질문들을 잊어버린 거냐? 그러니까 날더러 다시 말해달라는 거야 뭐야? 응? 이 닭대갈 신부야."

공작은 이렇게 대꾸하자마자 사제의 오른쪽 귀싸대기에 보기 좋게 따귀를 날렸다. 신부의 즉각적인 반격은 공작의 상판에 꽂히는 주먹작렬과 면상에 먹여준 주먹곤죽이었다.

"그럼 자네 좋을 대로 시작하게." 공작이 앞니 하나를 뱉으면서 말했다. "가령, 첫번째 질문부터도 좋고."

"공작님의 질문들을 잊은 건 아니랍니다. 단지 그 순서를 잊은 거죠."

"그래, 그래. 좋을 대로 시작하라고."

"그럼 꿈부터 시작하겠습니다."

"좋아. 꿈에 대한 자네의 생각을 말해보게나."

"신으로부터 오는 것들이 있고, 악마로부터 오는 것들이 있습니다."

"어인 이분법. 자네 혹시 알비 종파인 건 아니겠지?"†

* optime. 라틴어 표현으로, '아주 좋다'를 의미함.

† 알비 종파는 영육이원론과 영지주의 등에서 마니교의 영향을 보여줌.

"천만에요, 나리. '두 종류의 꿈이 있다. 신으로부터 오는 것들이 있고 악마로부터 오는 것들이 있다.' 이 말은 신실한 가톨릭 신자로부터 나온 겁니다."

"그 둘을 어찌 구분하지?"

"아, 그건 즉각 알아볼 수 있지요."

"어떻게? 이런 놈팡이, 자넨 어떻게 그것들을 구별하느냐고? 난 구분이 안 된다고."

"하지만 그건 쉽습니다. 하늘이나 천사들, 아니면 아주 단순하게 새들이 보인다면, 물론 야행성이 아닌 경우, 그 꿈은 신으로부터 온 거지요. 만약 불길이나, 아니면 아주 단순하게 파충류들, 특히 뱀들이 보인다면 그 꿈은 악마로부터 온 것이고요."

"난 그런 꿈은 아예 꾼 적이 없어."

"그럼 나리께서는 무슨 꿈을 꾸시는지요?"

"내가 종종 꾸는 꿈은, 내가 수송선 위에 있고, 그곳의 장의자에 길게 누워 있고, 얼굴에는 손수건을 덮고, 짧게 오수를 누리는 꿈이야."

"오수…… 손수건…… 수송선…… 이 말들이 전부 뭔가요? 무슨 말인지 조금도 짐작이 가질 않는군요."

"그건 내가 꿈에서 보는 것들을 가리키려고 만들어낸 말들이야."

"그러니까 신조어를 사용하신다고요?"

"자네는 신조어를 사용하지 말게. 그건 공작의 특권이니까. 물건을 실어나르는 데 쓰이니까 수송선, 낮잠은 너무 뻔하니 좀더 있어 보이게 오수, 그리고 코닦개는 너무 천박하잖아. 그래서 수건을 활용해 보다 점잖게 손수건. 이렇게 된 거지."

"이런, 기독교적 지혜를 담은 몽학夢學으로부터는 무척 멀어졌습니다그려. 나리, 나리의 의미론에서는 어째 이단의 냄새가 솔솔 풍기는군요."

"수송선 꿈을 꾸는 것이 어떤 점에서 이단일까?"

"천사와 성인을 꿈에서 보는 일이 흔치 않다는 건 저도 인정합니다. 제 자신의 경험에 비춰 판단해본다면, 꿈은 일상의 자잘한 사건들을 대상으로 삼는 일이 가장 빈번하지요."

"그럼, 그런 건, 이 놈팡이 신부야, 그런 건 악마의 것인가 아니면 신의 것인가?"

"이도 저도 아닙니다. 그건 무관합니다. 진짜로 무관합니다. 아드 프리맘 레스폰디.*"

"저런! 그렇게 빨리 흡족해하지는 말라고, 신부. 그따위 형편없는 설명이라면 자네가 필요 없지. 그런 건 나 혼자서도 얼마든지 만들어낼 수 있다고. 자네가 그런 상투적인 잡소리로 끝낸다면 내가 자네에게 계속해서 일용할 먹이를 줄 것 같은가? 다른 대답을 내놓게."

그러더니 공작은 사제의 오른쪽 넓적다리뼈를 향해 발길질을 날렸고 이는 목표에 가닿았다. 오네지포르는 배때기를 발로 차서 응수할 생각이었지만 빗나가는 통에 길게 엎어지고 말았다. 공작은 즉시 달려들어 자근자근 짓밟으며 다음과 같이 고래고래 소리를 질러댄다.

"대답을 하라고, 닭대갈 사제 놈아! 대답을 해!"

* Ad primam respondi. 라틴어 표현으로, '첫번째 질문에 답했습니다'를 의미한다.

상대방은 그러마는 신호를 보낸다.

"자." 공작은 희생양의 몸에서 내려오며 요구한다.

"자." 사제는 다시 일어서며 말한다. "그건 중간계의 꿈들입니다. 그곳에는 고블린, 요정, 놈, 꼬마요정, 엘프, 레프리컨, 뤼텡, 코리강, 물의 요정, 날개 돋은 뱀, 그러니까 신에게도 악마에게도 속하지 않고 악을 위해 예정된 것도 선을 위해 예정된 것도 아닌 존재들이 삽니다."

"오호, 드디어 자네가 엄청 관대해졌군. 그런데 성스러운 종교재판정이라면 말이야, 그에 대해 어찌 생각할까?"

"옵티메. 자, 이리하여 나리의 질문에 답한 겁니다. 아드 세쿤담.* 동물들의 언어에 대해……"

"이제는 아주 날듯이 달려가는군."

"……아담의 잘못으로 동물계가 타락했다는 설이 보편적으로 받아들여지는 건 아님을 말씀드리고 싶군요. 가장 저명한 신학자들도 그에 대해 반박하고 있습니다. 다른 한편으로는 그들이 바벨탑 건립에 참여하지 않았음이 명명백백한 만큼, 그들끼리의 의사소통을 방해하는 것은 아무것도 없습니다."

"그들이라 함은, 신학자들?"

"아니, 동물들입니다."

"진부해! 자기들끼리 대화를 나누는 동물들이라니, 아주 진부하잖아. 그런 걸 물은 게 아니라 인간의 언어를 구사하는 동물들을 말한 거였어. 그러니 자네, 자네는 아무 의미도 없는

* Ad secundam. 라틴어 표현으로, '두번째로'를 의미한다.

말을 떠들어대는군."

공작은 사제의 귀싸대기를 올려붙일 양으로 손을 치켜드나, 보다 빠른 사제가 공작의 턱에 주먹을 날리고, 그 바람에 상대방이 비틀거린다.

"아드 테르티암, 레스폰데오……"* 전속 사제가 라틴어를 씨불이며 서둘렀다.

"춧, 춧." 공작은 다시 턱을 맞추며 말했다. "그렇게 서두를 거 없어. 이젠 꿈에 등장해서 말하는 동물들에 관한 자네의 의견이 듣고 싶군. 그것들은 신으로부터 온 건가 아니면 악마로부터 온 건가?"

"그게 뭐 중요합니까. 아무 상관 없습니다. 아드 테르티암……"

"춧춧. 좀전만 해도 꿈속에 등장하는 파충류는 악마로부터 온 거라고 하지 않았나."

"딕시."†

"만약 그들이 말을 한다면?"

"비스 디아볼리키."‡

"만약 그들에게 말을 건다면?"

"테르 디아볼리키."§

"만약 그들이 대답한다면?"

* Ad tertiam, respondeo. 라틴어로 '세번째에 대해 답하겠습니다'를 의미한다.

† dixi. 라틴어로, '그렇게 말했다'를 의미한다.

‡ Bis diabolici. '두 배로 악마적이다'를 의미한다.

§ Ter diabolici. '세 배로 악마적이다'를 의미한다.

"콰테르."*

"좋아. 이제 아주 만족스럽군. 내가 꿈에서 뱀과 대화를 나눴던 적은 한 번도 없었거든. 우리의 어머니 이브와 닮은 데는 조금도 없지."

"이브는 꿈을 꾼 적이 없었답니다."

"하느님이 갈비뼈를 빼내느라 아담을 잠재웠을 때 그는 무슨 꿈을 꿨지?"

"그건 내일로 미뤄도 되는 네번째 질문이군요. 아드 테르티암, 레스폰데오."

"츳츳. 말하는 동물들에 관해 아직 끝난 게 아니야. 그럼 차동차는? 그건 신으로부터 오는 건가 아니면 악마로부터 오는 건가?"

"차동차? 그게 뭔지 전혀 모르겠군요."

"그건 꽥꽥거리는 산 짐승들인데 발은 둥글게 생겼고 그 발로 산지사방 돌아다녀. 고형의 먹이는 절대 안 먹고 석유만 마시지. 어두워지면 놈들은 눈에 불을 켠다고."†

"그런 건 정녕 본 적이 없습니다."

"난 꿈속에서 봐. 수천, 수만, 와글와글 떼로 나와. 그것들이 거리와 도로를 휩쓸고 다니는 게 보여. 수송선에 있으면 그것들이 강변을 따라가며 으르렁거리는 소리가 계속 들리지……"

꿈 이야기가 재미없었던지 비로통 신부는 잠이 들어버렸다.

* quater. '네 배'를 의미한다.

† 이 대목에서 눈치챘겠지만, 크노는 오주 공작이 꿈에서 시드롤랭을 본 뒤부터 '자동차voiture'를 가리키고자 공작의 어휘인 '차동차houature'를 빌려 쓰고 있다.

"하느님의 영광을 위하여."

시드롤랭이 돌아봤다.

"오, 미안합니다." 우아한 재단을 자랑하는 쉿빛 도는 회색 정장을 차려입은 한 남자가 말했다. "댁이 누군지 압니다. 방해할 생각은 없었는데. 이곳 분이시죠."

"맞은편 수송선에 삽니다." 시드롤랭이 말했다. "그리고……"

"그거면 됐어요. 나머지는 신의 뜻대로!"

그 '얼추' 사제는 경오토바이에 올라타더니 야영객용 야영장으로 향했다. 시드롤랭 또한 건설노동자들이 일하는 모습을 지켜보다가 '얼추' 사제가 사라진 방향으로 중단했던 산책을 계속했다. 가시철조망 너머에서는 갓땜할 영국놈, 브라반트인, 네덜란드인, 핀란드어사용자, 스코틀랜드인들 가운데서도 픽트족, 웨일스인, 튜톤족, 그리고 스칸디나비아인들이 각자 부지런히 제 할일들을 하고 있었는데, 그 일이라는 것이, 헬싱괴르, 잘츠부르크, 웁살라 혹은 아베르덴으로 향하는 길에 다시 오르길 기다리며 그들의 캠핑 트레일러나 텐트에서 따블유씨로, 따블유씨에서 샤워실로, 샤워실에서 식당으로, 식당에서 다시 자신들의 캠핑 트레일러나 텐트로 옮겨다니는 거였다. 이러한 활동에는 다양한 음악이 따랐는데, 수많은 트랜지스터라디오에서 째지는 노랫가락이 흘러나왔고, 백파이프, 트럼펫, 오카리나 반주를 곁들여 이방의 언어로 합창하는 소리에 그 노랫가락이 가끔씩은 묻히기도 했다. 유난히 낙천적인 인물들은 북소리를 연상시킬 양으로 가슴을 주먹으로 쿵쿵 쳐대며 흡족한 마음에 목청껏 소리를 질러댔다.

시드롤랭 곁에는 또다른 구경꾼들이 서서 상황을 관찰했

다. 그들 가운데 한 명이 시드롤랭에게 말을 걸었다.

"사람들이 흥미로운 짐승 구경하듯 하네요. 그래도 저게 동물원은 아닌데."

"거의 그렇다고 할 수 있죠." 시드롤랭이 말했다.

"어쨌든 저들이 인간이 아니라 동물이라고 말하려는 건 아니겠죠."

"인간임을 증명해보시구려." 시드롤랭이 말했다.

"말을 하지 않습니까."

"그럼 앵무새들은?" 시드롤랭이 말했다. "그들은 말하지 않던가요?"

"그들은 자신들이 하는 말을 이해하지 못하잖아요."

"증명해보시구려." 시드롤랭이 말했다.

"엿 같은 인간일세! 댁 같은 엿쟁이들하고는 대화라는 게 불가능하지."

"저런, 방금 대화를 나눴잖아요. 그것도 아주 흥미로운 대화를. 야영객용 야영장의 모습이 녹음기에 녹음해둘 만한 성찰을 촉발하는 것이 매일 있는 일은 아니죠."

"얼씨구, 녹음기 같은 소리 하고 자빠졌네." 만정이 떨어진 구경꾼이 한 대꾸 하더니 투덜거리며 멀어져갔다.

저멀리에서 '얼추' 사제가 시드롤랭을 향해 다정한 손짓을 보내왔다. 시드롤랭은 그에게 매우 예의바른 답례를 보내고 집을 향해 돌아갔다. 울타리와 쪽문이 괴발개발 써놓은 욕설로 더렵혀져 있었다. 이 그라피티를 지워버리려고 시드롤랭은 페인트통과 붓을 찾으러 갔다.

IV

카페테라스에서는 쌍쌍이 앉은 연인들이 마우스 투 마우스를 실시했고, 그들의 턱을 따라 침이 흘러내렸다. 흡반질을 가장 악착스레 행하는 사람들 가운데 라멜리와 파리교통공사 직원 한 명이 끼어 있었는데, 특히 라멜리가 그런 것이, 파공 직원은 자신의 본분을 고려하여 가끔씩 시계 들여다보기를 잊지는 않았으니까. 라멜리는 눈을 감고 경건하게 구접학口接學에 온몸을 바치는 중이었다.

별리의 순간이 왔다. 파공 직원은 이탈 작업을 완만히 시작했고, 마침내 그가 목적 달성에 이르자 쩌억 소리가 났다. 그는 손등으로 입술을 닦고 말했다.

"가봐야 해."

그러더니 바싹 마른 구강 점막을 맥주 조금으로 적셔줬다.

넋을 놓고 쳐다본다, 라멜리가.

그는 주머니에서 동전 몇 닢을 꺼내어 테이블 위에 탁 놓는다. 제법 큰 목소리로 뽀이를 부른다.

"여기요."

라멜리가 쳐다본다, 넋을 놓고.

뽀이가 돈을 가지러 다가온다. 바로 그 순간 라멜리는 자신의 파공 직원을 덮치며 그 짓에 재착수한다. 상대방은 손짓으로 의사표현을 할 수밖에 없는 상황이나 다행히 쉽사리 이해받는다. 뽀이가 거스름돈마저 거둬간다. 그는 그런 광경에 전혀 흥분하지 않는다. 뽀이가 멀어져간다.

파공 직원은 다시 한번 이탈 작업에 착수한다. 어물쩍 성공하자 다시 쩌억 소리가 난다. 그는 손등으로 입술을 훔치고 말한다.

"이번에는 정말이지 가야 해."

그는 맥주 남은 것을 들이켜고 재빨리 일어난다.

라멜리가 넋을 놓고 쳐다본다. 그녀는 움직임을 좇으며 말한다.

"안 바빠, 난. 자기랑 한 바퀴 돌래."

"알잖아. 이맘땐 교통이 혼잡하다고. 늘 연착이 되니 자기랑 이야기할 시간도 없을걸."

"자기가 불룩 나온 배 위로 핸들 돌리는 모습을 보고, 자기가 운임구간을 알려주면 그 목소리를 듣겠지. 난 그거면 행복해."

"자기가 탈 수 있을지도 확실치 않아. 사람들이 엄청 많을 텐데."

실제로 그랬다. 이백열일곱 명이 정부의 지침에 맞게 줄서기를 한 채 멀거니 서 있었다. 라멜리는 기다렸고, 사람들은 올라탔고, 버스는 가득찼고, 라멜리는 여전히 탑승대기자들의 물결 속에서 저 뒤쪽에 처져 있는데, 그녀의 애인은 우아하게 한번의 동작으로 팻말을 내려 만원임을 알리며 종줄을 잡아당겼다. 그러더니 움직이기 시작했다. 파공 직원이 손짓을 했는데, 아마 계속 늘어나기만 하는 대기 줄에서 어쩔 줄 몰라 하고 있을 누군가에게 보내는 모양이었다. 라멜리는 몸을 돌려 늘어서 있는 사람 물결을 가르마 가르듯 갈랐다. 그녀가 거슬러가려 하자 여기저기서 이런 말들을 던졌다.

"이런, 아가씨, 나도 내 마음 몰라야 뭐야?"

"지금 이 상황만으로도 충분히 엿 같구먼, 그렇게 생각 않는 여편네도 있나봐."

"여편네들 변덕 부리는 거 보면, 놀랄 노자야."

"저건 줄을 거꾸로 훑는 주제에 사람들이 짜증내니 놀라기까지 하네."

어떤 부인이 꽥꽥거렸다.

"그만 좀 밀지? 내 배 안 보여요?"

"애 배서 나온 배면 임산부 우선권을 쓰면 될 것 아네요?" 라멜리가 심술궂게 받아쳤다.

이 대화에 대해 아무것도 이해하지 못한 시민 한 사람이 갑자기 열을 냈다.

"자리 양보!" 그가 이렇게 외고 쳤다. "자리 양보! 임산부 한 명이 상태가 안 좋답니다!"

"자리 좀 양보하라고! 이런 제길, 무슨 말인지 모르겠소? 임산부라고!"

"자리들 양보해요! 임산부 존중, 모성에 경의를!*"

* 페탱 원수 통치시절의 슬로건.

"자리 양보! 자리!"

"양보해요!"

라멜리는 문득, 노르망디 바닷가에 너부러진 해초들처럼 자신이 대기주의자들의 물결로부터 내쳐졌음을 깨달았다. 그녀는 점점 멀어져갔다. 좀전의 그 카페 앞을 지나가게 됐다. 테라스에서는 쌍쌍이 앉아 여전히 흡반질을 해대고 있었다. 라멜리는 완전히 말랑꼴리한 상태가 되어 강변으로 돌아갔다.

어느 결에 라멜리는 방주 앞에 와 있다.

시드롤랭은 뒷갑판에서 휴식중이었다. 편히 자리잡았지만 잠들지는 않았고 먼 곳을 바라보고 있었다. 라멜리의 도착에도 그는 그 자세 그대로 꼼짝 않고 있었다. 회향주와 생수를 내오자 그제야 대번에 자세를 바꿔 일어나 앉더니 다음과 같은 말을 꺼냈다.

"선박세 감찰관이 왔다 갔다."

"버스를 탔어요." 상대방이 대꾸했다.

"온갖 걸 다 검사하더군."

"차장이, 아주 웃긴 사람이었어요."

"축하받을 만한 일이 있었다."

"승객마다 붙잡고 우스운 이야기를 늘어놨어요."

"방주가 A등급에 들어가서 닻 두 개는 받을 만하다더라, 감찰관이."

"내게도 말을 걸었는데."

"아직 닻 세 개는 아니야. 하지만 두 개도 나쁘지 않아."

"일주일짜리 승차권보다는 훨 잘빠졌고, 일곱 장짜리 묶음 승차권보다는 훨 빵빵하군요. 그치가 그렇게 말하더라고요."

"물론 세금이야 더 내겠지만 그럴싸해 보일 테지."

"어떻게, 그런 말을, 어떻게. 전 그렇게 대꾸했죠."

"그 사람이 내게 한 가지 사실을 튕겨줬단다."

"그런데 웃지 않을 수 없었어요."

"저걸 방주라고 부르는군요? 배에는 동물 한 마리 타고 있지 않은데, 역설적이네, 하고 그가 말하더군. 맞아요, 그렇죠, 역설적이긴 한데 그래요, 하고 내가 대답했단다. 그래요, 그래, 내 말이 무슨 의민지 잘 아시죠, 이렇게 그가 덧붙였지. 내 말이 바로 그거예요, 이번에는 내가 그리 덧붙였지. 그러고는 가더구나. 그 사람은 그 사람대로 만족스러웠고, 난 나대로 만족스러웠지. 지금까지는 음식만 빼면 비교적 괜찮은 하루였지만, 하루가 다 끝난 건 아니지. 일이야 얼마든지 일어날 수 있지."

"그치가 맘에 들어요."

"누구?"

"421번 차장요."

"한 명이 아닐 텐데."

"내가 아는 그 사람요."

"나는 모르는데."

"방금 말씀드렸잖아요."

"그럼 방주가 등급 A에 들어가서 닻 두 개로 격상됐다는 건 재미없고?"

"형편없군요. 왜 세 개가 아니래요? 내가 쓸고 닦고 들인 공이 얼만데."

"조금 더 기다려야지. 언제고 닻 세 개가 될 거야."

"왜 네 개는 아니고요?"

"알겠다, 알겠어."

그는 한 모금 들이켤 양으로 회향주병으로 손을 뻗었다.

"너무 많이 드세요." 잔소리가 날아왔다.

그는 어깨를 으쓱하더니 콸콸 따랐다.

"그런데, 너의 그 차장은?" 그가 물었다.

"회향주, 그거 사람 병들게 한대요. 신문에서 그랬어요."

시드롤랭은 미간을 찌푸렸다가 한잔 들이켜느라 미간 주름을 폈다가 다시 심하게 미간을 찌푸렸다. 깊은 주름 네 줄이 미간에 팼다. 그는 툴툴거렸다.

"넌 내 즐거움을 망쳤어. 이것도 잡쳤군."

술병과 맹물과 잔을 치워버린다.

"너의 그 차장에 대해 말해보거라."

"할일이 있어요."

"페인트통 가져올까?"

"아니요. 특기사항 무."

사정이 그러니, 그는 다시 긴 의자에 몸을 뉘었고, 다시 먼 곳에 시선을 두었다.

국왕 정적 제거원의 분견대가 지평선에 나타났다. 망루지기가 와서 오주 공작에게 그 사실을 알리자, 오주 공작이 필요한 명령을 내리는데 어찌나 우렁차게 고함을 지르는지, 비로통 신부가 잠에서 깼다.

"국정원이 몰려오네." 공작이 손을 비비며 말했다. "우리가 자근자근 밟아줄 테다."

"무슨 일입니까? 어째서 국정원이?"

"아! 아! 내가 아직 그 얘기를 안 했구나. 거치적거리는 놈들 몇을 골로 보냈지."

"분노의 조언을 따라서 좋을 게 없습니다. 고해성사를 보셔야겠군요."

"얼마든지. 그런데 놈들에게는 보다 음흉한 의도가 있는 게 확실해."

"우리의 성왕께서는 영주들의 일탈에 대해서는 희언을 하는 법이 없으신데."

"그분은 우리의 언행을 진지하게 받아들이시지." 공작이 만족스럽게 말했다.

지평선 여기저기로부터 성을 향해 다가오는 분견대가 이제는 한둘이 아니었다.

"일났네. 일났어." 사제가 중얼거렸다.

"걱정 말라고. 놈들이 고약하게 굴면, 내가 말했지, 자근자근 밟아주겠다고!"

"영주님, 하다하다 반역자까지 되겠다고요?"

국정원이 이제는 성을 에워쌌다. 그들 중 젤로 군사다운 군사軍使가 도개교로 다가왔고, 음성기호뿐만 아니라 문장紋章기호도 활용하여 이 고장 영주에게 메시지를 전달하고자 한다는 의사를 표시했다.

사제가 한탄을 늘어놓았다.

"역사의 한 장이로세, 역사의 한 장!"

"그런데, 자네는 아직 일반보편사와 개별일반사에 관한 나의 세번째 질문에는 답을 안 했어."

그때 마침 입성을 허락받은 군사軍使가 도착하여, 성왕께서는 그 모든 사태에 대해 못마땅해하시며, 별것도 아닌 이유로 마을사람들을 때려죽이는 일이 다시는 없어야 하며, 영주들은 함부로 남의 대갈통을 가르면 안 된다는 규칙을 절대 엄수해야 하며, 고로 조아생 오주 공작은 정련된 순금으로 투르에서 주조한 금화를 숟가락 놓은 인간들을 위해 두당 백 에퀴씩 자신의 재물에서 내놓아야 할 것인즉, 이는 대갈통에 금 간 자들 중 아직 목숨줄을 놓지 않은 자들이 제법 있는 만큼 더 욱더 상당한 액수에 이를 것이 틀림없음을 공작에게 설명하기 시작했고, 그러자 조아생 오주 공작은 그 금액의 일부만이 홀아비, 과부 혹은 고아들을 위한 배상금으로 쓰일 것이고 그 대부분은 특히 현재 추진중인 십자군원정 지원금으로 쓰일 거라는 생각을 한다.

나아가, 조아생 오주 공작은 파테르를 육천육백오십칠 번, 아베도 그만큼, 콘피테오르는 그보다 세 배 덜 암송해야 할 것이며,* 사망자 수만큼 미사를 올려줘야 할 것이고, 이 미사에는 맨발에 셔츠 차림으로, 본인 재량껏 선택한 뜨겁거나 식은 재를 머리에 이고 참석해야 할 것이다.

그러자 조아생 도주는 자신이 만수라와 다미에타†에서 기독교의 대의에 헌신했음을 성왕이 기억하고 있지 않았다면 죽음이 찾아들 때까지 자신을 양쪽 귀로 매달아놨으리라는 생각을 한다.

끝으로, 조아생 도주는 정련된 순금으로 투르에서 주조한

* pater, ave, confiteor. 각기 라틴어 주기도문과 성모경, 고백의 기도의 첫 단어다.
† 루이 9세가 일으킨 십자군원정7차 때의 무대가 된 이집트 북부의 도시들.

금화를 계속 소유할 수 있으며, 파테르의 횟수와 비록 그 수가 홀수일지라도 아베의 횟수를 반으로 줄이고, 비록 이천이 백십구라는 숫자가 사로 나뉘어 떨어지지 않더라도 콘피테오르의 횟수를 사분의 일로 줄일 수 있으며, 미사의 경우 변동 사항은 전혀 없지만 신을 신고 원하는 대로 옷을 입고 미사에 참여할 수는 있는데, 이 모든 것은 오주 공작이 다음번 십자군원정에서 성왕과 함께 사라센인을 쳐부수러 간다는 단순하고 너그럽고 친절하고 관대한 조건에서만 그렇다.

"천만의 말씀." 오주 공작이 대답했다. "내 이미 폐하께 그 말도 안 되는 오지에 더는 발을 들여놓고 싶지 않다고 설명했어. 십자군원정 한 번이면 그것도 많은 거지. 두 번은 심해."

"그렇다면, 각하." 군사가 말했다. "이교도들의 손아귀에서 예수의 무덤을 빼앗아오고 싶지 않으시다는 겁니까?"

"야, 이 헛똑똑이야. 그건 이미 잡쳤어! 고드프루아 드 부이용*처럼 냉온탕을 오가게 될 거야. 교황님 스스로도 더는 그런 건 믿질 않아. 그걸 빼앗아오겠다고 애를 써댄 지 벌써 이백 년이 되어가건만 그것, 예수의 무덤은 여전히 이교도들의 손아귀에 있다고."

그런 언사에 기겁한 군사가 성호를 그었다.

"그리고 군사는 우리가 튀니지로 가야만 이교도들의 손아귀에서 그걸, 예수의 무덤을 빼앗아올 거라고 생각하는가." 공

* 예루살렘의 초대 국왕. 일차 십자군원정에서 콘스탄티노플을 함락시키고 1099년 마침내 예루살렘을 해방했으나 이듬해 죽음을 맞이함으로써 최고와 최악의 경험을 하게 했다.

작이 말을 이어나갔다. "튀니지라고! 아모로트국*이나 하막소비오이국†에는 왜 안 가는데! 그렇다면, 우리의 성왕께서는 왜 인도인들이나 세레스인들‡이 사는 곳까지는 안 가시는데? 왜 툴레섬 너머 짝퉁 오세아니아 연안까지 배를 몰고 안 가시는데?§ 어쩌면 그곳에서 추가로 더 밟아줘야 할 이교도들이 우글거리는 미지의 땅을 발견할지도 모르는데?"

"수위를 좀 낮추시지요, 나리." 비로통 사제가 중얼거렸다.

군사는 쉬지 않고 성호를 그어댔다.

"안 해, 안 해, 안 해." 오주 공작이 결론지었다. "난 십자군원정에 안 가. 내 그 기도문 삼종세트도 줄줄이 읊어주고, 머리에 재를 인 채 미사마다 몽땅 참석할 테고, 정련된 순금으로 투르에서 주조한 금화도 포기할 테지만, 시르트의 바닷가¶ 쪽으로 가서 구르라는 문제에 대해서는, 내 다시 되풀이하는데 말이야, 안 해, 안 해, 안 한다고. 그게 나의 대답이고, 그 말인즉슨, 성왕이 화폐주조권을 가진 우리 나머지 인간들이 우

* 라블레의 『팡타그뤼엘』에 등장하는 가상의 이상 국가로서, 팡타그뤼엘의 어머니 바브독은 아모로트 국왕의 딸이다. 라블레는 아모로트라는 국명을 토마스 모어의 『유토피아』에서 빌렸다.

† 하막소비오이hamaxobioi라는 어휘는 프톨레마이오스가 『지리학 안내』에서 전차hamaxa-bios를 주거지로 삼은 주민들, 즉 스키타이인들을 묘사하기 위해 처음으로 사용한 것으로 알려져 있다.

‡ 고대 그리스인과 로마인들은 비단이라는 의미를 갖는 세리카로 중국을 가리켰고, 그곳에 사는 중국인들은 세레스라고 불렀다.

§ 그리스의 천문학자이자 지리학자인 피레아스는 기원전 330년경 대형 선박을 타고 모험길에 나섰고, 사람이 거주하는 최북단의 섬인 툴레를 발견했다고 한다. 그곳은 아이슬란드와 노르웨이였던 것으로 보인다.

¶ 시르트의 바닷가는 쥘리앵 그라크가 1951년에 발표한 소설의 제목이기도 하지만, 8차 십자군원정이 튀니지를 향했던 사실을 고려하면, 튀니지와 리비아의 경계에 있는 소유사la Petite Syrte를 연상시키기도 한다.

리의 영토 밖에서 우리의 화폐인 솔과 에퀴를 유통시키는 것을 금지해놓고서는, 본인은 정작 그것들이 금색인지 은색인지 보고 싶어한다는 사실을 지적해두겠네. 결론적으로, 군사여, 내 자네에게 명하노니 나의 영토로부터 자네의 그 불쾌한 존재와 그보다 덜 불쾌하다고는 할 수 없는 자네의 똘마니들을 썩 치워버리도록. 이상."

"시급히 말씀하신 대로 행하고 싶으나, 전하에게 부과된 벌금의 잠정과징금, 그러니까 음…… 어디 보자…… 정련된 순금으로 투르에서 주조한 칠천이백 에퀴에 달하는 잠정과징금과 등기비용으로 파리에서 주조된 주화로 십이 솔, 그리고 인지대로 사 리아르를 수령하지 않고서는 떠날 수가 없습니다."

"제칠차 십자군원정대의 일원으로서 감면 혜택을 받을 권리가 내게 있지 않은가?" 공작이 핏기가 가신 찡그린 얼굴이 되어 물었는데, 그는 누군가 자기 돈에 손을 대려고만 하면 그 즉시 핏기 가신 찡그린 얼굴이 되곤 했다.

군사는 단호하게 대답했다.

"없습니다. 계산은 정확합니다."

그가 덧붙였다.

"늘어날 수는 있지만 줄어드는 일은 절대로 없습니다."

조아생 도주는 입을 다물었고 곰곰이 생각하는 척했다.

신부는 공작이 공공연한 반역으로 나아갈까를 고려중임을 알아챘다. 군사 역시 마찬가지를 알아챘다. 공작은 나머지 두 사람이 알아챘음을 알아챘다. 신부는 자신이 알아챘음을 공작이 알아챘다는 것을 알아챘지만, 군사 역시 자신이 알아챘음을 공작이 알아챘다는 것을 알아챘음은 조금도 알아채지 못했다. 한편, 군사는 자신이 알아챘음을 공작이 알아챘다는 것을 신부가 알아챘는지 전혀 알아채지 못했지만, 자신이 알아챘음을 공작이 알아챘다는 것은 알아챘다.

이처럼 험악한 긴장은 침묵을 부추겼고, 그 바람에 저마다 벨뤼진과 피그라넬이 부르는 베틀가와 히힝거리는 말울음, 개 짖는 소리, 국정원이 동동거리는 소리, 펠리즈의 메에에에 거리는 노랫가락을 들었다.

"육시랄." 마침내 공작이 고함을 질렀다. "나의 결정은 내려졌고, 결코 성왕은 정련된 순금으로 투르에서 주조한 내 에퀴들이 무슨 색인지 보지 못할 테고, 결코 나는 재투성이 미사에 참석하지 않을 테고, 결코 그 삼종세트 기도문을 외지 않을 테고, 결코 십자군원정에 나서지 않을 테다. 썩 물러나라, 헛똑똑이 국정원! 자네와 자네 동류들은 내 성채로부터 멀어지도록. 내가 곧 끓는 기름과 녹인 납을 자네들에게 대접할 테니까. 국왕 정적 제거원 요리로는 끝내주는 요리법이지. 국정원은 나처럼 선량하고 고귀한 영주들을 골탕 먹이는 것보다는 십자군원정에 나서는 것이 더 나을 게야. 만약 카페왕조가 우리를 그런 식으로 취급하기 시작한다면, 곧 폭도들이 귀족들을 가로등에 매다는 꼴을 보게 될걸. 군사, 내 말 못 들었나? 이곳에서, 내 영지에서, 썩 물러나라고 내가 말했을 텐데. 자네가 결심을 보다 빨리 못하겠다면, 내 이로 자네의 배때기를 터뜨려줄 걸세, 엉."

질겁한 군사는 기겁을 하며, 수도 없이 성호를 그어대고 난 뒤, 오주 공작의 시야로부터 사라지는 데 필요한 만큼 걸음을 옮겨 퇴각했다. 도개교가 그를 내보내기 위해 내려왔다가 곧 다시 올라갔다.

"기름을 끓이도록!" 공작이 고함을 질렀다. "납이 될 정도로 녹이도록! 어서!"

"좀 너무 많이 나아가신 게 아닌가 싶군요." 사제가 소심하게 말했다. "어쨌든, 미사라든가 기도가 그렇게 끔찍한 건 아니죠."

"그렇지. 하지만 그가, 카페왕조에서 원하는 건 바로 나의 금이라고."

"자, 자, 나리, 과부와 고아들에게 그 약소한 배상금도 치르지 않고서 선량한 마을사람들과 불쌍한 촌뜨기들을 때려죽이고 싶다는 당신 기분을 마음껏 발산하려는 생각은 아니시죠?"

"약소한 배상금이라면 얼마든지 내, 나도. 그들이 배상금을 찾으러 이곳으로 오기만 하면 된다고. 중간에서 일부를 긁어갈 왕을 통하는 수고를 할 건 없단 말이지."

"나리는 지금 주군의 험담을 하고 계십니다."

"그이 들으라고 하는 얘기가 아니야. 그 가련한 인간, 그는 좋은 사내야. 정련된 순금으로 투르에서 주조한 나의 선하고 아름다운 금화를 갖고 한바탕 잔치를 벌일 놈들은 바로 그의 밑에 있는 대법관들과 왕실 재정담당 관리들이지. 내게 헛소리는 하지 말아야지! 자! 어서! 기름을 끓이고 그 금속을 녹이라고!"

그는 만족스럽게 양손을 비볐으나, 국정원은 성벽으로부터 제법 멀찌감치 물러나 공작과 그의 식솔, 그의 가축을 위한 식량이 되어줄 먹거리에 손을 대기 시작했다.

비로통 신부가 이 비열한 행위를 알려오자 공작은 조롱의 표시로 허벅지를 쳐댔다.

"이미 조치해뒀지. 기독교 정신에 매우 투철한 왕이 십자군 원정에 나아갔다가 돌아올 때까지 내가 비축해둔 것으로 나야 버틸 수 있지. 물론 그분이 혹시 돌아온다면 말이야."

"그분께 신의 가호가 있기를!" 사제가 기계적으로 말했다.

"만약 필요하다면 우리는 인육을 먹을 거야! 당연히 구운 거지. 나름대로의 맛이 있다고 하더군. 야채가 먹고 싶으면 나가서 그 못돼먹은 국정원 몇 놈을 때려잡을 테고. 놈들의 몸뚱어리가 나의 순무 밭을 비옥하게 해주는 장면을 떠올리기만 해도 좋아 죽겠네. 내가 순무라면 또 환장하잖아. 자, 이제, 신부님, 나의 세번째 질문에 답을 해야지. 그러니까 일반보편사와 개별일반사에 대한 자네의 생각을 말이야. 질문에 답하기엔 최적의 순간 같군. 자, 난 들을 준비 됐네."

V

“그래, 갈 거지?” 베르트랑드가 말한다.

“정말이지 성가시군.” 욜랑이 말한다. “참말로 고역일세.”

“재미만 보자고 나랑 결혼하지는 않았잖아. 자, 어서, 나서자고!”

“나도 보고 싶어, 네 동생은. 하지만 네 아버지는, 너도 알잖아……”

“내가 뭘 아는데?”

“아니야, 됐어.”

“됐길 바라.”

“내가 무슨 말 하는지는 내가 알아.”

“자기만 그럴걸. 이리 와봐. 넥타이 좀 봐줄게. 자기가 넥타이를 제대로 매는 일은 절대로 없을 거야.”

“귀 버렸네.”

두 사람은 시지스몽드와 뤼세를 만난다.

“어머.” 시지스몽드가 말한다. “두 사람 차동차 새 거네?”

“일부러 말할 필요 없잖아.” 뤼세가 말한다. “대번에 알겠구면.”

“두 사람, 여기 탈래?” 욜랑이 말한다.

“우리 거 탈래.” 뤼세가 말한다.

“어머.” 베르트랑드가 말한다. “그쪽도 새 거네?”

“뭐, 특별한 일도 아니잖아.” 욜랑이 말한다. “새 차동차를 가진 사람들은 늘 사방에 깔렸잖아.”

“절대, 경주는 하지 말자.” 시지스몽드가 말한다.

그렇다. 그들은 경주는 하지 않지만 방주 앞에 거의 동시에 도달한다. 시드롤랭은 강변을 따라 뻗어 있는 울타리를 다시 칠하고 있다. 라멜리는 수송선에서 기다린다. 그녀는 회향주, 생수, 잔들을 준비해뒀다. 여자들이 언덕배기를 내려간다. 남자 둘은 뭉그적거리며 시드롤랭이 몇 차례 붓질로 마무리하는 모습을 지켜본다. 그들은 전문가다운 표정으로 말없이, 시드롤랭을 지켜본다.

“아주 훌륭한 일처리네요.” 마침내 뤼세가 입을 연다.

“근사한 작품이에요.” 욜랑이 말한다.

“그런데, 수송선은요?” 뤼세가 시드롤랭에게 묻는다. “다시 칠하실 건가요?”

“내년에.” 시드롤랭이 대꾸한다. “격년으로 칠하지. 작년에 새로 칠했거든. 자, 다 됐다.”

그는 페인트통을 챙겨들고 언덕배기를 내려간다.

“낯짝 갈지 말라고.” 그가 충고한다.

건널판자에서 그가 말한다.

“강물에 처박히지 않게 주의하게나.”

회향주가 담긴 잔들이 그들을 기다린다. 여자들은 티비에 대해 한창 떠드는 중이다.

"하나 사라고 하지 그래." 베르트랑드가 라멜리에게 말한다. "저녁마다 뭘 하고 앉았는데? 심심할 텐데."

"참고 있는 거지. 여기서 늘 이러고 있을 건 아니니까." 라멜리가 말했다.

"뭘 할 건데?"

"결혼이지, 당근!"

"누군가 있나봐?"

"그 말 나올 줄 알았지."

그녀는 여우짓을 한다.

"라멜리가 없으면 따분하시겠어요." 뤼세가 시드롤랭에게 말한다.

"오, 자네도 알잖나, 나를. 내가 여간해서는 따분해하는 사람이 아니지."

"아버지는 꼼짝도 하지 않을 구실을 늘 뭔가 발견하시지." 라멜리가 말한다. "아버지는 아무 일도 하지 않는 법을 아주 잘 아셔."

"우리도 너만큼 아버지를 잘 알아." 시지스몽드와 베르트랑드가 이구동성으로 말한다.

"물론, 나야 라멜리가 함께 있음 좋지." 시드롤랭이 말한다. "하지만 라멜리 저 아이에게도 저만의 삶이 있지 않겠니. 그게 정상이고."

"정상이죠." 베르트랑드가 말한다.

"정상이죠." 시지스몽드가 말한다.

"그래서, 누가 있긴 하고?" 베르트랑드가 말한다.

"그 말 나올 줄 알았지." 라멜리가 말한다.

그녀는 여우짓을 한다.

"그런데 말이죠." 갑자기 뤼세가 말한다. "왜 집에 티비를 안 두세요? 재밌는데."

"유익하기도 합니다." 욜랑이 말한다.

"그렇다면, 라멜리, 넌 결혼하기 전까지 재미를 누리거나 배우기를 원하니?" 시드롤랭이 묻는다.

"아니에요, 아버지. 제가 원하는 건, 그건 몸을 섞는 거예요."

"티비에서는 몸 섞는 일이 거의 없어." 뤼세가 지적했다.

"거의가 아니라 아예 없지." 욜랑이 말한다.

"둘 다 어리석기는." 베르트랑드가 말한다. "그야 아이들이 보니까 그러지."

"그 집은 아이들이 원하는 만큼 티비를 보게 내버려둘 건가?" 시지스몽드가 묻는다.

"교육적인 것만." 욜랑이 대답한다. "특히 뉴스. 아이들은 그런 걸 보면서 프랑스의 역사, 나아가 보편사를 배우게 될 거야."

"뭔 소리야?" 뤼세가 말한다.

"당연하지. 오늘의 뉴스가 곧 내일의 역사이니. 아이들이 학교에서 배울 게 좀 줄잖아. 왜냐하면 이미 알고 있을 테니까."

"이보게, 뻘소리 좀 작작하라고." 뤼세가 말한다. "역사라는 것이 뉴스였던 적은 결코 없었고, 뉴스가 역사는 아니라고. 뒤섞지 말지."

"천만에. 아니긴 뭐가 아닌가! 그 반대라고!! 뒤섞어야

해!!! 생각 좀 해보지. 자네가 티비 앞에 있다고 쳐. 자네가 보고 있는 건, 내 분명히 말하고 한번 더 말하는데, 보고 있는 건 뤼시앵 보나파르트야. 그자는 종을 울려대고 있고, 그의 형 나폴레옹 보나파르트가 한편에서 지켜보고 있고, 의원들은 고함을 질러대고, 정예병들은 몰려오고 있지. 요컨대 자네는 브뤼메르 19일*을 목격하는 중이야. 그러고 나서 자네는 잠자리에 들어 백 년 동안 잠을 자다가 깨어나게 되지. 그럼, 그때에, 브뤼메르 19일은 역사가 되어 있고 자네는 그게 뭔가 알려고 책을 들여다볼 필요가 없는 거라고."

"어리석긴." 시지스몽드가 말한다. "그 당시엔 티비가 없었어."

"가정을 한 거지." 욜랑이 말한다. "그럼, 영화관에서 상영되는 뉴스를 보자고. 몇 번이고 이미 지나간 뉴스를 틀고 또 틀지. 프랑스 대통령 레몽 푸앵카레와 악수하는 러시아의 황제 니콜라이 이세, 마른전투에서의 택시들,† 빌헬름 이세, 크론프린츠호,‡ 베르됭전투를 보잖아. 이런 게 역사가 아닌가, 이게? 하지만 예전엔 뉴스였다고."

"그건 여전히 뉴스지." 뤼세가 말한다. "증거를 들자면, 자네가 그걸 영화관에서 본다는 것, 그리고 뉴스시간이라고 미리 알려준다는 거지."

* 프랑스 혁명의 실질적 종말로 간주되는 루이 나폴레옹의 쿠데타는 흔히들 브뤼메르 18일로 알고 있지만 실제로는 18일과 19일, 양일에 걸쳐서 완성된다.

† 일차대전 당시 독일군에 대항해 파리의 택시들은 마른으로 신병을 수송해 독일군 진격을 저지했다.

‡ 당시 독일 프로이센 황태자 빌헬름의 이름을 딴 전함.

"어리석긴." 욜랑이 말한다. "그렇다면 자네에게 역사, 그건 대체 뭔데?"

"글로 남겨지면 역사지."

"그건 그렇지." 베르트랑드가 말한다.

"옳은 말이네." 시지스몽드가 말한다.

"백번이고 옳아." 라멜리가 말한다.

욜랑이 식탁을 내리친다.

"회향주를 엎지 않게 조심하게나." 시드롤랭이 말한다.

욜랑은 회향주를 엎지 않게 조심하면서 테이블을 내리친다. 그는 몸짓에 말까지 곁들인다.

"어쨌든 내 말이 무슨 뜻인지 못 알아먹을 정도로 하나같이 멍청한 게 틀림없어."

"아주 잘 이해했네요." 베르트랑드가 말한다. "그런데 멍청한 말인데, 뭘."

"잠깐 생각 좀 해보자고. 어느 날 말이지, 휴전협정에 조인한 사람들이 있었어. 천구백십팔년이었다고 쳐……"

"그러자고."

"……그걸 필름으로 남겼어. 그날, 그건 뉴스였지만 그뒤, 예를 들어 지금은 그건 역사가 됐지. 이젠 명확하지? 그렇지 않아?"

"그렇지 않아." 뤼세가 말한다. "앞뒤가 안 맞잖아. 자네가 말하는 뉴스라는 거, 자넨 그걸 사건 발생과 동시에 보게 되는 게 아냐. 자넨 때론 그걸 일주일, 혹은 보름 뒤에 본다고. 심지어 자네 동네 영화관에서는 여름에 열린 투르드프랑스를 11월에 틀어주잖아. 자, 이런 조건에서라면 그게 역사가 되는 것은 어느 순간부터일까?"

"곧바로! 즉각 당장 즉시! 티비, 그건 역사로 동결되는 뉴스라고. 실행되기가 무섭게 말로 바뀌지."

"그럼 티비가 없었을 때에는 역사도 없었나?" 시지스몽드가 말한다.

"거봐." 뤼세가 말한다. "대꾸할 말이 없잖나."

"이 회향주나 좀 들어들 보게." 시드롤랭이 말한다.

"그런데, 아빠." 라멜리가 말한다. "아빠는 어떻게 생각해요?"

"티비가 없잖니, 난."

"알아요, 알아." 베르트랑드가 말한다. "안 그래도 라멜리가 덜 심심하게 아빠가 하나 사줘야 한다고 라멜리가 알아먹게 설명하는 중이에요."

"그래." 시드롤랭이 말한다. "그런데 쟤는 몸 섞을 생각만 하잖니."

"티비에서는 몸 섞는 일이 거의 없어요." 뤼세가 말한다.

"거의가 아니라 아예 없지." 욜랑이 말한다.

"둘 다 어리석기는." 베르트랑드가 말한다. "그야 아이들이 보니까 그러지."

"그 집은 아이들이 원하는 만큼 티비를 보게 내버려둘 거야?" 시지스몽드가 묻는다.

"교육적인 것만." 욜랑이 대답한다. "특히 뉴스. 아이들은 그런 걸 보면서 프랑스의 역사, 나아가 보편사를 배우게 될 거야."

"뭔 소리야?" 뤼세가 말한다.

"당연하지. 오늘의 뉴스가 곧 내일의 역사이니. 아이들이 학교에서 배울 게 좀 줄잖아. 왜냐하면 이미 알고 있을 테니까."

"재미있군." 시드롤랭이 말한다. "어째 되풀이되는 느낌이야. 어디선가 이미 전부 들었던 것 같구나."

"하지만 말이죠." 뤼세가 말한다. "지금 나누는 얘기, 이게 그리 흔한 건 아닙니다. 이토록 철학적이고 윤리적인 고상한 내용의 대담을 듣는 일을 자주 겪었을 리가 없을 텐데."

"특히 아버님이 얼마 전까지 계셨던 환경에서라면 말이죠." 욜랑이 말한다.

베르트랑드가 그의 넓적다리에 냅다 발길질을 한다.

"아야." 욜랑이 말한다.

"아팠다고?" 시드롤랭이 묻는다.

"난폭한 것." 욜랑이 말한다.

"자, 그러니까, 너희들을 봐서 아주 좋구나." 시드롤랭이 말한다. "나를 보러 이리 와주다니 다정하기도 하지."

"이제 그만 꺼지라는 말씀?" 베르트랑드가 말한다.

"영락없이 그런데." 시지스몽드가 말한다.

"천만에." 시드롤랭이 말한다. "그저 자꾸 뱅글뱅글 돌기 시작하면, 내가 어디로 가고 있는지 스스로에게 묻고 있다면, 즉각 멈추는 것이 더 나으니까. 방향을 잃고서 이전 시대나, 누가 알겠어, 미래나 혹은 그 어디도 아닌 곳, 그런 데에 도달하게 될지도 몰라. 너희들은 그런 거에 기겁을 하잖니."

"우리가 돈을 모아서 아버님께 생일선물로 티비를 사드린다면 골머리가 썩도록 곱씹고 계시는 일은 없을 텐데." 욜랑이 뤼세에게 말한다.

"그건 두고 보죠." 라멜리가 말한다. "지금 당장 제일 좋은 건 아빠가 낮잠을 자게 내버려두는 거야. 그게 아빠가 제일 좋아하는 영화라고."

이제 그들, 국정원에게서 남은 건 이끼에게 서서히 잡아먹히는 폐허가 된 무덤들뿐이었다. 아홉번째로 루이라는 이름을 쓴 왕의 시대에 목숨을 잃었던 그들, 국정원은 이미 잊혔다.

오주 공작은 한쪽 눈을 떴고, 비로통 신부가 세번째 질문엔가 답을 해야 했는데 아무것도 하지 않았다는 사실을 기억해냈다. 두번째이자 마지막 남은 눈을 뜨며, 오주 공작은 그 어떤 비로통 신부도 시야에 들어오지 않음을 알아챘다.

"아, 이 까마귀 자식, 목을 확 매달 놈, 이 천하의 게으름뱅이!" 공작이 으르렁거렸다. "내 장담하는데, 그 자식 바젤공의회*에 갔겠지. 그게 아니면 페라라나 피렌체 공의회일 텐데, 더는 뭐가 뭔지 모르겠군. 어쨌든, 분하군."

그는 일어나, 역사적 정황을 살짝 찔끔 살펴보고저, 성의 망루 전망대에 모습을 드러낸다.

갓땜할 영국놈이라고는 시야에 들어오는 것이 전혀 없었고, 그 어떤 배에 올라탔든 그 어떤 민족이었든 전사戰士 역시 전무. 오히려 인적이라고는 없는 편이었다. 농투성이 몇이 여기저기서 별 볼일 없는 땅을 긁어대고 있었지만 그마저 얼마 안 되는 숫자라 풍경 속에서 거의 눈에 띄지 않을 정도였다.

* 바젤공의회는 교회개혁, 얀 후스 추종자들이 일으킨 후스전쟁의 종결, 유럽의 평화정착, 동방교회의 재통합 등을 목적으로 1431년부터 1438년까지 개최된다. 따라서 독자는 성왕 루이 시대를 떠나 샤를 7세와 잔 다르크의 시대로 들어선 것이다.

공작은 음울한 눈길로 그 광경을 바라보다 한숨을 내쉬었다. 그러더니 부엌으로 내려갔는데, 이는 그저 이를 날카롭게 벼리려고 지나는 길에 종달새 스튜를 먹어치우려는 것이었다. 미처 그를 보지 못했던 보조요리사 몇은 옹골찬 발길질에 얻어맞고 좌로 우로 나가떨어졌다. 영주의 입맛을 알고 있던 요리장은 재빨리 영주가 눈독을 들이던 스튜를 대령했다. 공작은 스튜를 즐기며, 뼈를 오도독오도독 깨물어 먹고, 손꾸락을 쪽쪽 빨고, 술잔을 거푸 비운다. 그의 얼굴에 빛이 난다. 미소가 어린다.

"이거 참 맛있는 걸." 그가 평한다. "하지만 꼬치에 꿰어 구운 다섯 살짜리 사내아이에는 상대가 안 되지."

그가 웃음을 터뜨린다.

"나리, 나리." 요리장이 말한다. "제가 엎드려 간청하노니, 그런 끔찍한 말은 농담으로도 하지 마셔요."

"농담 아니야. 진지하게 말하는 거라고."

"그렇다면 나리, 차라리 농담을 하셔요."

"요리장, 대체 자네가 원하는 게 뭔가? 농담을 하라는 거야 아니면 진지하게 말하라는 거야?"

"나리, 제 생각에 이런 대화 주제는 건드리지 않는 것이 낫겠습니다. 요즘 같은 시대에 식인귀들은 전혀 평판이 좋지 않다고요. 특히 식인귀 비역쟁이들은 말이죠."

"내가 그런 고기는 먹지 않는다는 걸 잘 알면서! 식인귀는 맘에 없고, 비역쟁이는 원치 않고, 오주가 존재할 뿐.*"

* 로앙 가문의 가훈 "왕은 할 수 없고, 공작은 맘에 없고, 로앙이 존재할 뿐"에 빗댄

"나리, 나리께서 비난받아 마땅한 관대함을 지닌 걸 모르는 사람이 없……"

"뭣이! 자네가 지금 나의 오랜 전우에 대한 변치 않는 나의 우정을 비난하는 게야? 그 고귀한 영주 질 드 레*를 향한?"

"그러니까……"

"그러니까 뭐! 그와 함께 왕의 대의명분을 위해 오를레앙의 처녀 잔의 지휘 아래 그 갓뗌할 영국놈들을 수도 없이 많이 베어 넘겼는데, 그가 곤경에 처한 지금 그를 버리라고? 안 해, 안 해, 안 해! 그건 조금도 고귀하지 않아."

"그분은 중범죄인이라던데요."

"여편네들의 험담이야! 그이나 나와 같은 부류의 고귀한 귀족들을 비방하려고 꾸며낸 이야기들이지. 샤를이라는 이름을 일곱번째로 쓴 그 인물은 이제 백년전쟁에서, 사실 전쟁은 백 년이 살짝 넘게 지속되긴 했지만 백 년이라고 쳐, 그리고 우리의 선량한 왕들, 그들이 아무리 꾀바르더라도 시간을 들여야 전쟁에서 이긴다는 사실은 지나는 길에 말해두고, 가만 있자, 내가 무슨 말을 하고 있었나, 그래, 그러니까 영국놈들의 완패에 속도가 붙은 지금, 카페왕조가 이리 분주하게 움직이

표현. 앙리 4세가 나바르왕국의 후계자에서 밀려난 로앙 자작을 달래고자 제안한 공작 칭호를 거부하며 로앙 자작이 남긴 말로 알려졌다.

* Gilles de Rais(1404~1440). 백년전쟁 동안 잔 다르크와 함께 샤를 7세를 위해 싸웠고, 그 공을 인정받아 1429년 렝스에서 샤를 7세의 축성식이 거행되던 날 프랑스의 원수로 임명되었지만, 1433년 경부터 차츰 전쟁에서 손을 떼기 시작한다. 1440년, 종교재판에서는 이단, 동성애, 140명 이상의 아동 살해죄로, 세속재판에서는 어린아이들을 상대로 저지른 범죄 및 생테티엔드메르모르트성 탈취죄로 교수형 및 화형에 처해진다. 19세기에 들어서며 푸른 수염과 질 드 레의 이야기가 뒤섞이기 시작했고, 이 자극적 소재는 미셸 투르니에를 비롯한 여러 작가에 의해 다뤄지게 된다.

니 어쩌면 십오 년 정도만 더 있으면 될 것 같은데, 그래, 우리의 왕이 갓맴할 영국놈들을 몰아내기 위해 더는 우리의 도움이 그다지 필요하지 않게 된 지금, 왕이 우리 발톱을 빼버리고 자신의 발밑에 꿇리려고 반봉건적 조치를 취할 거라고 예상해. 난 그를 믿지 않아. 악마를 믿지 않듯."

"우우, 나리, 그 고약한 짐승은 제발 끌어들이지 마세요."

"우리의 친구 질에 대한 소송은 우리 발톱을 빼버리고 우리를 발밑에 꿇리려는 반봉건적이며 음흉한 조치의 예고편이라고."

"나리, 그건 벌써 한 말인데요."

"우선, 꼭 같지는 않네. 난 꾸밈말을 하나 더 덧붙였지, 그리고 이 깡 무식쟁이야, 반복은 수사학의 가장 향기로운 꽃들 가운데 하나라는 걸 좀 알아두라고."

"나리, 나리의 발길질이 두렵지만 않다면 기꺼이 의심해보련만."

이런 식으로 도발을 당하자 공작은 일어서서 발판을 집어 들고 발판이 부서져라 요리사의 등짝을 내리친다.

"나리, 나리." 요리장이 말한다. "엎드려 비노니, 더이상 중구난방 토론은 그만두는 자비를 베푸셔요."

"이런, 자네는 내 입맛은 앗아가고 허기를 안겨주는군. 이에 낀 기름기를 없애고 싶으니 설탕 친 말린 과일 좀 가져와 보게."

공작은 말린 과일을 먹어치우고 나자, 돌보던 양떼에게로 돌아가듯 하던 이야기로 돌아간다.

"이봐, 요리장, 자네는 말이야, 프랑스의 원수元帥를 법정에

세우는 게 좋다고 생각하나?"

"나리, 그야 확실히 아주 나쁘고 아주 고약한 짓입죠."

"사람들이 그 친우에게 시비를 거는 거야. 그 친우가 사내애 십여 명을 강간했고, 그중 서너 명의 멱을 땄다고 치자고. 그렇다고 해서 프랑스 원수를 채찍질할 이유는 없지 않나. 특히나 그가 영국인들이 루앙에서 불태워 죽인 로렌의 처녀, 우리의 그 선한 처녀의 전우일진대."

"나리, 사람들 말로는 천명하고도 세 명이 더 있답니다."

"천세 명?* 뭐가?"

"그 고약하고 매정한 원수가 고문하고, 멱을 따고, 먹어치운 아이들이요. 끔찍하죠, 어쨌든, 끔찍해요."

요리장은 송아지처럼 눈물을 뚝뚝 흘렸다. 공작은 분노하기보다는 놀라서 그를 바라봤다.

"원탁의 기사 이야기들을 어쩌다가라도 읽어본 적이 없나?" 공작이 부드럽게 물었다.

"나리, 저는 글자라고는 모릅니다."

"그렇다면 천출 음유시인이 만들어낸 애가라도 자네 귓구멍으로 흘러들어갔을 법한데."

"맞아요, 나리! 바로 그거예요. 그 원수라는 인간에게 새끼를 잃은 가여운 부모들을 위해 기독교 정신이 투철한 프랑스 왕에게 정의를 요구한다, 이런 내용의 복수의 노래로 제 영혼을 타락시킨 자는 바로 음유시인이랍니다."

* 모차르트의 오페라 〈돈 조반니〉의 유명 아리아 일명 '카탈로그의 노래' 가사에 나오는 수치로, 레포렐로는 돈 조반니가 농락한 여인들의 명부를 공개하며 스페인에서는 그 수가 무려 천세 명에 달한다고 폭로한다.

"시절하고는." 공작이 한숨을 쉬며 말했다. "시절이 하 수상해! 자, 난, 자네가 지금 보는 이 모습 그대로 내 발로, 아니 내 말, 그러니까 그 선량한 데모의 발로 우리의 현명한 왕 샤를, 그 이름을 일곱번째로 쓰는 왕을 찾아가서 질의, 드 레 원수의 전적인 완전한 자유와 즉각적인 석방을, 더 나아가 똥파리가 고귀한 준마를 괴롭히듯 훌륭한 군인을, 심지어 드물게 보는 개선군사를 괴롭히려 드는 그 모든 법률 자문 위원들, 그러니까 라틴어를 꿰고 있는 그 궤변가들과 로마법을 휘두르는 그 건달들 말일세, 그들의 즉각적 처벌을 요구하려 하네. 이런! 내 시종 무스카요는 어디 있나? 서둘러 채비하고 나의 유능한 데모에게 안장을 얹으라고 해!"

그래서 스테네스에게 무스카요가 안장을 얹었고, 이제 공작은 스테프 위에 올라탄 젊은 시종을 거느리고 수도를 향해 떠난다. 공작은 떠들고 싶은 기분이 들었다.

"내 옆으로 오게, 무스카요. 우리 여행의 이유를 말해줄 테니."

무스카요는 말을 속보로 몰아 영주의 말과 나란한 위치에 오게 하면서도, 갑작스러운 주먹질을 피하려면 반드시 필요하다고 판단한 안전거리를 둘 사이에 유지했다.

"가까이 오게나, 가까이 오라니까." 공작이 말했다.

"가까이 갑니다, 나리, 가까이."

"이 멍충아, 가까이 오라니까." 스테네스가 말한다. "우리의 공작님께서는 시방 아주 사근사근하다는 게 보이잖아."

"그렇지, 맞는 말이야." 공작이 말했다. "그러니까 다가오라고!"

그리하여 무스카요는 박차에 박차를 맞대야 했다.

“이보게, 자네도 알지.” 공작이 물었다. “내가 왜 이처럼 수도를 향해 가는지.”

“모릅니다.”

“맞춰보라고!”

“온천을 하려고?”

“아마 간 김에 즐길 수도 있겠지. 다른 걸 찾아보게나.”

“자지간나희와 논다니들을 보러?”

“아마 간 김에 즐길 수도 있겠지. 다른 걸 찾아보게.”

“생제르맹록세루아교회에 가서 그 번쩍거리는 아름다운 포치, 장 고셀 명장이 막 완성한 그 포치를 감상하려고?”

“아마 간 김에 즐길 수도 있겠지. 다른 걸 찾아보라고.”

“소용없어요.” 스테네스가 말했다. “절대로 알아내지 못할 테니, 나리께서는 결국 두들겨패고 말겠죠. 그런데 저 인간을 놀래주고 싶지는 않으세요?”

“넌 현명한 말이야. 잘 들어, 무스카요. 난 프랑스 왕을 찾아내어 나의 전우 질 드 레, 프랑스의 원수를 위한 정의를 요구하련다.”

“뭐라고요? 그 고약한 비역쟁이 말예요?”

무스카요는 날아가 흙먼지 속을 구른다.

스테프가 멈춘다.

스테네스가 공작에게 묻는다.

“저도 멈출까요?”

“계속 가! 우리를 따라잡을 텐데, 뭘. 그 녀석이 날 실망시켜서 더는 대화를 나눌 생각이 없어.”

"그럼 제가 노래 한가락 해도 될까요?"

"그러고 싶다면야, 나의 유능한 데모여."

그러자 스테네스는 목청이 터져라 자신의 애창곡들을 부르기 시작했다. 스테네스가 샤를 도를레앙이 곧 써내게 될 〈겨울이여, 당신은 마냥 고약한 이〉에 이르렀을 때, 그들은 무장한 마을주민들이 지키고 있는, 성채로 둘러싸인 도시를 눈앞에 둔 곳에 당도했다. 신중하게, 스테네스는 입따무러꼬 여정의 마무리는 침묵 속에서 이루어졌다.

VI

무스카요가 자신의 몸에 난 상처와 혹들을 마을 의사에게 치료받고 있는 동안, 오주 공작은 몽탈랑베르 여인숙에서 저녁식사를 기다리며 장어편육을 먹어치웠는데, 그 요리를 한 입씩 삼킬 때마다 옅은 색 적포도주를 넉넉히 곁들였다. 이로 인해 그의 기분은 점점 더 좋아졌으니, 본격적인 저녁식사가 시작될 순간이 시시각각 가까워지고 있는 만큼 더더욱 그러했다. 그리하여 그는 호의를 품고서 한 인물을 맞았는데, 그 인물은 귀족으로 보였고, 그가 어찌나 우아한 언사를 늘어놓으면서 그에게 예의 바르게 인사를 차렸던지, 공작은 자신의 테이블로 그를 초대한다. 그 젊은 귀족은 머뭇거림 없이 수락하며 자신은 아돌프, 페쉬네 자작이라고 밝힌다.

무스카요가 의사가 감아준 붕대를 매고 도착하자마자 서로 다른 색깔의 세 가지 포타주, 그러니까 마카로니 포타주, 사태고기 포타주, 그리고 내장 포타주로 시작되는 저녁식사를 시작한다. 그러고는 새싹 소스와 육두구 소스를 친 구운 고기에 달려든다. 술잔을 거푸 비운다. 그러고 나더니 양념이 진한 두

번째 구운 고기를 공략하고, 또 술잔을 거푸 비우고, 설탕을 뿌려 말린 과일과 단 과자로 마무리를 짓는다. 이웃한 거리에는 기근이 창궐했지만 그런 건 괘념치 말아야 했다.

"이보게, 젊은 친구." 공작이 페쉬네 자작에게 말한다. "프랑스의 원수이자 고귀한 영주 질 드 레에 대해 조금이라도 들어보지 못했는가?"

"물론 들어봤습니다, 각하."

"나의 전우였지! 스물다섯에 프랑스의 원수라, 자네는 그에 대해 무슨 말을 하려나?"

"원수라기에는 젊다고 말하렵니다."

"그렇지? 그러면 그에게 무슨 일이 벌어지고 있는지는 알고 계시고?"

"투옥됐다는 말을 들었습니다."

"심지어 참수하고 싶어한다네."

"몹시 서글프게 만드는군요."

"그럼 말이지, 젊은 친구, 내가 내 성을 떠나 수도에서 며칠을 보내려고 하는 이유를 아는가?"

"모릅니다."

"사실 말이지, 젊은 친구, 왕에게 원수의 사면을 청하려고 가는 걸세. 프랑스의 구원자를 그런 식으로 취급할 수는 없다는 생각이야. 그가 어린아이 몇을 꼬치구이로 만들었을지도 모른다고 해서 그가 조국을 위해 봉사한 걸 잊어서는 안 되지."

"그렇게 크게 말씀하지 마십시오, 각하. 여론이 원수에게 아주 좋지 않습니다."

"그러든가 말든가. 어쨌든 나는 왕을 찾으러 갈 걸세."

"대체 어디로요?"

"뭔 소리야? 어디긴? 당연히 파리지!"

"그곳에 계시지 않습니다."

"뭣이!? 왕이, 근위병이 정문에서 보초를 서고 철책을 두른 루브르궁에 있지 않다고? 그럼 대체 어디 있는 건가?"

"루아르 강변입니다."

"왕이 수도에 발도 들여놓지 않는다면, 갓땜할 영국놈들로부터 그의 근사한 수도를 해방시켜줬던 건 헛수고로군."

"각하, 전 우리의 왕 샤를, 그 이름을 일곱번째로 쓰시는 분을 비난하지 않으렵니다."

"난, 그럴 건데. 난 공작이고, 교수형에 처해질 때도 기둥 여덟 개짜리 교수대를 누릴 권리가 있다고. 나는 메로빙거왕조의 직계손이야. 내 자네에게 말하는데, 내게 카페왕가 사람들은 김빠진 맥주야. 카페왕가의 그 인간은 자신이 뭐나 되는 줄 아나봐. 우리와 오를레앙의 양치기 처녀가 없었다면, 이 처녀를 잊어선 안 되지, 그리고 다시 말하자면, 우리가 없었다면, 여전히 영국이 통치하고 있을 텐데. 그래서 내가 왕을 찾으러 가고 있는 이 순간에 그가 제 수도에 없다는 건 특히 적절치 못하다고 생각하는 거네."

"각하, 그렇게 생각하시는 분이 각하 한 분만은 아닙니다."

"날 놀라게 하는군. 보통은 내가 생각하는 것을 생각하는 사람은 나 하난데."

"프랑스 왕에 관한 한, 동지들을 만나게 될 겁니다."

"나도 그러길 바라네! 고귀한 귀족이라면 누구나 나처럼 자신에게 가해진 수치를 느낄걸세."

"그리고 그에 대한 복수를 행할 테죠!"

"그렇고말고. 하지만 거, 제법 어려울 거야, 그건. 그 모든 정규군과 궁수들로 구성된 민병대, 상비군대, 뷔로 형제*가 진두지휘하는 포병대들이 버티고 있는데, 어디 한번 가서 부딪쳐보게나!"

"뷔로 형제 말이 나왔으니 말인데, 우리의 왕은 좀 심하게 그런 시정잡배들에게 둘러싸여 있다고 생각지 않으십니까? 방금 말한 형제나 자크 쾨르,† 그리고 그 에티엔 슈발리에‡라든가……"

"세상에!" 오주 공작이 말한다. "자네는 꼭 책에 써진 것처럼 말을 하는군."

"책에서 그런 걸 읽었던 것 같은데." 시드롤랭이 말한다. "탁발 수도사, 그게 중세로 거슬러올라간다는군요."

"수녀는요." 지나가는 이가 말한다. "그들도 계속 구걸질인데, 중센가 아닌가는 모르겠네."

"그런데 우린 중세에서 빠져나왔어요." 시드롤랭이 말한다. "그러니까…… 그래 보인단 말이죠……"

"경오토바이를 탄 그 얼추 사제 말이오." 지나가는 이가 말

* 뷔로 형제는 서구에서 처음으로 포병대를 대규모로 기용하여 카스티용전투에서 승리를 거둠으로써, 백년전쟁을 끝내는 데 결정적인 역할을 한다.

† Jacques Cœur(1395~1456). 프랑스의 거상으로 샤를 7세에게 노르망디 탈환 전쟁자금을 댔고, 샤를 7세는 그의 재력을 높이 사 훗날 그를 최고재정관에 임명한다.

‡ Étienne Chevalier(1410년경~1474). 샤를 7세의 재무대신이자 유언집행자였다.

한다. "어째, 사기꾼 같아요."

"내게 사기친 건 전혀 없어요." 시드롤랭이 말한다. "그에게 준 게 아무것도 없습니다."

"다른 사람들이 줬을 수 있죠." 지나가는 이가 말한다. "다른 사람들에게는 사기를 쳤을지도 모르지."

"난 그 누구에게도 피해를 주고 싶지 않은데." 시드롤랭이 말한다.

"댁이야 그렇게 말하지만."

시드롤랭이 무표정한 얼굴의 지나가는 이를 바라보는 순간 누군가 그들을 소리쳐 부른다.

"저 발언이 향하는 대상은 그쪽인 모양이오." 지나가는 이가 시드롤랭에게 말한다.

"안녕하시오, 아가씨." 시드롤랭이 말한다.

"이 발언이 향하는 대상은 그쪽인데요." 처자가 지나가는 이에게 말한다.

"내가 제대로 이해한 거면, 아가씨, 지금 오토스톱 하는 거죠." 지나가는 이가 말한다.

"나 야영객이고 캐나다 사람이고, 그리고……"

지나가는 이가 손짓을 하자 대형 차동차가 인도와 나란히 주차하는데, 늘 그렇듯 대형 차동차를 위한 자리가 있고, 차에서는 제복 차림의 운전사가 내리더니 문을 열어주고, 처자가 차에 오르고, 지나가는 이는 시드롤랭에게 말한다.

"허, 저 아가씨가 대형 차동차 냄새를 얼마나 기가 막히게 맡는지 봤소?"

그러더니 이번에는 본인이 올라타고, 모두 다 사라진다. 시드롤랭이 시드롤랭에게 말한다.

"지나가는 이가 대체 몇인 거야? 지나가는 이가 필요 이상으로 많거나, 아니면 매번 동일한 인물이 거푸 지나가는 거겠지. 그리고 경오토바이에 올라탄 그 '얼추' 사제, 그치는 같은 인물이야…… 이것저것 다 따져봐도 그래. 그런데 캐나다 여인들은? 이로쿼이인디언도 있고, 희한한 말을 하는 바벨의 후예도 있는 걸 보면, 아마 모두 다 다른 여인들이겠지. 어쩌면 피부색이 담자색에 치우치거나 농자색에 치우치면서 미지의 언어를 말하는 여인들이 있을지도 몰라. 아까 그 여인은 살짝 흑단 빛에 가까웠고. 어쩌면 그 여인들도 결국에 다 똑같은 건지도 몰라. 지나가는 이들처럼. 이치는 진짜 지나가는 이일 리가 없어. 유니폼을 입고 있잖아. 뭐 도와드릴 일이라도?"

"라멜리 시드롤랭 양이 살고 있는 수송선이 어디 있는지 말씀해주실 수 있으신가요?"

"바로 여기요." 시드롤랭이 대답한다.

"그 젊은 여인과 뭔가 관련이 있으신가요?" 새로 등장한 인물이 의심쩍다는 표정으로 묻는다.

"그런 듯 하오만." 시드롤랭이 말한다. "내가 애비요."

"마침 잘됐군요." 상대방이 생생한 만족감을 드러내며 탄성을 질렀다. "청혼을 하러 온 참입니다."

"운좋은 걸로 치자면, 자네는 운이 좋군. 곧바로 적절한 사람과 맞닥뜨린 거니."

"수락인가요, 거절인가요? 오, 알다시피, 제가 그거에 그렇게 집착하는 건 아닙니다만, 이모저모 다 따져보니 말이죠, 그러지 않을 이유는 뭔가 싶기도 하고, 게다가 라멜리가 넌지시

암시하기를 뱃속에 병아리를 품었다던데, 그런 표현은 저희 할아버지도 쓰셨죠. 색을 몹시 밝혔던 분이신데, 그 증거를 들자면 제게는 적어도 일흔두 명에 달하는 사촌들이 있답니다. 모두 내연관계나 간통으로 태어났지요. 저는 신의가 있는 남자이니, 우리 같은 직업을 가진 사람들은 운행노선을 따라 여기저기 아이들을 씨 뿌리듯 하기 쉽다는 것을 알려드리죠. 심지어 제 동료 하나는 프티샹거리와 오페라가르니에 사이에서 아이를 하나 만들었답니다. 제가 이런 말씀을 드리는 건 제가 문제가 뭔지 잘 알고 있다는 걸, 그리고 제가 그런 점을 고치려 들지 않는다 해도 의외일 건 하나도 없다는 걸 보여드리려는 겁니다. 어쨌든 지금은 보시는 대로니, 이젠 고칠 생각이고, 그래서 이 기회를 활용하시라고 권하는 겁니다. 그리고 저도 수송선 위에서 사는 게 나쁠 것 같지 않고요."

"어림없는 소리." 시드롤랭이 말한다.

"하지만 배에는 자리가 있잖습니까."

"내 딸들은 말일세." 시드롤랭이 말한다. "결혼을 하면 다른 곳에 가 자리잡네. 그렇다네."

"그럼 우리를 공공임대주택으로 밀어넣으시려고?"

"이보게." 시드롤랭이 말한다. "그건 자네 일이야. 공공임대주택만 있는 건 아니라는 건 알려주지. 교외의 작은 빌라, 엘리베이터 없는 건물 오층의 소형 아파트, 주거용 트레일러도 있고, 이만 줄이지."

"어쨌든 자리가 부족한 건 아니잖아요?"

"자네는 누구랑 결혼하고 싶은 건가?" 시드롤랭이 묻는다. "라멜린가 아님 수송선인가?"

"수송선은 아직 보지도 못했는데요."

"수송선은 그저 수송선일 뿐이란 걸 인정해야지." 시드롤랭이 말한다. "근사한 수송선도 그저 근사한 수송선일 뿐이란 걸 덧붙이지. 둘러보고 싶은가?"

"헛수고를 하는 거겠네요. 제가 그곳에 살 일이 없을 거라는 생각을 하니."

"체념하고 받아들일 줄을 알아야지." 시드롤랭이 말한다. "언제든 회향주 한잔하러 올 수야 있지. 말이 나왔으니, 한잔 대접하지."

시드롤랭이 길을 가리키고, 둘은 언덕배기를 내려가 건널판자로 접어들고, 파공 직원은 하마터면 개펄로 나동그라질 뻔한다.

"바토 무슈에서 근무했던 적은 없는 모양이군." 시드롤랭이 상냥하게 말을 붙인다.

그러더니 그가 소리친다.

"여기 네 애인 왔다!"

이 발언이 향하는 대상은 라멜리이고 곧 누군가 나타난다.

"이분은 누군가요?" 라멜리가 시드롤랭에게 묻는다.

"보아하니, 네 미래의 배우자야."

"전 모르는 사람인데요." 라멜리가 말한다. "하지만 회향주를 한잔하고 싶어한다면 한잔 대접할 수는 있어요."

"이미 그렇게 말했다. 넌 시원하게 내오기만 하면 된단다."

라멜리가 이 계획을 실현하기 위해 멀어져간다.

"자, 젊은이." 시드롤랭이 파공 직원에게 말한다. "그래, 내 수송선이 어떤가?"

"근사한데요." 파공 직원이 건성으로 대답한다. "이름이 라멜리죠?"

"아니, 방주야."

"따님 이름이 방주라고요?"

"딸아이는 라멜리야."

"확실합니까?"

"못 알아보겠던가?"

파공 직원은 보란 듯 머리를 긁적인다.

"이제…… 뒤지펴보면…… 혹시…… 뒤지펴보니…… 그런데, 라멜리가 이름 맞죠?"

"사실이 그러네."

"또다른 라멜리, 그러니까 나의 라멜리가 역시 이곳의 또다른 수송선에서 산다면 그건 정말 놀랄 일이겠죠."

"그러면 왜 안 되는데?"

"어…… 확률을 계산해보면……"

"그런 건 그저 수수께끼와 모순명제의 핑곗거리일 뿐. 강가를 따라가며 만나는 수송선 위의 아가씨들 모두가 어쩌면 라멜리라는 이름일 수도 있지."

파공 직원은 의심쩍다는 표정이다.

"정박해 있는 수송선들 말일세." 시드롤랭이 한마디 덧붙였다.

파공 직원은 거의 넘어간 표정이었다. 완전히 넘어갔더라면 그의 실수였으리라. 회향주를 들고 온 라멜리가 그에게 이렇게 말했으니까.

"그래, 자기, 나 때문에 겁났었어?"

"라멜리 맞네!" 자기가 신이 나서 외쳤다.

"아빠에게 말씀드렸어?"

"그럼." 자기가 말한다.

"그러라고 하셔?"

"물어봐, 직접."

"아빠, 제가 파공 직원과 결혼하기를 원하세요?"

"그래." 시드롤랭이 선선히 답하더니 말랑꼴리가 없지는 않게 덧붙인다. "드디어 성사되는군."

잔을 부딪는다. 이야기를 나눈다. 앞으로의 거처에 대해 말한다. 여기서 사는 것은 논외論外이니까. 게다가 파공 직원은 그럴 생각이 전혀 없는 것이 습기, 그건 잘 알려져 있다시피 류머티즘을 유발하는데, 그는 류머티즘을 몹시 두려워한다, 그 파공 직원은. 그리고 아이, 아이를 갖는 것은 논내論內인데, 하수도에서 흘러나와 수송선 주위에 고인 혐오스러운 개흙으로 아이가 떨어질 수도 있을 테니, 교외의 작은 빌라를 물색할 텐데, 둘은 무슨 돈으로 할 건지를 그들 스스로에게 묻는다. 시드롤랭도 스스로에게 묻는다.

파공 직원은 시드롤랭에게 감히 묻지 못한다.

교외의 작은 빌라를 얻자면 아마 기다려야 하리라.

어쨌든 물어볼 수는 있는 일.

"저이에게 줄 게 얼마나 되나요?" 파공 직원이 물었다.

"뭐가 얼만데? 저이는 누구고?" 시드롤랭이 묻는다. "난, 자네도 알다시피, 돈 문제라면……"

"어, 어, 그러니까 지참금이죠." 파공 직원이 말한다. "예전엔 지참금이라고 불렀던 것, 결혼에 딸려오는 소소한 금액,

뭐, 그런 거죠."

"뭔 소릴 하는 건지 명확하질 않군." 시드롤랭이 말한다.

"요컨대, 뭣이냐, 라멜리, 저이의 결혼을 위해 아무것도 안 주실 생각입니까?"

"아무것도." 시드롤랭이 말한다.

"정말로 아무것도?"

"정말로 아무것도."

"어쨌든 얼마간이나마 돈을 갖고 계실 텐데요."

"그렇겠지. 하지만 비용이 발생할 테니까."

"무슨 비용이요?"

"대체비용. 내가 집안에 여자를 들이지 않고 지내리라고 생각하는 건 아니겠지? 내가 내 손으로 구두에 광을 내고, 음식 장만이라든가 나머지 일을 하리라고? 다른 걸, 여자 하나를 얻어야 하네. 그건 꽤나 비싸게 치일 거야.

"그런데 말이죠." 파공 직원이 불안에 떨며 말한다. "라멜리는 아버님의 여자가 아니라 딸인 것 맞죠?"

"그런 문제에 있어서는 아무것도 걱정하지 말게나." 시드롤랭이 위엄 있게 단언한다. "라멜리는 세상을 떠난 내 아내가 저승길 밟으면서 출산했던 세쌍둥이 중 막내라네."

"전 전혀 몰랐습니다." 풀이 죽어 파공 직원이 말한다.

"그런 얼굴 하지 말게나. 세쌍둥이랑 결혼하는 건 오히려 특별한 거지. 그 사실을 알게 되면 자네 친구들이 기절초풍할 걸세."

"그건 그렇군요."

"그 사실을 알리면 자네 친구들이 놀랄걸세."

"다시 돈 문제로 돌아가자면 말일세, 대체 자네 원하는 게 뭔가. 갑판에 걸레질도 하고 종을 울려대는 축제일마다 대형 깃발도 올려줄 사람이 필요해, 내겐. 그런 일을 할 사람이 나는 아니지, 그렇지 않나, 그러니 내게 필요한 그런 진귀한 새를 발견하려면 쇠푼이 필요하고, 따라서 자네에게는 땡전 한 푼 없네."

"그 경우, 혹시…… 혹시…… 생각 좀 해보고요……" 파공 직원이 말한다.

"우리 몸 섞었다는 것 기억해." 라멜리가 그에게 말한다.

"자, 자." 시드롤랭이 덧붙인다. "자네가 돈만 밝히는 남자라고 주장하려는 건 아니겠지."

"물론 그런 건 아니죠. 그런데 세쌍둥이라, 어쨌든 세쌍둥이이니, 신문에 제 사진이 나거나 티비 뉴스에 나갈 수도 있겠죠? 그렇게 생각지 않으세요?"

"그야 추호의 의심도 없지." 시드롤랭이 진중하게 말한다.

"그럼, 라멜리가 쇠푼이 있든 없든 데려갑니다!" 파공 직원이 외쳤다. "약속을 위반하면 돼지죠!"

"훌륭한 청년일세." 시드롤랭이 말한다. "자, 어떻던가, 내 회향주가?"

"일등줍니다." 파공 직원이 말한다. "일등주."

침묵이 흐른다.

"자, 드디어 해치웠군요." 결국 파공 직원이 입을 연다. "괜찮으시다면 엄마에게 알려야 하니 집으로 돌아가겠습니다."

"내 당장 이 자리에서 일러두지." 시드롤랭이 말한다. "라멜리 대신 갑판을 씻어내고 키를 박박 문질러 닦는 일 때문이라면 내 자네 모친은 사양하겠네."

"엄마에게 그런 제안을 할 생각조차 없었는데요."

"그러길 바라네."

시드롤랭이 일어나고, 파공 직원도 그리한다. 시드롤랭이 라멜리에게 말한다.

"내가 데려다주마. 건널판자 건널 때 어지러워하더라."

그는 그가 개펄로 굴러떨어질까 걱정되어 그의 손을 잡는다. 그러더니 두 사람은 다시 언덕배기를 오른다.

"다시 봄세." 시드롤랭이 파공 직원에게 말한다.

그는 글씨로 뒤덮인 울타리와 쪽문을 바라본다. 파공 직원이 말한다.

"난 뭔가 쓰고 싶다는 욕구를 가진 사람들을 이해 못하겠어요. 아버님과 관계된 내용인가요?"

"또 봄세." 시드롤랭이 그에게 말한다.

파공 직원이 천천히 멀어져가는 동안, 시드롤랭은 페인트통을 찾으러 가고, 정성스러운 붓질로 글자 '살' 위에 녹색을 두텁게 펴바른다. 그는 열중한다. 지나치게 색칠을 하여 위에서 말한 그 글자가 다시 드러날 정도로 바르고 또 바르더니 다음 글자의 초성 'ㅇ'으로 옮겨가는데 그의 열의는 줄어들지 않는다. 그는 지나가는 이들의 발자국 소리도, 무수히 많은 자동차들이 대로를 지나가는 소리도 듣지 못한다. 페쉬네 자작은 낮은 목소리로 오주 공작에게 말한다. 라 트레무아유, 뒤누아, 알랑송 공작이* 그 카페왕가 일원을 발밑에 꿇리고 그에게 태생이 고귀한 사람들에 대해 가져야 할 존경심을 상기시킬 생각이다. 보다 더 중요한 인물이 그들에게 합류하기까지

했다. 오주 공작은 도대체 이 인물이 누구인지 묻고, 자기로서는 좀체 모르겠노라고 덧붙인다. 잠시 애걸하게 만들고 난 젊은 영주는 그 누군가는 바로 황태자라고 덧붙인다.

"뭣이!" 오주 공작이 외친다. "그 유명한 루이 십일세라고?"

"바로 그분이죠." 페쉬네 자작이 대답한다. "하지만 그분이 아직은 십일세가 아니라는 점을 알려드리죠."

"그런데 자기 아버지에 대한 음모에 가담할 거라고?"

"우리는 음모를 꾸미는 게 아니라 우리의 정당한 권리를 지키는 겁니다."

"그 점은 인정하지. 그런데 나의 친우 질 드레, 그이는 이 모든 사태 속에서 어찌 되는 건가?"

"우리가 그를 석방시켜주겠죠."

"만약 일이 그렇게만 돌아가준다면 내 자네에게 말린 정향 꽃봉오리 백 개를 주겠네. 그동안, 마시자구!"

그리고 그들은 마셨다.

* 조르주 라 트레무아유(1382경~1446)는 프랑스의 총사령관이었고, 장 드 뒤누아(1403~1468)는 샤를 도를레앙의 의붓형제로 질 드 레와 마찬가지로 잔 다르크의 전우였으며, 알랑송 공작(1415~1474)은 샤를 7세의 사촌으로 왕위 계승을 위해 평생을 바쳤다.

VII

망루의 보초병이 노새에 올라탄 두 인물이 성을 향해 다가오고 있음을 알아차렸다. 오주 공작에게 즉각 기별을 했다. 두 인물은 리팽트 부사제를 대동한 비로통 신부임이 밝혀졌다.

"저 둘에게 재미있는 농을 걸어야겠어." 오주 공작이 말했다. "구포 한 발과 장포를 몇 발 쏘아대자고. 사격이 끝나면 포환들은 수거해오도록."

초짜 포병대원들은 전혀 마음이 놓이지 않았는데, 그들이 오주 공작이 새로 구입한 무기를 사용하게 된 것은 이번이 처음이었기 때문이다. 포가 만족스러운 방식으로 작동하여 포탄 한 발이 오네지포르로부터 삼백 미터도 채 떨어지지 않은 곳에 가 박혔는데, 오네지포르라고 해서 무슨 일이 벌어지는지를 리팽트 부사제보다 더 많이 이해한 것은 아니었다.

장포의 포환들이 바로 옆에 떨어지자, 사제는 노새에서 뛰어내려 신의 가호를 빌었고, 리팽트 부사제가 즉각 따라했다. 장포의 포신이 폭발했고, 그 바람에 사격이 중지되었는데, 공작이 그저 장난 한번 하겠다고 엄청 비싸게 값을 치른 장비를 작살낼 위험을 무릅쓰고 싶어하지 않아서였다.

살아남은 포병대원들이 포환을 회수하러 간 동안, 리팽트 부사제를 대동한 비로통 사제가 공작 앞에 당도했다.

"나리, 무슨 이런 환대가 다 있습니까." 비로통 신부가 말했다. "나리께 나쁜 의도가 전혀 없었다는 건 알고 있지만 하마터면 큰일날 뻔했습니다."

"결과는 내가 생각했던 것보다도 더 만족스러웠네."

"그러니까, 나리, 나리께서도 그 악마 같은 포탄을 갖고 계시군요?"

"이보게, 난 나를 지켜야 한다네. 이제나저제나 국정원이 들이닥치기를 기다리고 있는데다가, 나를 자근자근 짓밟게 내버려두고 싶은 생각이 없으니 난 예방조치를 취했고, 현대적인 발명품들과 최신 장비들을 확보했지."

"아직도 왕하고 분란이 있나요?"

"그치질 않네. 이번에는 내 친우 질 드 레 때문에……"

"우! 그 고약한 비역쟁이!"

"입 닥치라고, 사제. 자네에게는 기독교인의 자비가 부족한가? 나의 친우 질 드 레가 시골뜨기처럼 참말로 처형을 당했다고, 그가, 고귀한 영주이자 용감한 전사가! 백년전쟁이 아직 끝도 나지 않았는데. 그 꼴이 내 맘에 들지 않았기 때문에 왕에게 교훈을 주려고 다른 고귀한 귀족들과 용감한 전사들과 함께하기로 했지. 우리와 함께하는 사람이 누군지 아는가?"

"짐작도 못하겠습니다."

"황태자라네."

"뭐요! 그 유명한 루이 십일세요?"

"십일세? 아직은 아니네. 그사이에 있었던 일을 전부 다 말하지는 않겠네. 어쨌든 고귀한 귀족들이 얼간이들처럼 행동을 했고 황태자는 우리를 내버렸고, 그 바람에 나 홀로 남아 프랑스 왕에게 맞서는 공공연한 반역을 저지른 셈이지. 다행히 내겐 나의 대포들이 있네. 자, 이왕 온 것, 잔말 말고 나의 대포들을 축성해주게."

비로통 신부는 군말 없이 그 즉시 실시한다. 일이 끝나자, 공작은 사제의 등짝을 다정하게 치더니 건강은 어떤지 묻고는 이런 질문을 던진다.

"그래, 그 공의회*는?"

"에우게니우스 교황을 폐위하고 사보이 공작 아마데오 팔세로 대체했고, 그리고 프랑스 왕은 프랑스 교회의 자유를 옹호하는 칙령을 공표할 거랍니다."

"내가 제대로 이해한 거라면 자네는 왕의 편을 든 게지."

"흥분하지 마십시오, 나리. 전 그저 거기 일개 참관인으로 있었을 뿐입니다."

"흠! 자네 내 뒤에서 배신의 직물을 짜고 있는 표정이야."

"나리! 배신이라니요! 제가요? 그저 단순한 참관인이라고,

* 바젤공의회로, 1431년 교황 마르티누스 5세가 죽기 전에 소집하고 그 뒤를 이은 교황 에우게니우스 4세가 승인했다. 이 공의회에서는 교황의 지상권 문제와 후스파 이단 문제를 주로 다루었으나 교황과 공의회 사이의 의견이 일치하지 않자, 결국 교황 에우게니우스는 공의회 장소를 이탈리아 페라라로 옮겨버리고, 교황 반대파들은 교황의 해산 명령을 거부하고 계속 바젤공의회를 유지시키며 1439년 평신도인 사보이 공작 아마데오 8세를 자신들만의 교황인 펠릭스 5세로 선출하기도 했다. 1447년 에우게니우스 교황이 서거한 뒤 니콜라우스 5세는 펠릭스 5세를 폐위하고 1449년 4월 잔류 공의회를 해산시켰다.

다시 말씀드리죠."

"말이야 얼마든지 다시 할 수 있지. 하지만 자네를 주시하겠어. 자네의 귀환을 포탄 몇 발로 장식해주라고 내게 충고했던 게 혹시 나의 수호천사가 아닌지 생각중일세. 교황당원이자 봉건제 지지잘세, 난. 만약 내 전속신부가 현대적인 생각에 혹한다면, 내가 할 일이라고는 그를 포구에 매달아 산산조각내어 하늘로 날려보내는 것 말고는 다른 할일이 뭐가 있겠나."

사제 비로통은 그 발언에 대해 논평하기를 자제했고 뒤이은 침묵 속에서 피그라넬과 벨뤼진이 샤를 도를레앙이 써낼 참이었던 론도 〈겨울이여, 당신은 마냥 고약한 이〉*를 부르는 소리가 들려왔다. 마구간에서는 스테네스와 스테프가 흥얼흥얼 따라 불렀다.

"따님들이 기분이 좋으신가보군요." 전속 사제가 본인 외의 다른 것으로 화제를 돌리려고 말을 꺼냈다.

"그렇지." 공작이 대답한다. "결혼을 시키려고."

"세 분 다요?"

"응."

"펠리즈도요?"

"펠리즈도. 보게나, 오네지포르, 내가 혼자 된 뒤로 걔들이 사람을 만날 일이 없어졌어, 딸아이들이. 내가 엮여들어간 음모 덕분에 친구와 동지들, 그리고 말했듯이 얼간이들을 사귀

* 론도 형식의 이 시는 1440년에 탄생한 것으로 추정된다. 즉 오주 공작이 175년의 시간을 건너뛰어 1439년으로 들어선 것을 고려하면, 그로부터 1년 뒤이다. 다시 한번 크노는 앞뒤가 안 맞는 말을 하면서 독자에게 공모의 눈짓을 보이고 있다.

게 됐는데, 그 얼간이들 가운데에서도 최고의 얼간이들 중에서 젊은 얼간이 세 놈을 손에 넣었고, 그놈들에게 딸년 셋을 떠넘기는 거지. 피그라넬은 시리 경에게, 벨뤼진은 토르브 백작에게, 그리고 펠리즈는 말플라케의 주교대리에게 말이야. 드디어 해치운 거지. 결혼식을 치를 수 있으면 좋을 텐데, 왕이 보낸 궁수들이 들이닥치기 전에 말이야."

"각하께서 작살을 내고 싶으신 그 궁수들요?"

"내 대포들이 있으니 이제 더는 그 누구도 두렵지 않다고."

오주 공작은 가장 생생한 만족감을 보여주는 온갖 징후들을 드러내며 두 손을 비벼댔는데, 갑자기 얼굴 표정에 근심이 어렸다.

"그런데 내 아주 오래전에 자네에게 물은 적이 있었지, 그 보편사 얘기 말이야. 난 여전히 자네의 답을 기다리고 있네."

"정확히 알고 싶으신 게 뭔가요?"

"일반보편사와 개별일반사에 대한 자네의 생각. 자, 들을 준비 됐네."

"전 몹시 피곤합니다." 사제가 말했다.

"쉬는 건 나중에 해. 말해보게, 그 바젤공의회, 그건 보편사에 들어가나?"

"그럼요. 일반보편사에 들죠."

"그럼 내 대포 얘기는?"

"개별일반사죠."

"그럼 내 딸들의 결혼은?"

"실록에도 들까말까. 미시사죠, 기껏해야."

"미, 뭐라고?" 오주 공작이 고함을 친다. "이 빌어먹을 어휘는 대체 뭐란 말인가? 성령이라도 임하셨어? 오늘이 자네의 성신강림축일인가봐."

"죄송합니다, 나리. 아시겠지만 피곤 때문입니다. 그리고 신경이 곤두서서요. 그 포탄들 끔찍하더군요. 악마적인 발명품이지 뭡니까!"

"하지만 자네가 그것들을 축성했잖나, 이 게을러빠진 인간아!"

"대포였지 포탄은 아니었습니다."

"오! 고약한 위선자! 꺼져, 안 그러면 명줄을 끊어놓겠어."

오네지포르가 사라진다.

공작은 성벽을 돌아보고, 궁수라고는 보이지 않는 지평선도 살펴보고, 구포와 장포를 쓰다듬더니 자신이 고용한 용병들을 칭찬한다. 심지어 짤막한 연설까지 한다.

"만약 사제가 와서 제군에게 이게 악마의 발명품이라고 말하거든, 십자군원정기에 대포가 있었더라면 예수의 무덤은 여전히 기독교인들의 수중에 있을 거라고 대답들 하도록."

말을 마치자 그는 뭔가 거둬들일 만한 맛난 것이 없을지 보려고 부엌 쪽으로 내려가다가 갑자기 마음을 바꿔 딸들을 데려오라고 시킨다.

젊은 처자 셋이 곧 모습을 나타낸다. 그러더니 비로통 사제와 리팽트 부사제에게 구포와 장포를 쏘아댐으로써 아버지가 그들에게 제공했던 유쾌한 정경에 대해 열렬한 감사를 표하는 것으로 이야기를 시작하여, 각자 자신들의 결혼 날짜에 관한 아버지의 의중에 대해 알아본다. 공작은 우선 딸들에게 나도 말 좀 하게 해주지 않겠느냐고 묻는 것으로 대답을 대신한다. 그가 말을 잇는다. 조금도 걱정할 것 없고, 모든 게 준비됐고, 귀족들이 종종걸음으로 달려오고 있다고. 그리고 왕의 궁수로 말하자면, 그들을 맞을 태세가 된 대포들이 있으며, 만일 그들이 성벽 앞에 모습을 나타낼 생각이라면, 그들의 대참패는 결국 추가적 즐거움을 더하는 구실이 될 뿐일 거라고. 할 말이 마무리되었다 싶자, 공작은 한번 더 변덕을 부려서 세쌍둥이들에게 그들의 존재로부터 자기를 벗어나게 해달라고 경고한다. 그렇지 않을 시, 주먹질 발길질을 조심해. 공작이 근처에 왕의 궁수들이 모습을 드러냈는지를 살필 셈으로 그의 망루 꼭대기로 기어오르는 동안, 세 딸들은 서둘러 사제를 찾아나섰다가 부엌에서 사제를 발견하는데, 사제는 엷은 색 적포도주를 곁들여가며 훈제 청어를 철저히 발라볼까 하여 부엌에 처박혔던 참이었다. 그녀들이 사제와 회견을 하나, 사제는 그녀들의 흥밋거리에 대해 아는 게 거의 없음을 털어놓을 수밖에 없고 그녀들에게 경건히 기도드림으로써 신에게 영혼을 맡기기를 권한다.

"메, 메." 펠리즈가 말한다.

동의한 것이다.

딸들이 떠나자, 요리장이 지금 굽고 있는 고기파이를, 양의 기름을 넣고 계핏가루를 친 고기파이를 먹으면서 좀더 원기를 되찾으시라고 사제에게 제안한다.

"정말 고맙네." 오네지포르가 말한다. "부르르. 주변머리만 남은 내 머리 주위로 파리처럼 날아다니는 포탄들, 그거 나 같은 평화주의자 신부에게는 가혹한 시련이었다네."

"하지만, 신부님." 요리장이 말한다. "제가 알기로, 신부님은 주먹질 발길질은 조금도 두려워하시지 않잖아요."

"그런가? 그러면 내가 변한 건가……"

"어쨌든, 신부님이 당하신 장포사격은 아주 작은 시작일 뿐이라는 것이 저의 생각입니다. 곧 이 구석에서 얼마 안 있어 장하게 싸움질을 하게 될 겁니다. 기독교 정신에 아주 투철한 우리의 왕 샤를 칠세가 그 갓땜할 영국놈들을 싹 쓸어버리자마자, 아니 어쩜 그전에, 반란을 저지른 우리 공작님께 따끔한 교훈을 주러 오실 겁니다. 그 고약한 비역쟁이 식인종 질 드 레를 옹호한 사건, 그 때문에 대중들에게 비호감이 됐죠, 우리 공작님이. 어쨌든 제 보기에는 그렇더군요. 그리고 아무리 장난이라도 저는 인육을 먹는 일에는 찬성하지 않아요. 저는 발포무기, 우리 시대의 이 골칫거리에도 찬성하지 않는답니다. 동물들이야, 암, 죽이고 배를 가르고 내장을 꺼낼 수밖에 없지만. 우리가 먹고 살아야 하니까요. 그리고 그들에게는 영혼이 없죠, 그렇지 않습니까, 신부님?"

"이런 생각은 알비 종파 머릿속에나 스쳐갈 수 있을 텐데, 어쨌든 하느님께 감사하게도 그자들은 더는 남아 있지 않지."

"그럼 양의 기름을 넣고 계핏가루를 친 고기파이를 대령하겠습니다."

오네지포르가 맛을 본다.

"내게 위로가 되는군." 그가 말한다. "공의회에서 술수를 부려 주교 자리 하나 꿰찼을 수도 있었건만 다시 이 성으로 기어들어온 내게. 하지만 난 모사꾼이 아니야. 어쨌든 이곳에서 우리는 어딘가 덫에 걸린 쥐들 같아. 그리고 그 결혼 말인데, 그걸 믿나, 자네는, 그 결혼을?"

"준비라고는 전혀 되어 있지 않아요." 요리장이 대답했다. "납품업자들에게 미리 알리지도 않았고, 지금 보유하고 있는 음식으로는 귀족 삼십 명을 먹일 수도 없고 포위공격에 버틸 수는 더더욱 없습니다."

"그런데 우리의 공작께서는 대포에 대한 환상을 잔뜩 품고 있더군. 그건 여기저기 떨어지던데, 그 포탄들 말이야. 까놓고 말하자면 아무 데나 떨어진다고. 그건 아직은 완전한 무기가 아니야. 게다가 왕도 그만큼 갖고 있고. 도개교에 제대로 몇 방 떨어지면, 왕의 궁수들이 마음대로 성 안으로 들어오는 거지."

"허, 이젠 이 까마귀 수도사가 전략을 짜네!" 몰래 숨어들어와 있던 공작이 고함을 질렀다. "그것도 패배주의자의 전략을! 내가, 외분비샘 숨어 있는 거시기 두 쪽으로 저자를 매다는 걸 누가 막을 수 있을지 나도 모르겠군!"

그전까지 그로서는 사제의 귀 한쪽이라도 잡아당겨주지 않을 수 없다. 화가 치민 비로통 신부가 세차게 고함을 질러대기 시작하나, 그렇다고 상대방의 행위가 중단되는 것은 아니기에, 신부는 불 위에 놓인 꼬챙이를 집어들어 견인지수牽引之手 화형식을 거행하기 시작한다. 공작이 끔찍스러운 비명을 내지르더니 충수 모양의 연소된 부위를 마구 털어대며 귀를 놓아버린다. 이렇게 해방되자 오네지포르는 분명한 목소리로 불만을 터뜨린다.

"내게 이런 짓을 하다니! 지상에서 신을 대리하는 이에게! 바젤공의회의 참관인에게! 사도전승의 로마·프랑스 교회의 일원에게! 무릎을 꿇어, 조아생 오주 공작! 자비를 빌어! 불이행시 파문이야! 그리되면 결혼식도, 도유식도, 아무것도 없어! 무릎을 꿇어, 조아생 오주 공작!"

"저게 이젠 반란까지 일으키는군." 공작은 화상 입은 부위에 신선한 버터를 펴바르며 툴툴거린다. "내 얼마 전부터 예견했었지. 성직자들이 뭐든 좌지우지하고 싶어한다는 걸."

"무릎을 꿇으라니까, 조아생 오주 공작!" 비로통 신부가 계속 고래고래 고함을 질러댄다. "성스러운 어머니 교회에 대해 불경을 저질렀으니, 자비를 빌어. 무릎을 꿇어! 더 빨리 못할까! 네 영혼을 지옥으로 데려갈 시기를 호심탐탐 노리며 네 주위에서 폴짝거리는 꼬마악마들이 보이기 시작하는군!"

"얼씨구, 꼴에 환영까지 보는군."

"그 생각을 하라고. 더는 아무것도 없다는 걸! 도유식도! 결혼식도!"

공작은 어깨를 으쓱하더니 한숨을 내쉬고는 무릎을 꿇는다.

"미안." 그가 말한다.

"열의가 부족해." 전속신부가 말한다. "자, 자, 회개도 좀더…… 신앙심도 좀더 보여보라고……"

공작은 충분량을 투여하기로 결심한다.

"나의 성스러운 어머니 교회의 자비와 그보다 덜 성스러운 것은 아닌 사제 오네지포르 비로통의 자비를 비옵나이다."

그는 용서받는다.

"어쨌든 사제의 귀 한쪽 때문에 지옥에 갈 위험을 무릅쓸 생각은 아니었어." 공작은 잠시 후에 무스카요에게 이렇게 설명했다. "그리고 그 작은 악마들, 난 그런 건 믿지 않는다는 걸 말해두지. 그 자신이라고 그걸 믿겠어? 이러나저러나, 세상사람 전부와 등질 수는 없으니, 살려면 약게 굴어야 한다고. 자, 기분 전환을 위해서 묵직한 짐승이나 사냥하러 가야겠어. 거, 왜, 유럽 들소들 있잖나. 말에 안장 올리고, 사냥개들 준비시키도록…… 장포도 갖고 가겠어…… 당연히, 내가 사냥감을 정통으로 맞춘다면, 더는 남지 않을 거야, 그 묵직한 게…… 묵직한…… 점점 더 묵직한……"

시드롤랭이 다시 눈을 뜨니, 주황색 태양이 근교의 공공임대아파트 단지 위로 지고 있다. 그는 일어서서, 회향주 한잔을 넉넉히 마시고, 가장 근사한 정장에 솔질을 하더니 몸에 걸친다. 제일 먼저, 울과 쪽문이 낙서 없이 말짱한지 가서 확인하고는 문단속을 하고 버스를 향해 걸어간다. 그는 버스 하나를 골라 타고 수도의 도심으로 간 뒤, 그곳에서 다시 다른 버스를 타고 같은 도시 내의 변두리로 간다. 황혼이 길게 자락을 드리우고 있는데, 카페와 상점들은 마치 한밤중인 양 벌써 불을 밝히고 있다. 사실, 이 변두리는 새벽부터 저녁까지 늘 컴컴하다.

시드롤랭은 마치 누군가를 찾듯이, 혹은 그저 자기 취향에 맞는 자리나 테이블을 찾듯이, 좌우의 카페들을 일일이 살펴본다. 그는 약간 배회하다가 마침내 비튀르 바, 나머지 다른 바들과 비슷해 보이는 그 바로 들어선다. 시드롤랭이 자리에 앉는다. 손님이라고는 서서 삼연승식 경마에 대해 떠들어대는 두 사람 뿐이다. 카운터 뒤에서는 주인이 꼼짝 않고 경마의 결과를 예상하는 논평에 귀를 기울인다. 그는 흰색 물방울무늬가 박힌 천으로 만든, 정사각형이자 준準 원형에 난형인 챙모자를 쓰고 있다. 바탕천은 검다. 물방울들은 타원형이다.

물방울 각각의 장축은 육 밀리미터이고 단축은 사 밀리미터, 즉 십구 제곱밀리미터에 살짝 못 미치는 면적이다. 챙도 비슷한 천으로 만들어졌으나, 물방울들이 보다 작고 난형을 띤다. 그들의 면적은 십팔 제곱밀리미터를 넘지 못한다. 모자 쓴 사람과 마주하고 챙의 가장 가장자리 줄 왼쪽에서부터 세어 세 번째 물방울 위에는 얼룩이 있다. 회향주 얼룩이다. 그건 미미하나, 그 좁은 면적에도 불구하고 원래 물질의 고유색을 띠어 약간 오줌색이며, 적외선과 자외선의 중간이다. 그 옆의 물방울, 그러니까 여전히 모자 쓴 사람과 마주하고 챙의 가장 가장자리 줄을 따라 왼쪽에서부터 세었을 때 인접한 물방울을 공들여 관찰하면, 마찬가지로 회향주 한 방울이 튀어서 생긴 아주 작은 얼룩을 알아볼 수 있지만, 그 크기가 어찌나 작은지 물방울이 찍힌 검은색 바탕천의 실 하나가 그곳에 어쩌다 잘못 끼어들었고, 관 모양의 네온관에서 그럭저럭 새어나오는 네온 불빛의 작용으로 노르스름한 색채를 띠는 거라고 생각할지도 모른다. 실제로 그 조명시설은 불규칙한 움직임을 보이며 작동중이어서, 그 장치가 1791년에 찰스타운(매사추세츠)에서 태어나 1872년에 포킵시에서 사망한 그 유명한 미국인 화가가 발명한 그런 알파벳 신호들을 보내는 중이라고 생각할 수도 있다. 야릇한 우연의 일치로 시드롤랭의 머리 바로 위에, 1813년에 아츠아델파이소사이어티로부터 금메달을 받은 그 새뮤얼 핀리 브리즈 모스*가 그린 〈죽어가는 헤라클레스〉의 복사화가 걸려 있다.

* 새뮤얼 핀리 브리즈 모스는 우리가 알고 있는 그 모스 부호의 발명자이기도 하다.

그 복사화가 머리 바로 위에 걸려 있어서 시드롤랭은 그 그림을 직접 볼 수 없을 뿐만 아니라, 그 그림이 반대편 벽면 전체를 덮고 있는 거대한 거울에 비치고 있지만 간접적으로도 볼 수 없는데, 그도 그럴 것이 두 손님 중 한 명이 키가 아주 커서 새뮤얼 핀리 브리즈 모스의 〈죽어가는 헤라클레스〉의 모습을 완전히 가리고 있기 때문이다. 키가 일 미터 사십삼 센티미터를 넘지 않는 것이 대화상대자보다 눈에 띄게 키가 작은 또다른 손님은, 그 복사화에 가끔씩 눈길을 던지며 두 눈으로 직접 그림을 보고 있는데, 그럴 수 있는 이유는 카운터에 기대서서 주인을 거의 등지다시피 한 자세를 취하고 있어서다. 갑자기 주인이 새 손님의 존재를 알아차린 듯 멀리서, 움직이지 않고, 심지어 손짓 한 번 없이, 모자는 더더욱 벗지도 않고, 시드롤랭에게 뭘 마시겠는지를 묻는다.

조금 전부터 그런 질문을 예상했고 대답할 준비를 하고 있던 시드롤랭은 전혀 당황하지 않는다. 그래서 지체 없이 대답이 떨어졌다. 그 대답은 일련의 어휘들로 이루어지며, 이렇게 구성된 문장은 문법적으로 올발라, 비튀르 바를 운영하는 사장처럼 둔한 카페 사장의 머릿속에서조차 그 의미에 관한 한 어떠한 의심도 남겨놓을 수 없다. 카페 사장은 두 손님이 주고받는 경마에 대한 의견에 조금 더 귀기울이다가 시드롤랭에게 주문받은 음료를 가져다주는데, 그건 약간의 생수를 곁들인 살짝 미지근한 회향주다. 시드롤랭은 그토록 넘치는 친절과 그토록 엄청난 정확함 앞에서 필설로 다 할 수 없는 가없는 영원한 감사를 표시하기 위해 뚜렷한 미소를 짓지만, 흰색 물방울무늬가 점점이 박힌 검은색 천으로 만든 챙모자를 쓴 남자는 줄곧 진중한 표정을 유지하며 카운터 뒤쪽으로 위엄 있게 물러난다.

그러고 난 뒤 몇 분이 흐르고, 그사이 두 손님은 다가올 일요일의 삼연승 경마가 제기하는 알쏭달쏭한 문제들을 해결하려 애쓰는데, 그중 한 손님은 아주 키가 크고, 다른 한 손님은 등을 카운터에 기댄 자세로 사분의 삼쯤 돌아서 있어서 새뮤얼 핀리 브리즈 모스의 작품 복사화에 때때로 눈길을 줄 수 있다. 그는 그쪽에 앉아서 회향주를 음미하는 듯한 남자 또한 때때로 바라본다. 그가 그 손님에게 아무런 흥미도 느끼지 않는다고 짐작할 수 있는 것이, 그의 시선이 특징이라고는 찾아볼 길 없는 그 인물 위에 삼사초 이상 절대 머무르지 않기 때문이다. 그는 새뮤얼 핀리 브리즈 모스의 〈죽어가는 헤라클레스〉가 확실히 더 좋은 모양이다. 그의 대화상대자가 고려할 만한 합리적 조합들은 전부 다 남김없이 고려했다고 확언하자, 그는 살짝 몸을 돌려 주머니에서 돈을 꺼내 아직도 카운터 위에서 굴러다니는 말끔히 비운 두 잔의 값을 치른다. 그러더니 사장과 악수를 나누고 함께 온 사람, 그러니까 키가 아주 큰 남자를 데리고 나간다. 그들이 나가자 문이 다시 닫힌다.

챙모자를 쓴 남자는 잔을 씻는다. 그는 시드롤랭에게 말을 걸지 않는다.

시드롤랭은 그에게 말을 걸지 않는다.

바로 그때, 알베르가 들어온다.

VIII

시드롤랭을 보고서도 알베르는 놀라움, 감사 혹은 기쁨의 그 어떤 과도한 표현도 자제한다. 그는 차분하게 자리에 앉더니 그와 악수하고 사장에게 샴페인 한 잔을 주문한다. 흰 물방울무늬의 검은색 챙모자를 쓴 남자는 잔에 샴페인을 가득 따라주고는 카운터 뒤로 물러나 아주 조그맣게 짜부라진다.

알베르와 시드롤랭이 낮은 목소리로 이야기를 나눈다.

"원하는 대로 잘돼가?" 알베르가 묻는다.

"거의."

"시민 생활에 적응했고?"

"그럭저럭. 익숙해지기 마련이니까."

"여전히 수송선에서 살고?"

"응."

"거기서는 평온하겠네."

"거의. 단지, 얼마 전부터 어떤 얼간이가 대로를 따라 뻗어 있는 울타리에 낙서하는 데 재미가 들리는 바람에, 난 그걸 다시 칠하느라고 시간을 보내고 있지. 울타리 말이야."

"별것도 아닌 일에 흰머리 늘리지 말라고. 그라피티, 그게 뭔가? 그저 문학 나부랭이라고."

"물론이지. 하지만 그 위에 칠하는 게 더 좋아."

"그리고 뭐가 또 문젠데?"

"그것 빼고는 다 괜찮아. 딸아이를 여의려고. 막내."

"브라보. 그렇다면 만족하겠네. 이제 전부 다 출가한 거잖아."

"인정해야지. 막내도 성공하리라고는 생각 못했다는 건."

"거봐. 절대 절망해서는 안 돼."

"오, 나야 절망하지 않았지. 무엇보다도 딸애야 그랬겠지만."

"그렇지."

"자, 그래서 수송선 위에 나 홀로 남게 됐네."

"조만간 한번 자넬 보러 가야겠지만, 알잖나, 내 일이 워낙."

"바로 그 때문에 내 자네에게 할말이 있어서 왔네."

"자네가 내 일에 대해 무슨 할말이 있다는 건지 모르겠군."

"아니야, 그렇지 않아, 곧 이해될걸세."

"내가 요구하는 것도 바로 그걸세."

"자, 난 수송선 위에 홀로 남게 됐지. 내가 요리하고 빨래하고 양말을 깁고 갑판에 걸레질을 해야 해. 그러니까 귀찮은데다가 여자가 해야 할 온갖 일을 하게 생겼지. 내가 무슨 말 하려는지 알겠지?"

"좀더 자세히 말해보게."

"혹시 자네가 알고 있는 젊은 여자 한 명 없을까? 어쨌든 너무 젊지 않아도 되고, 요리, 빨래, 양말 깁기, 갑판 걸레질,

이 모든 일을 할 수 있으면 돼. 그 여잘 따먹는 일엔 그다지 관심이 없어. 아니, 아예 없다고. 없어, 없지. 그저 오로지 그거야. 내가 자네에게 말했던 것. 먹을 걸 장만해주고, 셔츠를 다려주고, 속옷을 기워주고, 수송선을 말쑥하게 유지하는 것. 자네도 알잖나, 해군에서는 갑판이고 돛이고 계속 닦아댄다고."

"직업소개소에는 왜 알아보지 않는 건데?"

"내게 들러붙은 평판으로는……"

"아직도 사람들이 네 생각을 하고 있을 것 같아? 사람들은 널 잊었어."

"천만에. 내 문짝에 낙서를 해대는 작자가 있다니까."

"그건 그냥 네 생각일 뿐이야."

"그저 내 생각인 건 아니지. 그렇게 써놨다니까."

"직업소개소를 권하겠네, 난."

"자네가 알고 있는 아가씨들 가운데 아르헨티나의 유곽이나 산유국의 하렘보다는 내 수송선을 더 좋아할 치들이 많을 거 같았는데."

"저런, 거기에 대해서는 자네의 착각이라고 말해줄 수 있네. 자네가 걔들에게 제안하는 것은 전혀 장래성이 없잖아. 걔네들은 노동이라면 치를 떤다고. 내 말을 믿으라니까."

"어쨌든. 어쨌든. 그리 끔찍하지 않아, 내가 요구하는 건. 앞갑판 뒷갑판 물청소, 스웨터 짜기, 빨래 삶기, 슈퍼마켓에서 감자 사기, 이게 뭐 많다고. 구름같이 몰려드는 남미의 가우초들이나 마누라를 잔뜩 거느리고 트림을 해대는 아랍 족장들 받느라 시달리는 것보다야 훨씬 더 좋을 텐데."

"자네가 엄청나게 착각하는 거야. 내 손을 거쳐가는 아가씨들, 걔들 중에 몇 명은 내 여기에 둘 텐데, 걔들에게는 진정 널널한 직장을 찾아준다고……"

"여기 하나 있잖은가."

"……하지만 머나먼 곳으로 떠나겠다고 애원하는 건 걔네들이라고. 걔네들은 끝내주는 식민지 개척자들이라니까."

"멍청이들이군, 자네가 거느린 무스메*들은. 자네는 걔네들을 감언이설로 꼬셔서는 믿게 만들지. 이번 한 번이라도 걔네 중에 한 명 골라내어 진실을, 그러니까 내 수송선이 열대지방의 형편없는 갈보집에서 스트리퍼 노릇하는 것보다는 훨씬 나은 순결하고 순수한 거처라는 걸 믿게 만들어봐."

"잠깐. 난 구질구질한 갈보집을 하는 게 아냐. 내가 아가씨들을 대주는 클럽들은 두루두루 훨씬 더 수준이 높다고."

"수준이야 내 수송선에도 있네. 저번 날 선박세 감찰관이 왔다가, 내 방주가 곧 A등급에 닻 세 개짜리로 올라갈 거라는 기대를 안겨줬거든."

"축하하네." 알베르가 감동하여 말한다.

"자넨 친구야, 그렇잖은가?" 시드롤랭이 말한다.

"그걸 의심하는 거야?" 알베르가 화를 내며 말한다.

"그렇다면 내가 찾고 있는 걸 내게 찾아주게나."

"쉽지 않을 텐데."

"천만에. 르맨대로에 나가서……"

"내 일을 가르치려고 들지는 말게나."

"……아브랑슈발發 기차에서 내리는 아가씨 한 명이 눈에

* むすめ. 일본어로 '젊은 여자'를 의미한다.

띄면, 이렇게 말하라고. 이봐요, 내가 수송선을 하나 알고 있는데, 다른 건 몰라도 이 말은 해줄 수 있지. 그저 할일이라고는 청소 약간과 스튜나 만드는 정도라는 것. 그리고 노 젓는 스포츠클럽 회원들과 잘생긴 사내들을 보면서 일광욕을 할 수 있다는 것도. 그런데 사실이 그런 거잖아. 그 아가씨가 지구상에서 가장 후미진 고장을 향해 떠나는 라이베리아 화물선에 떨어지는 일은 없을 테니까."

"조금 내 원칙에 어긋나기는 한데, 자네가 요구하는 건."

"원칙과 우정 사이에서 주저하는 건가?"

"좋아, 좋아. 하지만 이건 자네라서야. 오네지포르!"

흰 물방울무늬의 검은색 천으로 만든 챙모자를 쓴 남자가 천천히 삼십칠 도 회전을 했다.

"샴페인 한 병 가져다주게." 알베르가 말한다. "내가 소장한 최고급 포도주로." 그가 시드롤랭에게 말한다. "로스차일드나 오나시스, 뭐 그 비슷한 집안에서 마시는 것과 같은 거라고."

오네지포르가 바닥에 난 작은 뚜껑문을 열더니 사라진다.

"그런데 말이야." 알베르가 곤혹스러워하며 말을 잇는다. "아직 다루지 못한 문제가 하나 있잖은가."

"자네 호주머니에서 나오는 건 전혀 바라지 않아." 시드롤랭이 말한다. "물건이 배달되면 자네가 해외로 수출했을 때 만졌을 만큼을 캐시로 지불하겠어."

"이십 퍼센트 할인해줄게."

"역시 내 친구야."

오네지포르가 최고급 포도주를 가져온다.

둘은 단숨에 들이킨다.

오네지포르 역시 자기 몫을 비울 권리가 있다. 하지만 그는 마무리되어가는 대화 끝자락에 끼어들지 않는다.

"너무 못생기지도, 너무 덜떨어지지도 않은 여자로 애 좀 써줘." 시드롤랭이 말한다.

"애는 써볼게." 알베르가 말한다. "귀염상이야 내가 잘 알지. 하지만 덜떨어진 건 가끔은 재볼 수가 없더라고."

"이제 돌아가야겠네." 시드롤랭이 말한다.

"운전사보고 데려다주라고 할게." 알베르가 말한다.

"사양하겠네." 시드롤랭이 말한다. "버스가 더 좋아."

"아직도 안 좋은 기억이 남아 있나?"

시드롤랭은 대답하지 않는다. 그는 알베르와 악수를 나누고, 흰 물방울무늬의 검은색 천으로 만든 챙모자를 쓴 남자에게 정중하게 인사하고, 타야 할 버스 두 대를 갈아탄 뒤, 일단 자신의 수송선에 도착하자 간 파테 깡통을 따 빵에 바른다. 그러고는 회향주 세 잔 반을 마시고 잠자리에 누워 잠이 든다. 그는 매머드, 진짜 매머드를 마주하고 있다.

오주 공작은 냉정하게 짐승을 판단한다. 그는 무스카요에게 말한다.

"난 유럽 들소들을 생각했지 이런 짐승은 생각도 안 했어. 내 영지에 이런 건 더는 존재하지 않는다고 생각했는데. 포수! 어이! 각자 제 위치에! 매머드를 조준한다! 발포 준비……"

매머드는 심호흡을 하더니 공격자들을 향해 내달린다.

"재주껏 도망쳐라!" 나무 밑동에 돋아난 이끼를 뜯어먹고 있던 스테네스가 히힝거린다.

"쟤는 이젠 명령도 내리기 시작하는군!" 공작이 너그럽게 말한다.

"재주껏 도망쳐라!" 무스카요가 메에거린다.

"투 쿼퀘 필리……"*

오주 공작이 시종에게 따귀를 날리려고 하나 그자는 포수, 사냥개, 그리고 말들과 함께 이미 달아나버렸다. 그러한 도주도 오주 공작에게는 영향을 주지 못한다. 그는 검을 꺼내어 야수를 후려칠 태세를 취하나, 야수는 잔 다르크와 질 드 레의 전우는 거들떠보지도 않는다. 야수는 강력한 발로 장포를 땅에 처박아버리고는 그의 눈에 띈 버러지를 뭉개버리겠다는 코끼리다운 희망을 품고 전속력으로 쿵쾅쿵쾅 자신의 길을 내달리나 개들은 개집으로, 말들은 마구간으로 이미 들어가 버렸고, 포수들은 도개교에 아주 근접했다. 따라서 오주 공작은 아무 피해 없이, 얼떨떨해서, 귀족 신분으로 현장에 남아 있다.

그는 슬픔에 잠겨 땅속에 뿌리내린 자신의 장포를 바라보는데, 그날 하루 동안 그가 잃은 두번째 대포이니, 결국 현대의 발명품들은 그에게 비싸게 치인 셈이다. 그는 검을 다시 검집에 꽂아넣고 역사적 정황을 살짝 찔끔 살펴보려고 했다.

현재로서는 숲이 우거졌고 인적이 없었다. 나무들은 말없이 우뚝 솟아 있고 동물계는 은밀하고 말없는 동작을 통해서만 제 존재를 드러냈다. 오주 공작은 평소에 자연의 관조에 거의 시간을 바치지 않기에 보다 사람이 많이 사는 지역으로

* 카이사르가 암살당하면서 양아들 브루투스에게 했다는 "내 아들아, 너마저"에 빗댄 표현으로 "아들아, 너마저"를 의미한다. 크노는 의도적으로 소유격을 빼버림으로써 무스카요와 오주 공작의 관계를 분명하게 밝히지는 않는다.

가려고 했다. 그러자면, 이곳으로 오기 위해 따라왔던 길을, 그리고 정상적이라면 그를 다시 자신의 성으로 데려다줄 그 길을 되짚어나가는 것이 아주 영리한 행동이라고 판단했다.

주저 없이, 그는 적절해 보이는 오솔길을 골라내어 씩씩한 걸음으로 약 한 시간 동안 걷는다. 그러다가 오솔길이 하이데거스러움을 깨닫는다.* 엿 같은 처지가 된 그는 몸을 돌려, 자신의 장포가 부식토와 썩은 낙엽으로 영혼을 가득 채운 채 너부러져 있을 빈터와 다시 맞닥뜨리기를 바라며, 씩씩한 걸음으로 약 한 시간가량을 걷는다. 옳거니, 빈터로 나갔으나 대포의 흔적은 보이지 않는다. 주의깊게 관련 자료를 통해 문제를 고찰한 뒤, 다음의 결론을 내린다. 두 경우 중 하나. 이것이 같은 빈터가 아니든가, 혹은 스키우루스 콤무니스†와 티네올라 비젤리엘라‡가 자신의 대포를 게걸스럽게 먹어치웠든가. 뷔리당§이 아주아주 오래전에 일찌감치 가르쳐줬듯이 그러한 딜레마는 기아로 마무리될 수밖에 없었고, 오주 공작은 무엇보다도 소박한 식사를 두려워했으니, 하물며 식사의 부재는 말할 것도 없었다. 그는 확률에 의거한 방법론을 활용하여 자의적인 것보다 덜 우연적이라고는 할 수 없는 방향으로 접어

* 크노는 이 책 『푸른 꽃』을 집필할 당시, 하이데거의 『숲길*Holzweg*』을 접했다. 프랑스에서는 『그 어디로도 이르지 않는 길들*Chemins qui ne mènent nulle part*』(Gallimard, 1962)로 번역되었다.

† 유럽의 적갈색 다람쥐의 학명.

‡ 좀벌레의 학명.

§ 뷔리당(Buridan, 1300~1358)은 유명론자로서 자신의 논리학 저서에서, 배도 고프고 목도 마른 당나귀는 동일 거리에 좌우로 놓인 물통과 귀리통 사이에서 갈등하다가 이러지도 저러지도 못하고 결국 그 자리에서 죽고 만다는, 소위 '당나귀의 역설'을 이야기했다.

들었고, 그리하여 황혼이 다가올 때까지 헤매기 시작했다.

"물론, 내가 지나온 길에 작고 하얀 조약돌들을 점점이 뿌려둘 수 있었지. 하지만 한편으로는 나의 수중에 그런 게 없었고, 다른 한편으로는 곧 밤이, 그것도 깜깜한 밤이 되려는 지금, 그게 그리 도움이 될까나." 오주 공작이 스스로에게 말동무가 되어주기 위해 커다란 목소리로 말했다.

실제로 밤이, 심지어 깜깜한 밤이 되었다. 공작은 고집스럽게 계속 길을 갔지만 덤불숲과 맞닥뜨리거나 몇백 년 묵은 떡갈나무에 코를 부딪게 되자 분노에 찬 고함을 내지르며, 이 장소의 야상미夜想美에 대한 조금치의 존중도 없이 가장 무례한 방식으로 욕설을 퍼부었다. 그는 짜증이 나기 시작했고, 칠흑의 어두운 비단 위에 꽂힌 빛 한 점이 그의 눈에 띄었을 때, 그는 정말로 짜증이 난 상태였다.

"저게 뭔지 보러 갈 테야." 공작은 스스로에게 말동무가 되어주기 위해서 커다란 목소리로 말했다. "이러고저러고 저건 대형 반딧불일지도 몰라. 근데 굉장히 배가 고프니 저걸 먹어 버리겠어."

그런데 그건 반딧불이기는커녕, 초가였다.

"내가 헤매다닌 이곳이 아직까지는 내 영지 안인가보군." 안심이 된 공작이 중얼거린다. "이 초가집에 사는 자는 내 농노들 중 하나겠지. 나무꾼일 거야. 틀림없어. 스테네스가 여기 있다면 그자의 이름이 뭔지 내게 말해줄 텐데. 모든 사람을 꿰고 있으니, 스테네스는. 하지만 그 더러운 놈이 달아나버렸고, 불쌍한 엄지동자처럼 길을 잃었단 말이지, 난. 간단한 먹을거리도, 해도海圖도, 휘하의 부역군 명단도 지니지 않고 대포 사냥을 나선다는 게 바로 이런 거군."

그는 문을 밀려고 하나 (이곳은 자신의 영지가 아닌가?) 문이 말을 듣지 않는다. 문짝에 빗장을 걸어놓았으렷다. 검의 손잡이 장식으로 문을 두드리는 동시에 으뜸패를 내보인다.

"문을 열어라, 평민이여, 이곳 영지의 공작이다!"

그는 기다리나 주변에서는 어떠한 변화도 일어나지 않고, 그가 재차 말한다.

"문을 열어라, 평민이여, 이곳 영지의 공작이다!"

그러고 나서도 그러기를 여러 번. 결과는 여전히 전무.

공작은 곰곰이 생각한 뒤 스스로에게 들으라고 생각을 밝혀본다.

"겁을 집어먹은 게야, 불쌍한 녀석. 내가 밤에 나다니는 숲의 정령인 줄 안 거야. 나 같은 용맹을 타고났을 리 없지. 미천한 계급에 속할 테니. 하지만 가련한 모습에는 무감하지 않겠지! 계략을 써보자……"

울먹이는 소리로 그는 절망적인 비명을 질러댄다.

"배고파요!"

주술이 발휘된 듯 곧 문이 열리더니 눈부신 출현체가 출현한다.

상기 출현체는 각별히 더러우나 흠잡을 데 없는 아름다움을 구현한 처자로 판명된다. 공작은 숨이 턱 막힌다.

"가련한 나리." 처자가 대빵 감미로운 목소리로 말한다. "이쪽 화로 근처로 와서 앉으세요. 밤과 도토리로 만든 소박한 먹이를 함께 나누죠."

"먹을 게 그게 단가?"

"안됐지만 그래요, 나리. 아버지가 훈제 대구를 아주 쪼끔

사볼까 해서 도시로 갔지만 아직 돌아오지 않으셨고 새벽녘에나 돌아오시지 않을까 싶어요."

그 말을 듣고 공작은 생각에 잠긴다. 이 소박한 먹이를 먹는 데 하룻밤이 통째로 필요하지는 않다. 특히나 순전한 수줍음으로 자신을 바라보고 있는 사랑스러운 아이와 함께 나눠 먹어야 한다면 말이다. 그녀를 살펴본다, 그가.

"그대는 정말 잘 빠졌군." 공작이 말한다.

그녀는 그 수작질을 접수하지 못한 척한다.

"앉으세요, 앉으세요, 나리. 먹이에 후추를 넣을까요? 그 귀한 것이 한 봉지 있는데, 제 대모님께서 지난 성탄절에 주셨답니다. 말라바르해안 지역에서 온 거예요, 이 후추는. 그러니까 정말 진품이고 다른 게 전혀 섞이지 않았답니다."

"물론." 공작이 얼굴을 붉히며 말한다. "싫다고는 않겠네. 몇 알갱이……"

"한 봉지 다요, 나리! 한 봉지 다! 그러면 기운차게 일어서실 거예요."

"그러니까 내가 수선이 필요해 보인다는 말씀?"

"각하께서는 거물이시지만 심한 감정적 동요를 겪으셨던 것 같아서요."

"염병할…… 대포를 잃고…… 뭐, 그런 거지……"

"대포요? 대포가 있으세요?"

"그것도 여러 문이라네." 공작이 자랑스럽게 말한다.

그러자 처자가 기뻐서 팔짝팔짝 뛰며 손뼉을 친다.

"오! 대포를 갖고 계시다고요? 대포가 너무 좋아요, 전! 그것, 그건 적어도 현대적이잖아요!"

그러더니 둘레가 얼마 되지도 않는 작은 방 안을 빙빙 돌기 시작하며 노래를 부른다. “카르마뇰 춤을 추자 포성 만세 포성 만세…… 카르마뇰 춤을 추자 대포 소리 만만세……”*

“매력적이야, 저 아이는.” 오주 공작이 중얼거렸다. “하지만 저 후렴구는 뭔가 수상쩍군.”

그러더니 묻는다.

“누가 그런 노래를 가르쳤지? 내 귀염둥이?”

“아빠요.”

“뭘 하는 사람인데, 아빠는?”

“나무꾼이죠, 당근.”

“그는 누구 소유지?”

“저 고귀하고 강대한 영주 조아생 오주 공작요.”

“달리 말하자면 바로 나 자신이지. 좋아. 그놈 목을 매달게 하겠어.”

“아니, 왜 우리 아빠 목을 매달게 하는 거죠, 공작님?”

“그놈이 네게 고약한 것들을 가르치니까.”

“뭐라고요! 공작님은 대포 소리를 싫어하세요? 공작님을 즐겁게 해드리려고 불렀는데, 전.”

“카르마뇰이 내 마음에 드는 법은 거의 없어.”

“공작님은 친절하지 않으시군요. 전 공작님을 기꺼이 우리 집에 들였는데 공작님은 우리 아빠 목을 매달려고 하다니. 그럼 손님 환대의 원칙은요?”

“이곳은 나의 집이기도 해, 아가씨. 이곳의 모든 게, 그러니

* 프랑스 혁명 당시 유행하던 춤과 노래.

까 숲이니 나무니 나무꾼이니 초가집이니 딸이니, 전부 다 내 거야."

"그렇게 앞서가지는 마시죠, 공작님. 공작님께서 아빠의 목을 매달려고 하면 전 먹이를 장작불에 엎을 거예요!"

"이런, 빌어먹을, 내게 그런 짓을 하면 안 되지!"

"그럼 약속하세요. 아빠에게 아무런 해도 끼치지 않겠다고."

"약속할게! 약속해!"

"믿지 못하겠어요. 공작님 평판이 하도 더러우니. 제 도토리와 밤과 후추 한 봉지를 다 먹어치우고는 하고 싶은 대로 하시겠죠."

"천만에, 천만에. 약속한다고. 그 얘긴 더이상 하지 말고 후추 친 그 근사한 음식이나 갖고 오라고. 너 때문에 애간장이 닳겠어!"

"지금이야 시장하시니 약속하시겠죠. 하지만 그러고 나면……"

"약속 말고 뭘 더 하면 되겠어?"

"서면 약속이란 게 있지만, 영주님을 생각하면 그거라고 더 나을 것 같지가 않네요."

"서면 약속이라! 아! 아! 아! 그러니까 이곳에 문방사우라도 있단 말야, 뭐야? 웃기는군, 정말이지!"

"우리가 문맹이라고 잔인하게 비웃으시는군요, 공작님."

"하지만 네 요리의 질에 대해서는 아니야. 자, 자, 어서 후추 친 그 향기로운 음식을 내오라고. 내오라고, 내오라고. 얘야, 얘야, 얘야."

어느새 엉큼스레 몸을 일으킨 공작이 손가락을 델 위험을 무릅쓰고라도 작은 냄비를 덮칠 태세를 갖추나, 처자는 자신의 봉건군주를 유심히 지켜보고 있다. 그가 획 몸을 날리고 말자, 밤, 도토리, 후추알이 재빨리 불 속으로 사라진다. 그것들은 숯검댕이로 변한다.

"이번에도 잡쳤군." 나무꾼 처녀를 두들겨팰 용기마저 사라진 공작이 중얼거린다.

그는 다시 간소한 나무의자에 주저앉아 허리를 푹 꺾은 채 한탄한다.

"아이고, 배고파라, 아이고, 배고파라, 이리도 배고플 수가."

공작은 처자를 꾸짖는다.

"어리석은 거야, 네가 한 짓은. 우선, 음식을 낭비하는 건 늘 애통한 일이고, 그다음, 난 더이상 그 어떤 약속에도 매이지 않게 되었고, 마지막으로, 손님 환대의 법칙, 그 얘길 얼마든지 주절거려보라고. 환대는 개뿔!"

그는 주변을 살핀다.

"이곳엔 진정 먹을 만한 다른 게 하나도 없나?"

그의 눈길이 고정된다.

"물론, 이 젊은 처자가 있긴 하지. 내 친구이자 전우인 질 드 레라면 한순간도 주저하지 않았을 텐데. 하지만 난 이미 말썽거리를 충분히 안고 있지. 이 고장에서는 사람들이 그걸 나쁘게 볼 텐데. 내 장래 사위들도 아마 좋게 보진 않겠지. 게다가…… 후추가 없이는……"

그는 침울한 생각에 빠져들다가 자울자울 졸기 시작한다. 더이상 자신의 두 발이 굳건한 땅을 디딘 것 같지 않고, 몸이 흔들리는 것 같고, 초가집이 기우뚱기우뚱 물살을 따라 흘러가기 시작하고, 곧 갑판 위의 장의자에 길게 누울 수 있을 텐데, 어떤 처자가 그를 깨웠다.

"공작님, 공작님!"

"뭐야, 뭐야, 뭐야!"

"동틀 때까지 아빠를 기다리면서 놀이 하나 할까요?"

"무슨 놀이?"

"그냥 놀이."

"어떤 걸 걸고?"

"아빠의 목숨."

"좋은 생각이야." 활력을 되찾은 공작이 소리를 질렀다. 그리고 그들은 동이 틀 때까지 질펀하게 놀았다.

IX

시드롤랭은 감옥에서 십팔 개월을 보내고 난 뒤, 전에는 자주 들렀던 맛으로 소문난 레스토랑에 다시는 찾아가지 않았다. 사람들이 알아볼까봐 두려웠다. 가끔씩 그는 최고급 레스토랑 리스트가 실리는 정보지 『라스멘뒤브동』을 샀는데, 거기에는 시드롤랭이 알지 못하는 곳들이 나와 있었고, 이곳저곳 가볼 생각은 있었으나 결심을 하지는 못했다.

라멜리가 퀴브통 부인이 되어 떠나가고 나서, 알베르가 데리고 있는 아가씨 한 명을 보내줄 때까지의, 더 나아가 찾아낼 때까지의 공백기는 그 혼자서만 감당했고, 그 결과는 예견됐듯이 따분하고 별 볼일 없음이 드러났기에, 한 번이라도 제대로 된 식사를 하기 위해 그는 유달리 추천자가 많고 그때까지 그로서는 가본 적 없는 값-비싼 레스토랑을 경험해보고자 이번 기회를 이용하는 것이 적절하다고 판단했다.

그가 동굴 같은 곳으로 들어가자마자 그의 의도를 묻는 목소리가 들렸는데, 그야 쉽사리 짐작되는 게 아닌가. 이곳에 식사하러 왔다고 객관적으로, 겸손하게 대답하자 자리를 예약했는지를 물어왔다. 그런 종류의 일은 아예 하지 않았기에 만석이라는 통지를 받게 되었다. 이제 그가 할 일이라고는 물러가는 것뿐이었고, 그 일을 하는 도중에 테이블에 진열된 아주 매력적인 전채요리와 디저트들을 살펴봤다.

"이번에도 잡쳤군." 다시 보도로 나온 그가 중얼거렸다.

그가 다른 곳에서 새로이 시험해볼지 말지를 놓고 생각중일 때, 자동차 두 대에서 내리는 딸들과 사위들이 눈에 들어왔다. 그 패거리에는 파공 직원, 퀴브통이라 불리는 자까지 끼어 있었기에 전원이 모인 셈이었다. 욜랑과 뤼세가 어딘지 모를 곳에 탈것을 놔두러 간 사이에, 나머지는 자신만만한 걸음으로 값-비싼 레스토랑으로 들어갔다.

"형편들이 좋으시군." 시드롤랭이 나지막하게 말했다. "나 빼고 피로연이로군."

"뭐라고요?" 지나가는 사람이 물었다.

시드롤랭이 그를 바라봤다. 다른 사람이었다. 혹은 같은 사람인데 그가 알아보지 못했든가.

"아무것도 아닙니다." 그가 대답했다. "혼잣말을 하고 있었지요. 혼자 오래 살다보면 생기는 습관이죠."

"그 습관은 버리도록 해야겠군요." 지나가는 이가 말했다. "정보를 구한다고 생각하고 기꺼이 정보를 주려고 하는데, 아무것도 아니라니, 그다음엔 실망하게 되죠."

"용서하시길. 제가 미안해하는 게 보이시죠."

"그런데 무슨 말을 했는데요?"

"내가 무슨 말을 했더라? 맞아, 그런데, 내가 무슨 말을 했지?"

그는 뭔가 찾는 표정을 짓더니 그런 상황에서는 그렇게 해야 한다는 듯 심각한 표정으로 눈썹을 찌푸렸다. 그러더니 다시 말을 이었는데 다음과 같았다.

"이렇게 말했죠. 나 빼고 피로연이로군."

"무슨 의미로 한 말인가요?"

"표현이 모호하다는 것을 인정하죠. 사실은 내가 그 말을 두 가지 의미로 사용했다는 거죠. 소문자 a와 소문자 b로 분류해보자면, a는 진탕 먹고 마시다, b는 결혼을 축하하다. 그렇긴 하지만 내 복잡한 이야기를 전부 꺼내 그쪽을 나가떨어지게 하지는 않으렵니다."

"왜죠?" 상대방이 상냥한 표정으로 물었다.

"내가 그렇게 하지 않을 거니까." 시드롤랭이 대답했다.

"그런 경우라면 당신 시간을 쓸데없이 뺏지 않겠어요……" 상대방이 화도 내지 않고 말했다.

"그럼 그러시든가……"

놓여난 시드롤랭은 마침 주차를 마치고 온 사위 두 명의 눈에 띄었는데, 그들은 시침을 뚝 뗄 수가 없었다. 그들은 장인에게 보호자연하는 친절함을 보이며 인사를 했다.

"이런." 욜랑이 말한다. "이렇게 수송선을 내버려두시는 건가요?"

"정말이지 날씨가 좋기야 하죠." 뤼세가 말한다. "그래서 산책중입니다."

"자네 둘이서 산책을 한다고?" 시드롤랭이 말한다.

"그럼요. 산책중입니다. 지나가던 참이었죠."

"그럼 지나들 가게. 근간에 또 보세!"

시드롤랭은 가만히 서 있다. 사위 둘이 몇 걸음 나아갔다. 둘은 뒤돌아보고 한번 더 자그마하게 손짓을 하며 인사한다.

시드롤랭은 그들에게 답하고는 꿈쩍도 하지 않았다.

"어떻게 할까?" 뤼세가 묻는다. "들어갈까 말까?"

"나머지가 들어가는 걸 봤다면 꼴좋게 된걸."

"어쨌든 흥겨운 식사를 망치지는 않겠지."

"계속 거기 계신가?"

"꼼짝을 않네."

"나머지가 들어가는 걸 본 게 틀림없어. 요즘 우릴 우습게 알잖아."

"우리 완전히 얼간이 같은걸. 뭔가 해야겠어."

"초대하자."

"나쁘게 받아들일 텐데."

"그래도 점심은 해야잖아."

"그걸 말이라고! 잡쳐서는 절대로 안 돼! 지나오다가 그 값-비싼 레스토랑 봤지? 적어도 별 다섯 개짜리라고. 엄청 먹고 마실 텐데."

"그럼 뒤돌아갈까?"

"그러자. 설명은 자네가 해."

"늘 힘든 일은 내 차지지 뭐야."

시드롤랭은 그들이 가벼운 표정으로 자신을 향해 되돌아오는 것을 본다. 그에게 말을 붙이는 것은 결국 욜랑이다.

"장인어른을 만났다니 운이 좋네요. 라멜리 결혼식 날 자그마한 잔치도 없었잖아요. 그래서 이 기회에 식사나 한 끼 해야겠다고 생각을 모았죠. 마침 이 근처에서 장인어른을 만났으니 당연히 모임에 함께 가셔야죠."

"그런데 돈은 누가 내나?"

"각자 내기로 했습니다."

"이보게들, 그렇다면 자네들은 아주 잘나가는군. 초라한 레스토랑을 고르지 않았으니. 그 파공 직원, 그도 자기 몫을 낼 수 있는가?"

"미리 말해줬습니다. 허! 매일 결혼하는 것도 아니잖습니까."

"하지만 둘이 결혼한 건 오늘이 아니잖은가, 일주일 전이지, 안 그래?"

"좋은 일에 너무 늦는다는 없죠."

"어쨌든 웃기는 생각이군. 아주 이상한 생각이야."

"그럼, 가실까요?" 뤼세가 초조하게 말한다. "우릴 기다리고들 있어서."

"난 아니잖아." 시드롤랭이 말한다. "날 기다리진 않아, 날."

"자, 자, 심통은 그만 부리시고!"

"게다가, 난 테이블도 예약하지 않았는데." 시드롤랭이 말한다.

"우리가 했어요."

"아냐." 시드롤랭이 말한다. "조금 전에 거기 갔었네. 날 위한 자리는 없었다고."

"거기서 식사하시려고 했던 건가요?"

"왜 아니겠나?" 시드롤랭이 말한다.

사위 둘은 입을 다물었다.

"근사한 식사를 할 생각이었지." 시드롤랭이 말한다. "다음

기회로 미뤄야겠어."

그는 버스를 타고 가서, 강변 귀퉁이에서 빵을 산다. 동네 다른 상인들은 모두 문을 닫은 상태다. 수송선에는 아직 통조림 몇 개가 남아 있다. 울타리는 명예훼손에 해당하는 그라피티로 또다시 더러워졌다.

시드롤랭은 빵을 내려놓고 페인트통을 찾으러 간다. 그는 낙서를 다시 가려보려고 애쓴다. 배가 고프지만 그 일에 열중한다. 할일 없는 떠돌이들이 멈춰서서 그가 하는 짓을 바라본다. 그들은 침묵 속에서 그를 바라본다. 그렇다고 거북해하지는 않는다, 그, 시드롤랭은. 그는 떠돌이들에 익숙한 만큼 되풀이되는 칠 작업에 익숙하다. 그는 그들과 말을 섞지 않는다. 아주 널리 퍼진 관행과도 달리 그는 노래도 하지 않고 휘파람도 불지 않는다. 그가 일을 마치자, 떠돌이들은 가버린다.

그는 페인트통을 제자리에 돌려놓고 나서 회향주 한잔을 들이붓는다.

"난 너무 많이 마셔." 그가 중얼거린다. "이런 말을 해줄 라멜리가 이젠 없군."

그러더니 그는 통조림이 얼마나 남아 있는지 보려고 식량 창고로 간다. 과장 없이, 한 보름치 정도는 아직 남아 있다. 시드롤랭은 지금부터 보름 뒤, 알베르가 그를 위해 누군가를 찾아내줄지 어떨지 알지 못한다. 만약 알베르가 아무도 구하지 못한다면, 시드롤랭은 식료품을 한번 더 쟁여둬야 하리라. 괴혈병의 전조가 서서히 나타나는 게 보인다. 지금으로서는 정제된 땅콩기름에 담긴 참치 캔을 고른다. 상기 캔을 따는 영특한 시스템이 있어서, 시드롤랭은 평소에 하듯이 망치와 금속옹 끝에 의존할 필요가 없다. 그러고 나서 빵을 둘로 가른 뒤 빵 두 장 사이에 내용물을 쏟아붓고는 조심조심 닫아서는, 갈라진 틈 사이로 기름이 줄줄 흐른다는 차이점만 빼고, 바게트의 본디 모습대로 복구해놓는다. 전부 소비하고 나서, 시드롤랭은 중얼거린다.

"그렇게 나쁘지는 않았어. 단지 남용한다면 괴혈병이 생기지."

그는 다용도 행주로 손을 씻고 입을 닦은 뒤 울타리가 어찌 됐는지 보러 올라간다. 어떤 낙서도 그곳에 재기재되지 않았지만, 어떤 얼간이가 몸을 기댔다가 윗도리에 페인트를 잔뜩 묻힌 참이었다. 그는 시드롤랭을 부른다.

"거기 당신! 당신 거요, 이 수송선? 당신 거요, 이 울타리도? 칠 조심하란 팻말이라도 달 수 있잖소. 그게 최소한의 도리지. 이제 내 윗도리, 이거 칠쟁이나 걸치게 생겼잖아. 세탁비 당신이 낼 거야?"

"물론." 시드롤랭이 대답했다. "얼만가요?"

"심지어 제가 재치 있다고 생각하나봐! 나, 원, 기가 막혀서!"

"이거 보세요." 시드롤랭이 말한다. "내가 막 새로 칠해놓은 페인트를 망가뜨렸잖아요. 다시 작업해야 하게 생겼는데 난 다른 할일이 있다고요."

"뭔데?"

"오수."

수많은 현행 세탁소들 가운데 한 곳을 찾게 될 미래의 고객은 생각에 잠겨 시드롤랭을 바라보더니 멀어져간다.

시드롤랭은 페인트통을 찾으러 갔다 와서 망가진 곳을 손질한다. 그러더니 '칠 조심'이란 작은 팻말을 만들어 아주 잘 보이게 신경써서 놓아둔다.

그러고 나서 장의자에 몸을 부린다. 그가 중얼거린다.

"알베르에게 미성년자는 원치 않는다고 말해두는 걸 잊었네."

그는 눈을 감는다.

"얼굴이 어떨지 궁금하군." 한번 더 중얼거린다.

"그건 조금 있다 알게 되겠지." 시리 경이 자신의 두 동서, 토르브 백작과 말플라케 주교대리에게 말한다.

"아무렴 어떤가!" 토르브 백작이 말한다. "그 양반 재혼하라고 해. 좋다고. 하지만 우리에게 제시하는 보상금은 따져보자고."

"만약 우리에게 제시한다면 말이지." 시리 경이 말한다.

"꼴좋게 됐군." 말플라케가 수염을 쓸어내리면서 말한다.

음식을 좀 들라고 무스카요가 그들을 식당으로 데리고 간다. 시리 경은 감정가의 태도로 가구를 살펴본다.

"오호." 그가 중얼거린다. "정통 루이 십삼세 스타일이네."

"공작님은 유행의 첨단을 걷는 걸 무척 중시하지." 이제 앙푸아뉴 자작이라는 본인의 작위를 누릴 권리가 생긴 그 시종이 말한다.

멧돼지 파테와 아침식사에 나오는 단 과자들을 내왔고, 베네치아산 크리스탈 잔에는 회향주를 따랐다.

"돈이 철철 흘러넘치는구나." 시리 경이 중얼거리며 손가락을 사용하는 주교대리를 향해 이렇게 덧붙인다. "이 포크를 사용하지 그러나."

왜냐하면 포크가, 그것도 은제 포크가 있었기 때문이다.

"난 절대 그러지 않을 거네." 말플라케가 말한다. "우선 난 그게 깨끗하다고 생각지 않아, 그 도구가. 그것들이 전에 어디서 굴러다녔는지 모르지 않은가. 하지만 자기 손가락, 우린 그걸 어디에 뒀는지는 늘 알고 있지."

"자기 시대와 함께 걸어가야지." 토르브가 어설프게 그 물건들 가운데 하나를 조작하면서 말한다.

"두 분은 말이지." 시리가 말한다. "만약 궁정으로 가게 된다면……"

"우린 거기로 가는 게 아닌데." 말플라케가 말한다.

"누가 알까." 시리가 말한다.

공작을 기다리면서 그들은 멧돼지 파테와 아침식사에 나오는 단 과자들을 와작와작 계속 먹어대면서 옅은 색 적포도주를 대형 컵으로 여러 차례 비워댄다.

"말해보게나, 앙푸아뉴." 갑자기 말플라케가 날카로운 목소리로 말한다. "오주는 우리 생각을 했을까?"

"아는 바 없네." 앙푸아뉴가 신중하게 말한다. "어쨌든 들려오는 소식은 나쁘지 않다고 생각해."

"초조해서 부글부글 끓는다고." 토르브가 말한다.

"발소리가 나는군." 시리가 말한다.

씹느라고 나는 혹은 소화가 시작되거나 끝나가면서 나는 소리에도 불구하고 그 소리를 들었다. 실제로 공작이 비로통 사제와 집사장, 하인 몇을 대동하고 나타난다.

"제길." 공작이 소리를 지른다. "내 수염이 어떤가? 도시의 이발사를 불러와서 손질하게 한 거네."

사위들이 감탄한다. 끝내줍니다.

공작은 오네지포르를 손가락으로 가리킨다.

"저분을 잘 보게들." 그가 말한다. "주교님이셔!"

사위들은 감탄하며 주교의 반지에 입을 맞추려고 한다. 하지만 사르셀로폴리스*라는 비기독교 지역의 명목상 교구를 담당하는 주교는 아직 그런 걸 갖추지 못한 상태였다.

"이젠 나를 보게나, 모두들." 공작이 말을 잇는다. "자네들 앞에 서 있는 남자는 결혼한다고 폐하로부터 삼십만 리브르를 받은 사람이라네."

사위들은 감탄의 함성을 질러대더니, 이렇게 외친다. 여왕 폐하 만세! 앙크르 원수† 만세! 공작은 기뻐서 웃어댄다. 그는 손바닥을 마주 비빈다. 그는 지나는 길에 파테를 집어, 포크를 사용하지 않고서 먹어치운다.

"그럼 우리는요?" 그때 토르브 백작이 묻는다.

"맞아요, 우리는요?" 말플라케 주교대리도 묻는다.

"그러면 저는요?" 시리 경이 말한다.

공작은 파테를 먹어치우며 계속 웃는다. 그건 위험하다, 먹으면서 웃어대는 건. 그래서 그는 하마터면 질식할 뻔한다. 옆에서 거듭거듭 대형 잔에 술을 채워준다.

"저 양반이 결심을 할까?" 시리가 말플라케에게 낮은 목소리로 말한다.

* 크노는 파리 북쪽의 근교에 있는 도시 사르셀을 빌려와 그럴듯한 도시 이름을 만들어냈다.

† 1575년경에 피렌체에서 태어나 1617년 파리에서 암살당한 인물로, 마리 드 메디치의 측근인 레오노라 도리와 결혼한 뒤 마리 드 메디치의 권력을 등에 업고 루이 13세와 대립하며 정치적 영향력을 발휘하였다.

"만약 그가 우릴 위해 얻어낸 게 아무것도 없다면." 불안으로 얼굴을 찌푸린 말플라케가 중얼거린다.

"부글부글. 부글부글. 부글부글." 토르브가 한숨을 내쉰다.

공작의 허기와 갈증이 이제 메워지고 웃음으로 인한 경련은 회향주 덕분에 가라앉는다. 그가 진지해졌고, 곧 입을 열어 앙푸아뉴 자작이 언급했던 그 좋은 소식을 알리려는 게 확실해진 순간, 공작의 뇌리에 새로운 생각이 스쳐감이 뚜렷이 드러나자, 사위들은 엄청난 절망에 빠진다.

"그런데 내 딸들은?" 그가 묻는다.

딸들은 규방에 있다. 당연히.

"오라고 해!" 그가 명령한다. "내 담화를 두 번 발표하진 않겠어."

사위들은 초조함으로 발을 구르고, 할 수만 있다면 분노의 오줌을 갈기련만, 체념해야만 한다. 공작은 다른 과자들, 새끼멧돼지 튀김요리, 대구 간 수플레, 빵가루 입혀 튀긴 족발을 대령하라고 한다. 그는 회향주를 너무 헤프게 소비하지 말고 향료 넣은 포도주와 꿀물을 따르라고 주문한다. 그는 사위들을 상대로 아주 예의바르게 그들 각자의 여행이 어땠는지를 묻는다. 사위들은 이를 갈며 대답한다. 그는 그런 주제에 아무런 흥미가 없기에 비로통 주교 예하를 향해 몸을 돌리더니, 비록 성직록이 상당히 실해서 주교 스스로 자수정반지 값을 치를 수 있겠지만 그 반지를 주교에게 제공해줄 사람은 바로 자신임을 다시 일깨운다. 끝으로 그는 사르셀로폴리스의 소재지를 묻는다. 이 괴상망측한 호기심으로 사위들은 공작이 그들 생각을 전혀 하고 있지 않음을 명백히 알게 되고, 이로써 그들한테 뭔가 좋은 일은 전혀 없으리라는 예감을 갖는다. 주교 예하는 자신의 교구가 어디에 있는지 까맣게 모르고 있고, 그곳에 절대 갈 일이 없을 테니 그걸 알 필요도 전혀 없기에, 비로통 주교 예하는 선의의 거짓말을 시작하며 사르셀로스가 소아시아에 있다고 대답한다.

"그럼, 오스만족의 수중에?"

"바로 그렇죠."

그 말에 공작은 몽상에 잠긴다.

"만약 내가 자네에게 교구를 되찾아주기 위해 소규모 십자군원정을 조직한다면?"

사위들은 대경실색한다. 아빠의 쇠푼 전부가 다르다넬스해협으로 사라지는 게 눈에 선하다.

오네지포르가 거기에 있다가 공작을 진정시킨다.

"신앙심의 아름다운 발로군요, 나리, 아주 아름답습니다. 하지만 신은 제 교구가 비기독교 지역의 명목상 교구이기를 원하십니다. 하느님의 뜻이 이루어지기를."

"정말 원치 않는가? 이런 기회가 다시 오기는 거의 힘든데."

"정말 감사합니다, 나리. 정말로요."

사위들은 후끈 달아올랐다가 안도의 한숨을 내쉰다. 시리경이 재사才士 노릇까지 하려고 든다.

"공작님은 진정 돈키호테 같으십니다." 그가 미묘한 미소를 띠며 공작에게 말한다.

"뭐? 뭐라고? 뭔가, 그게?"

"돈키호테요? 1614년도에 출간된 최고의 외국 문학작품입니다. 전 세자르 우댕의 번역으로 읽었지요."

공작은 딱하다는 듯 시리를 바라본다.

"겉멋이 잔뜩 들었군." 그가 중얼거린다.

하지만 상대방은 듣지 못하는데, 여인들이 재잘거리는 소리가 가까워지고 있기 때문이다. 그녀들은 식당으로 들어서자 입을 다물고 아버지 앞으로 가 공손히 허리를 숙인다. 모두가 자리를 잡자, 오주 공작은 생트므누조약*에 따라 자신이 사위들을 위해, 따라서 자신의 여식들을 위해 획득한 모든 통치권 및 특권과 특전을 열거했다.

"메, 메." 펠리즈가 이처럼 전반적 만족을 표현한다.

따라서 사위들은 자신의 장인이 나무꾼의 딸, 평민 처자 뤼쉴 페케와 재혼하는 것을 별달리 씁쓸해하지 않고 보아 넘겼다.

시드롤랭은 소스라치며 깨어난다. 누군가 강기슭 쪽으로 난 문의 초인종을 누른 것 같았다. 그는 일어나서 보러 갔지만 아무도 없었다. 어느덧 밤이 되어 있었다. 그는 혹시 누군가 다시 낙서를 휘갈겨놨을지 몰라서 살펴봤지만 아무것도 보이지 않았다. 그는 다시 내려가, 할 수 있고 알 수 있는 한 가장 반듯하게 옷을 차려입고, 수송선의 모든 부분을 단속한 뒤, 강변과 대로의 모퉁이에 자리한 비스트로로 갔다.

커플 몇 쌍이 아직도 키스해대느라 뭉그적대고 있었다. 파공 직원들은 샌드위치를 먹고 맥주를 마셔대며 운행중에 있

* 앙리 4세의 계비인 마리 드 메디치는 콩데 왕자를 필두로 반란을 꾀하는 귀족들을 달래기 위해, 엄청난 이권과 통치권을 보장하며 그들의 요구대로 삼부회 개최를 약속한다는 내용의 생트므누조약을 1614년에 체결한다. 콩데 왕자의 경우만 보더라도, 이 조약 덕분에 45만 리브르를 수령하고 앙부아즈의 통치권을 보장받았다.

었던 자잘한 사건들에 대한 이야기를 나눴다. 시드롤랭은 생수와 회향주를 주문하고 공중전화용 코인을 구입한 뒤 전화번호부를 뒤적였다. 전화박스 안에서 흡반질을 하고 있던 남녀 한 쌍이 자리를 내주기를 십칠 분 동안 기다리고 난 뒤, 점심때 자신을 밀어냈던 값-비싼 레스토랑과 연결을 시도했다.

"테이블 하나 예약하고 싶습니다. 오늘 저녁에요."

"몇 분이신가요?"

"한 사람요. 단 한 명이죠."

그는 수화기가 자신의 손에서 차가워지는 걸 느꼈고, 전화선 저쪽에서는 마음에 들어 하지 않는 듯했다. 그가 했어야 하는 말은 그게 아니었다.

"하지만 난 네 사람 몫은 먹습니다." 시드롤랭이 덧붙였다.

수화기가 다시 온기를 되찾았다. 상대방이 그의 이름을 물었다.

"디코르니. 디코르니 씨. 뒤크의 ㄷ, 조아생의 ㅣ, 카페왕가의 ㅋ, 오네지포르의 ㅗ, 리팽트의 ㄹ, 엔느의 ㄴ, 나머지도 이 비슷하게."

"뒤퐁. 맞습니까? 뒤퐁 씨 이름으로?"

"제대로 알아들었네요."

그는 값-비싼 레스토랑 안으로 들어서자마자 전화할 필요가 없었다는 걸 즉각 알아차렸다. 레스토랑 안이 텅 비어 있다. 점심때는 그곳에서 비즈니스용 식사들을 하고 있었지만 저녁식사 고객은 차라리 드문 편임이 드러났다. 그럼에도 급사장은 도도하게 테이블을 예약했는지를 물었다. 시드롤랭은 그렇다고 대답했다. 성함이?

"뒤퐁. 뒤퐁 씨."

"이리로 오십시오, 디코르니 씨."

시드롤랭은 외풍이 심한 곳의 테이블이나 식기대 근처에 있는 테이블을 내줄 거라고 생각했다. 전혀 그렇지 않았다. 이미 온갖 식기류로 세팅되어 있는 아주 아름답고 쾌적한 널찍한 테이블이었다. 시드롤랭은 좋은 쪽으로 깊은 감명을 받았다. 표면적이 약 백육십 제곱센티미터인 메뉴판을 내밀면서 급사장은 식전주를 마시기를 원하는지 물었다. 시드롤랭은 회향주를 택했다.

"특별히 선호하는 상표가 있으신가요?"

"르슈발블랑." 그가 소믈리에에게 답했다.

그러고는 다양한 요리 이름을 권위 있게 살펴봤다. 급사장은 특별요리들과 오늘의 요리를 연필 끝으로 가리켰다. 시드롤랭이 알이 굵은 싱싱한 캐비어로 식사를 시작하기로 결정하자 대화는 아주 우호적이 되었다. 그가 그다음 순서로 연어 쿨리비악,* 그 뒤를 이어 페리고르지역의 송로를 곁들인 꿩고기구이를 과감히 시도해보기로 하자 대화는 대놓고 다정해졌다. 피낭시에르 소스†를 친 볼로방‡이라면 사족을 못쓰는 시드롤랭은 깊이 생각해보니, 쿨리비악과 꿩고기구이 사이에 볼로방 하나쯤 끼워넣을 수 있을 거라는 판단이 섰다. 치즈 다음에는 열두 가지 술로 향을 낸 수플레를 먹을 테다.

* 러시아어로 '쿨레비아카'라도고 한다. 고기, 생선, 양배추 등을 넣고 구운 러시아식 파이.

† 포르투갈 마데이라 포도주와 송로 엑기스로 만든 소스.

‡ 고기, 생선 등을 얹어 구운 파이.

소믈리에가 유리병에 단김 회향주를 내왔는데, 겉면에 르슈발블랑이라는 상표가 떡 붙어 있었다. 그는 러시아 보드카 한 병, 1925년산 샤블리 한 병, 1955년산 샤토다르생 한 병을 가져올 임무를 띠고 다시 떠났다.

급사장은 자신의 동료가 작업하게 놔두려고 한옆으로 물러나 있었지만, 그가 다시 포도주 저장고로 돌아가자 시드롤랭에게로 몸을 숙이고는, 아주 다정하게 증명서를 요구했다.

"증명서? 무슨 증명서요?"

"선생님의 사회안전보장증요."

"무슨 일로?"

"농담이시죠. 사회안전보장증이 없으면 이젠 삼천 칼로리 이상의 식사는 제공받을 수 없다는 걸 잘 아실 텐데요. 그런데 선생님의 식사는 최소 육천 칼로리는 될 겁니다."

시드롤랭은 아까 메뉴판에서 요리명마다 옆에 적어놓은 숫자를 제대로 보긴 했지만, 그게 가격이라고 생각했다.

"선생님께서 모르지 않다시피 사회안전보장이 감당해야 할 적자 가운데 커다란 부분이 소화불량과 장염 때문이지 않습니까. 뭔가 조처를 취해야 했죠. 그런데 선생님께서는 사보社保에 분담금을 내고 계신 게 아니지 않습니까? 아, 선생님께서는 시이오나 뭐 그런 거겠군요."

그는 아첨기 넘치는 미소를 짓는다.

시드롤랭은 복역수로서 분담금을 냈지만 이 새로운 법률은 알지 못했다. 궁지에서 빠져나올 방법이 보이지 않았다. 그는 중얼거렸다.

"이번에도 잡혔군."

"천만에요, 선생님, 천만에요!" 가련한 급사장이 소리를 질렀다. "도끼날이 빠지기도 전에 도끼자루를 버릴 수는 없죠."

"후에." 시드롤랭이 말한다.

"후에? 후라니요?"

급사장은 당혹스러운 표정이었다.

"도끼날 빠진 후에 도끼자루 버리기라고요." 시드롤랭이 말한다.

"확신하세요?"

"확실해요."

"사실, 그게 무슨 말인가요? 어디서 유래한 표현이죠?"

"옛적 표현이죠." 시드롤랭이 말한다.

"이해가 안 가는군요. 그러니까 그렇게 얘기한단 말이죠. 도끼날 빠진 후에 도끼자루 버리기라고. 그런데 엄밀하게 이해해보려고 하니, 더 이해가 가질 않는군요. 아, 선생님, 성찰하기 시작한다는 건 무서운 일입니다."

"더는 생각 마시구려."

"말하기야 쉽죠! 이해하고 싶다고요, 난. 왜 후인 거죠? 도끼날을 버린다는 것은 당연히 도끼자루도 같이 버린다는 말이죠. 도끼날이 빠진 다음이 아니라고요. 정말이지 이해가 안 갑니다."

"내 설명하리다. 옛날 옛적에 나무꾼이……"

그 말을 하다가 시드롤랭은 입을 다물어버리고 다른 생각을 하는 듯했다.

X

스테네스는 재갈을 물어뜯고 있었다. 공작이 입다물고 있으라고 당부했기 때문인데, 지금은 수많은 수행원을 거느리고 여행중이니, 그 문제를 놓고 사람들이 수군대기를 원치 않기 때문이었다. 이로 인해 공작도 자신의 말 만큼이나 울적했는데, 그는 자신의 말이 즐겁게 재잘대는 걸 높이 샀으니까. 스테프는 빠르게 나아가며 역시 완벽한 침묵을 지켰는데, 이는 평상시의 그가 고수하던 신중함과 다르지 않았다.

스테네스가 말이 없으니 공작은 앙푸아뉴 자작과 수다를 떨었다. 삼부회가 개최될 거란 전망은 그를 커다란 기쁨으로 채웠다. 그건 수도에서 빈둥거릴 최상의 이유니까. 젊은 뤼쉴, 새로 얻은 아내 또한 수도에서 어질어질한 쾌락을 맛보고 싶었을 테고, 게다가 그러겠노라 고집도 부렸기에, 공작은 그녀에게 매타작 처방을 내리지 않을 수 없었다.

"손이 맵더군요, 나리." 자작이 말한다.

"자네가 귀부인의 젊은 애인이라도 되나, 어인 참견? 공작부인과 사랑에 빠질 텐가?"

"신께서 그런 일로부터 절 보호해주시길."

"자네는 여자의 환심을 거의 못 사잖아. 난 자네가 그러기를, 공작부인과 사랑에 빠지길 바라네."

"절대로 그럴 일 없을 겁니다, 각하."

"혹시 자네 위선자인가?"

"단언컨대, 각하……"

"됐어, 됐어, 하지만 날 믿게나, 내가 약간 손이 매웠다면, 그건 마누라의 애비 손보다 더 가벼워서는 안 됐기 때문이지. 그녀가 내 매질이 나무꾼의 매질보다 더 순하다고 생각하지 않는 게 좋겠다고 판단해서……"

"선생님, 선생님." 급사장이 살그머니 말한다. "다음 이야기를 기다리고 있는데요."

"……살았는데, 깊은 구렁에 도끼날을 빠뜨리고 말았다네."

"깊은 구렁이요?"

"그렇다고들 이야기하대요." 시드롤랭이 말한다. "그는 도끼날을 찾으러 그곳에 내려갈 수 없었지."

"그렇겠죠." 급사장이 말한다. "깊은 구렁이라……"

"그러자, 의기소침해진 초부樵夫는……"

"예?"

"그러니까 나무꾼은……"

"그것도 옛날 말인가요? 왜 그렇게 사라지는 말들이 생겨나는 걸까요? 지금 선생님께 말하고 있는 저만 해도 생전에 제 눈앞에서 몇몇 말이 사라지는 것을 봤지요. 활동사진, 미터기, 등화관제관, 기타 등등.

"끝이 궁금해요?"

"짐작이 가는군요." 영리한 표정으로 급사장이 대답했다. "이번에는 의기소침해진 나무꾼, 그러니까 좀전에 말씀하셨듯이 초부가 깊은 구렁으로 몸을 던지겠죠. 그래서 얼간이를 놓고 사람들이 도끼자루처럼 멍청하다고 말하는 거고요. 도끼날을 따라서 도끼자루도 떨어졌잖아요."

"흥미로운 또다른 버전일세." 시드롤랭이 차분하게 말한다. "사실 나무꾼은 도끼자루마저 던져버리고 말았어요. 도끼날에 이어서. 그러니까 그에게 더는 아무것도 남지 않게 된 거죠. 적어도 도끼자루라도 갖고 있었더라면 어딘가 쓰일 데가 있었을지도 모르는데."

"어리석은 이야긴데요." 급사장이 말한다. "도끼자루만 갖고 그가 뭘 할 수 있었겠어요? 아무것도 없다고요. 찾아내기 쉽지 않은 것, 그건 도끼날이었죠. 정말 어리석네요, 그 이야기는. 전 제 버전이 더 좋아요."

"어쩌면 어리석은 이야기일 수도 있겠네요." 시드롤랭이 차분하게 말한다. "하여간에 어쨌든, 덕분에 지식이 늘었잖아요."

"그건 고맙군요. 아, 주문하신 알 굵은 특급 캐비어가 왔습니다. 오늘 오후에 초음속 비행기로 공수해온 거랍니다. 차가운 보드카와 함께 드시면 맛있게 드실 수 있을 겁니다."

실제로 시드롤랭은 맛있게 먹었다.

레스토랑 안에 거의 손님이 없었기 때문에, 급사장은 가끔씩 모든 게 흡족한지를 보러 왔다. 쿨리비악은 음미하며 먹었고, 피낭시에르 소스를 친 볼로방은 말끔하게 먹어치웠다. 다음 음식을 기다리면서, 시드롤랭은 대화를 조금 나눴다.

"내가 알고 있는 사람들이 이곳에 점심식사 하러 왔는데, 바로 오늘."

"정오에는 손님들이 무척 많았답니다." 상대방이 거드름 피우는 모습으로 말한다.

"여섯 사람이었어요. 커플 세 쌍."

"여섯 분이 앉았던 테이블이 여럿이라서요."

"젊은 여자가 셋인데, 셋은 자매요. 서로 그렇게 많이 닮지는 않았지만, 주의해서 보면 세쌍둥이라는 걸 알 수 있고."

"세쌍둥이요? 본 기억이 없는데요. 내가 사람 얼굴은 잘 알아보는데."

"남자들은 특별히 눈에 띌 만한 점이 전혀 없었고."

"아, 그렇다면 알겠어요. 저속한 사람들이었죠."

"그렇게 보이던가요?"

"오, 그 점은 제가 장담할 수 있어요. 그 사람들은 먹는 게…… 선생님 같지 않았어요. 아주 게걸스럽게 먹더라고요. 게다가 식도락 허가증도 갖고 있지 않았어요. 심지어 그게 뭔지도 몰랐지요. 그 사람들은 삼천 칼로리 이상짜리 레스토랑에 가본 적이 별로 없더군요. 그 사람들을 정말 알고 계십니까?"

"약간요. 그 사람들이 허가증을 내놓지 않았다니 그들과는 어떻게 했습니까?"

"제가 뭘 했으면 좋았을까요? 선생님께 했듯이 했지요. 음식을 대접했지요."

급사장이 교활한 미소를 보이고는, 급사가 가금류 메뉴에서 송로와 꿩고기요리를 내오는 동안, 다음과 같은 말을 이어서 한다.

"한 가지 고백해야겠는데요, 선생님, 사보에서 발급한다는 그 유명 짜한 식도락 허가증은 순전히 꾸며낸 거랍니다. 그런 건 존재하지 않아요. 저 혼자 생각해낸 거고, 이런 섬세한 농담으로 고객들의 기분을 풀어주는 게 즐겁답니다. 어떤 사람들은 덜컥 속아넘어가기도 하는데, 그럴수록 더 재미있을 뿐이죠. 선생님한테는 통하지 않더군요. 하지만 좀 안다고 하셨던 그 사람들은 무척 화를 내고 다 깨부수려고 했답니다. 희극적이었죠."

"어쨌든 그들에게 음식 접대를 했다면서요."

"그 사람들을 진정시키고 나서…… 당신들만 특별히 봐주는 거라고 살짝 튕겨주고 나서요…… 어쨌든, 아시겠죠, 좀 멍청하다 싶은 고객들이 얼마나 씹히는지."

"알겠네요." 시드롤랭이 말한다.

"게다가 팁은 또 어찌나 쩨쩨하던지. 참, 별 볼일 없는 사람들이었죠. 선생님과는 급이 완전히 달라요. 그리고 여자분들, 예의 없이 굴더라고요. 그런데 정말인가요? 세쌍둥이라는 게? 이상하네. 내가 알아보질 못했다니. 내가 사람 얼굴은 잘 알아보는 편인데."

예상치 못한 손님 한 쌍이 도착하자 그 익살꾼은 시드롤랭 곁에서 떨어져나갔다. 이제 그는 사냥해온 새와 거기에 딸려 온 자낭균류를 평화롭게 끝내고 다양한 치즈 몇 조각을 차분하게 맛보고 열두 가지 술로 향을 낸 수플레를 안심하고 시식하고, 초록빛이 도는 약주 샤르트뢰즈 한잔을 조용하게 넥타이 뒤 목구멍으로 넘길 수 있다. 그는 계산서를 가져오게 한 뒤 값을 치렀다. 급사장을 실망시키지 않으려고 추가로 몇 프랑을 더 내려놓았고, 급사장은 그에게 허리를 깊이 숙여 인사를 했다. 거리로 나서자 그는 탄성을 내뱉었다.

"믿을 수가 없군." 그가 나지막하게 말한다. "모든 게 죽여줬어."

"뭐라고요?" 지나가는 이가 물었다.

"아무것도 아니에요." 그가 대답했다. "나 자신에게 하는 말이었어요. 습관이……"

"압니다, 알아요." 지나가는 이가 약간 짜증을 내며 말했다. "버리라고, 그런 습관은 버리라고 이미 충고했을 텐데요."

"축제가 매일 있는 건 아니지요."

"당신에겐 오늘이 축제란 말이군요? 뭘 축하하는데요?"

"저녁을 아주 잘 먹었답니다."

"그런데요?"

"아주 오래전부터 이런 적이 없었어요. 솔직히, 형편없든가 아니면 잡친 게 뭔가 늘 있었지요. 이번에는 완벽했답니다. 식사가 진행될수록 난 불안에 사로잡혔어요. 혼잣말을 했고. 이럴 수는 없어, 이렇게 계속될 수는 없지, 망친 음식이 뭔가 있겠지. 하지만 천만에요. 꿩고기는, 육즙이 줄줄. 송로는, 온전한 모습으로 깨끗이 솔질이 되었더군요. 치즈는, 최고급. 그래서 이렇게 생각했어요. 수플레, 열두 가지 술로 향을 낸 수플레랍니다, 그걸 거야. 수플레를 망치게 되려나. 천만에. 열기구처럼 부푼 게, 부드럽고, 입에서 살살 녹더이다. 군소리할 게 하나도 없었어요. 샤르트뢰즈까지 진짜배기였다고요."

"허." 지나가는 이가 말했다. "그쪽이 그리 기뻐하는 이유를 모르겠군요. 당신은 돈을 왕창 쓰는데, 그건 영리한 짓이 아니죠. 작은 비스트로에 대해서나 말해보세요."

"비싼 레스토랑인데도, 사람들이 돼지처럼 먹어대는 곳도 있긴 하더군요. 정말이지, 놀라워요. 뭔가 좀 앞뒤가 안 맞는 게 있죠…… 하지만 내 얘기를 미주알고주알 꺼내 그쪽을 나가떨어지게 하지는 않으렵니다."

"왜죠?"

"내가 그렇게 하지 않을 거니까." 시드롤랭이 대답했다.

"그렇다면, 당신 시간을 쓸데없이 뺏지 않겠어요……" 상대방이 화도 내지 않고 말했다. "밤도 늦은데다가……"

"그럼 그러시든가……"

시드롤랭은 자신의 놀라움을 밤의 어둠 속으로 끌고 다닌다. 이번에는 성공이라니. 정신을 못 차릴 지경이다. 어디로 가고 있는지 신경을 안 썼더니 다시 방주 앞에 와 있다. 그는 편지함에 넣어두곤 하는 손전등을 꺼내어 그 빛으로 울타리를 꼼꼼히 살핀 뒤 그 어떤 낙서도 없음을 확인한다.

그는 이 모든 것이 아주 이상하다는 말을 하려고 입을 열려다가 만다. 지나가는 이가 다시 나타나는 것을 보게 될 위험을 무릅쓰고 싶지 않으니까. 수송선 위, 모든 것이 고요하고 그 어떤 것도 제자리에서 움직이지 않았다.

시드롤랭은 어쨌든 조금 무겁게 여겨지는 저녁식사를 쑥 내려가게 하려고 다시 회향주 한잔을 마신다. 그는 잠자리에 들지, 아니면 소화시킨다는 명목으로 보트를 타고 노를 좀 저을지를 스스로에게 묻는다. 그러다가 재빨리, 그런 지나친 건강염려증을 털어버리고 잠을 자기로 결심했다. 잠들기 조금 어려웠지만 결국 거기에 도달했다. 어떤 말 한 마리가 그에게 말을 걸었다.

"말을 해도 될까요?" 스테네스가 물었다. "친구끼리 있잖아요."

실제로 공작의 곁에는 스테프 위에 올라탄 앙푸아뉴밖에 없었다. 안내자는 백 투아즈* 정도 앞선 채 달리고 있었고, 나머지 동행은 상당히 떨어져서 따라오고 있었다.

"말해봐라, 나의 충직한 데모여." 공작이 다정하게 말한다.

"언제고 공작님의 조각상을 갖지 않으시렵니까?"

"옳거니." 공작이 말한다. "그 생각은 한 번도 안 해봤군."

"왜 안 하세요?"

"그렇지." 공작이 기뻐하며 말한다. "안 할 이유가 없지?"

"기마상이죠, 당연히. 어제 우리가 봤던 앙리대왕의 조각상처럼요."

"기마상이라고! 거기까지 가다니. 난 프랑스의 왕은 아니잖아."

"전, 기마상 말고 다르게는 생각이 안 되는군요."

"아, 아, 알겠어! 제 조각상을 갖고 싶은 건 바로 너지!"

"제가 그럴 만한 가치가 없나요? 나 같은 말을 사람들은 크산토스 이래로 본 적이 없잖아요. 더구나, 크산토스는 헤라의 목소리를 빌려서 말을 했을 뿐이지만,† 난, 내가 무슨 말을 하

* 프랑스에서 길이를 재던 옛 단위. 1투아즈는 약 200미터로, 100투아즈는 20킬로미터.

† 호메로스의 『일리아스』 제19권에서 크산토스는 헤라 여신의 힘을 입어 아킬레우스의 죽음을 예언한다.

고 싶은지를 알기 위해 다른 누구의 도움도 필요로 하지 않는다고요."

"그런데 그 크산토스라는 인물이 누군가요?" 무스카요가 묻는다.

스테네스는 머리를 꺼덕거리며 앙푸아뉴의 교양에 대해 존중하는 마음이 거의 없음을 보여줬다.

그러면서도 대답은 해준다.

"아킬레우스의 말들 가운데 하나. 다른 말은 발리오스라고 불렸어."

"스테네스는 호메로스의 작품을 사흘에 걸쳐서 다시 다 읽은 참이라네." 공작이 말했다.

"선량한 발리오스." 앙푸아뉴가 스테프의 목덜미를 치면서 말했다.

"조각상을 저도 갖게 될까요?" 스테프가 물었다.

"걔도 그럴 자격이 있겠지요." 훌륭한 동료인 스테네스가 말했다. "일리아드를 보면 발리오스는 말을 하진 않아. 크산토스 혼자 말을 하거든. 그런데 스테프는 말을 하잖아. 그러므로 그도 조각상을 가질 권리가 있지."

"동시에 말 두 마리에 오른 나의 모습을 조각할 수는 없잖아." 공작이 지적했다.

"훌륭한 조각가라면 그 정도 곤란함에서 너끈히 빠져나올 걸요." 낙천적인 기질의 스테네스가 말했다. "어쨌든 우리 둘부터 시작합시다. 스테프는 기다릴 테니까요. 안 그래, 스테프?"

스테프는 아무런 대답을 하지 않았고 스테네스 역시 말을 이어가지 못했는데, 안내자가 멈춰서 있었기 때문이다. 이제 진행중인 공사가 눈에 들어왔다.

"이 생각은 전혀 날 불쾌하게 하지 않아." 공작이 앙푸아뉴에게 말했다. "내게 뭔가가 부족하다고는 느끼고 있었어. 바로 이 기마상이었군. 파리에 들어서자마자 조가까를 찾아보자고."

그들은 안내자가 있는 곳에 도달했다. 나머지 사람들이 달려와 그들과 합류했다.

"나리들, 지금 눈앞에 보고 계신 것이 현재 가장 많은 방문객을 끌어들이고 있는 파리의 명물입니다." 안내자가 얼치기 같은 목소리로 주절거렸다. "물론 앙리대왕의 조각상 다음이긴 하지만요. 공사는 모후의 명령으로 시작됐지요."

"모후 만세!" 공작이 외쳤다.

"모후 만세!" 다른 사람들도 외쳤다.

"공사가 끝나고 나면, 수도교水道橋는 길이 천이백삼십일 피트에 높이 구십사 피트로 그 모습을 드러낼 겁니다. 건축 감독관은 살로몽 드 브로스* 씨……"

"그자는 조각상도 만드나?" 공작이 물었다.

"제가 아는 한은 아닙니다…… 피렌체 출신의 마에스트로 엔지니어 토마소 데 프란치니입니다."

"그자도?" 공작이 물었다.

"뭐라고요? 무슨 말씀이신지 모르겠군요."

* 살로몽 드브로스(Salomon de Brosse, 1571년경~1626)는 앙리 4세의 건축가로서 왕의 활동을 건축적으로 뒷받침했으며, 프랑스 바로크의 문을 연 건축가다. 앞의 피트를 미터법으로 환산하면 약 375미터×29미터다.

"그자도 조각상을 만드는가? 혹은 그자도 조각상을 만들지 않는가, 그자도? 이걸 묻는 거야."

"제가 아는 한은 아닙니다."

"파리에 들어가면 자네는 수도에서 가장 유명한 조가까들 집으로 나를 안내하게나."

"명령대로 하겠습니다, 나리."

"내가 이탈리아에서 한 명 불러들일 게 아닌 한……"

자신이 몰던 양떼에게로 다시 돌아간 안내자는 고귀한 나리들에게 말에서 내려 공사장 가까이 가서 살펴보라고 권한다.

"가보시게들." 공작이 말한다. "그런 건 많이 봤거든, 난."

다른 사람들이 멀어지자, 공작은 쾌적하고 은밀한 장소를 찾아간다. 사방에 나지막한 수풀이 깔렸거나 채마밭들이다. 공작은 보기에 거름을 줘야 할 필요가 있어 보이는 대파밭에 끌림을 느꼈다. 그래서 그곳에 자리를 잡았는데, 그만 하늘이 어두워지고 바람이 일고 천개번둥이 치더니 비가 요란한 소리를 내며 쏟아진다. 꼭 볼일 볼 정도의 시간만 있었던 공작은 주변에 대피소가 있는지 찾는다. 아무것도 없다. 하지만 길 끝, 저기에 집이 한 채 있다. 공작은 그 방향으로 내달리고, 비가 와서 금방 모습이 드러난 진창에서 구르다가, 비에 흠뻑 젖고, 더 나아가 브레스지역의 앙가발이 영계처럼 뒤뚱거리며 달려간다. 어쨌든, 마침내, 그곳에 도달한다, 대피소에, 집에. 하지만 그 집이 대피소가 되기 위해서는 문이 열려야만 한다. 그런데 문이 열리지 않는다. 공작이 아무리 두드려도 소용없고, 아무 일도 일어나지 않는데, 빗줄기는 계속해서 공작의 목덜미를 두드려댄다.

빗줄기가 두 배로 굵어지고 공작은 말끔히 때를 벗기 시작한다. 이렇게 청결해진 건 정말 오랜만이지만, 이런 사실을 안다 하더라도 그는 조금도 기쁘지 않으리라.

그가 문짝에 발길질, 어깨질을 날리자 마침내 쐐기와 경첩이 뽑혔고, 그러면서 문이 구십도 각도의 포물선을 그리며 철퍼덕 바닥에 떨어지자, 비에 흠뻑 젖어 격노에 떨던 자도 함께 나가떨어진다.

그 인물은 투덜거리며 다시 일어선다. 몸을 부르르 털더니, 자신이 있는 곳이 지하 저장고나 다락방이 아니라면 외양간이나 마구간임을 발견한다. 모든 것이 어스름 속에 잠겨 있고, 벽에 낸 창구멍으로 들어오는 빛은 거의 없고, 먹구름은 여전히 하늘을 덮고 있다. 공작의 눈이 마침내 장소를 분간하기 시작한다. 그건 장작광, 별나게 알뜰히 채워놓은 장작광이다. 그곳에는 석탄도 있다. 그러자 공작은 계획을 세운다.

"불을 좀 피워 반바지와 저고리, 그리고 모자를 말려야겠다."

공작은 벽난로를 찾으나 그런 건 보이지 않는다. 그는 장작광 저 안쪽에 문이 하나 나 있는 것을 보고 그리로 가서 살그머니 문을 연다. 처음에는 자신의 눈에 보이는 것이 무엇인지 이해를 못했는데, 이런 그를 향해 가마 위로 몸을 숙이고 있던 인물이 몸을 일으켜 돌아서더니 소리를 질러댄다.

"물러서, 경솔한 것! 축축한 너의 존재가 마지막 작업을 오염시킬 거야."

"저런." 공작은 움츠러드는 법 없이 말했다. "그런 말투로 내게 말하는 데에는 내가 또 익숙하질 않아서. 난 이 옷들을 말릴 테고 나 자신도 말려야겠네."

"물러서라니까! 내 말 안 들려? 루비목木이 초록 카나리아로 변했고 이놈의 부리 부분이 벌써 황금색을 띠는데."

"금이라고!" 공작이 외쳤다. "이 구석에 금이 있다고?"

상대방은 코대답도 없이 도가니 위로 몸을 숙였고, 절망의 비명을 내지른다.

"어인 저주런가!" 그가 울부짖는다. "초록 카나리아가 납덩어리 암탉으로 변해버렸네. 몽땅 다시 시작해야 하다니!"

"저런." 공작이 가볍게 말한다. "그대는 다시 시작하라고. 나야 감기는 안 걸렸겠지."

"다시 시작하라니! 나리, 이십칠 년간의 노고가 막 실패로 돌아갔습니다! 이십칠 년이요! 그런데 나리가 금이 이 도가니 속에서 정말로 막 나타나려고 하는 참에 부적절하게, 문외한답게 난입했죠."

"그 모든 게 정말 흥미롭긴 하지만 이젠 운명이거니 하게나. 난 몸을 말리겠어."

그는 반바지와 저고리를 벗어던지고 화로 앞에 그것들을 펼쳐놓는다. 그 자신 통구이가 되는 걸 피해가며 불기에 몸뚱어리를 노출시킨다. 뿌연 김이 사방에서 피어오른다.

상대방은 계속해서 한탄을 늘어놓는다.

"습기가 사방에 내려앉을 텐데!"

그는 급하게 달려가 둥근 병의 좁은 주둥이를 막고 용기들을 진흙으로 밀봉한다. 그가 성질을 낸다.

"기본 물질들의 건조 작업을 새로 다 다시 하게 생겼네! 수없는 세월을 날렸군! 아니, 잡쳤어! 자신이 어디로 몸을 피한 건지도 모르는 시골귀족 한 놈 때문에."

"저런." 공작이 웃으면서 말했다. "시골귀족? 자네는 지금 자네가 말을 거는 상대가 누군지는 아는가, 풀무쟁이?"

"너는 네가 누굴 상대로 말을 하는지는 알고, 이 시골귀족아?"

"저자가 시골귀족에 꽤나 집착하는군. 난 오주 공작이고 삼부회에서 내 지역의 귀족을 대표한다."

"피. 난, 티몰레오 티몰레이. 기독교 세계에서 음용 가능한 것이든 아니든 간에 금의 진짜 제작 비법을 아는 유일한 연금술사지. 그 밖의 수많은 경이로운 일들은 제쳐놓는다 하더라도."

"뭐가 있는데?"

"파리처럼 천장 걷기, 우리의 주 예수그리스도처럼 물 위를 걷기, 여기 이곳과 누에바에스파냐에 동시에 존재하기, 선지자 요나가 그랬듯이 고래 뱃속에 들어가서 여행하기, 아리온처럼 돌고래 타고 가기, 아탈란타보다 더 빨리 달리기, 말 없는 마차로 이동하기, 매나 제비처럼 대기를 가르기……"

"자네는 교통수단에 꽂히는 모양이군."

"그거야 제가 체계적으로 관심 주제를 다뤘기 때문이죠. 다른 시리즈를 한번 들어보실래요? 벌의 언어 이해하기, 배우지도 않고 토피낭부족의 언어 말하기, 천 리는 떨어져 있는 사람과 대화하기, 천공의 하모니 듣기, 어려움 없이 온갖 암호 해독하기, 천세 편의 작품 내용 외우기, 연구하지 않고 만물에 대해 적절하게 장광설 늘어놓기."

"그 모든 것도 금에는 비할 바가 아니지." 다시 옷을 입으면서 공작이 말했다.

"막 탄생할 참이었던 화금석 가루가 있었다면 금을 몇 온스가 아니라 몇 파운드, 아니지! 몇 통씩 만들어낼 수 있었을 텐데. 공작 전하가 난입하는 바람에 전부 다 망쳤습니다. 난 앞으로 다시 이십칠 년을 증기분류 작업을 해야 해요. 물론, 이번에는, 지금까지 쌓인 경험을 이용하겠지만."

"이번에는 어느 정도 시간이 걸릴 것 같은가?"

"어." 티몰레오 티몰레이가 말했다. "삼…… 사 년……"

"삼사 년이면 현자의 돌을 발견할 수 있다고 자부한단 말이지?"

"자부하죠."

"그리고 영생묘약도?"

"디토."*

"좋아." 이제 채비를 끝낸 공작이 말했다. "아니, 아주 좋아."

비가 어느덧 그쳐 있었다. 그가 문 앞으로 걸어가니, 백여 투아즈 정도는 떨어진 거리에서 그를 찾고 있는 수행원들이 눈에 띄었다. 그는 연금술사를 향해 몸을 돌렸다.

"티몰레오 티몰레이, 내 성으로 와서 자리잡은 뒤 그곳에서 날 위해 풀무질을 하는 건 어떻겠나? 자네의 경비는 내가 전부 부담하고, 성직자들의 호기심으로부터 자네를 보호해주고, 왕족처럼 먹여줄 테니, 자네는 내가 자네의 금과 영생묘약을 이용하게 해주면 되네. 어떻게 생각하나?"

"아르쾨이를 떠나는 건 고통스러울 텐데. 생각해볼 필요가

* 라틴어로 '상동上同'을 의미한다.

있군요."

"그것도 이미 생각해뒀지. 삼부회가 끝나면 네 누옥陋屋과 네 장작까지도 몽땅 옮길 테야. 우리와 함께 갖고 가지."

공작을 알아본 스테네스가 빠르게 뛰어오더니 주인 앞에 급정거를 하고는 다정하게 꾸짖는다.

"나리, 그럴 순 없어요, 숨으시다니!"

"오오오오." 연금술사가 갑자기 얼굴에서 핏기가 싹 가시더니 말더듬이가 됐다. "마, 마…… 말이…… 재…… 재…… 재잘……"

"알겠지." 공작이 그에게 말했다. "자네 동행이 그렇게 형편없지는 않을 거라고."

그는 스테네스에 걸터앉더니 빠르게 사라진다.

티몰레오 티몰레이는 아연실색하여 뒷걸음질을 치다가 장작에 발이 걸려 석탄 더미 위로 넘어가면서 기절해버렸다.

XI

시드롤랭은 한밤중에 잠에서 깬다. 배가 몹시 아프고 위가 몹시 아프다. 그는 갑판으로 올라가서 강물을 향해 몸을 숙인다. 어쩌면 토하려는 걸까? 아마도 식사비용에 생각이 미쳤고, 식사한 걸 그렇게 흩뿌리는 건 엄청난 낭비라고 생각했나보다. 그는 돌아서 변소로 가 속을 비우면서 풍덩 소리를, 다음번 하수처리장이나 어쩌면 바다로까지 흘러갈 뭔가가 떨어지는 소리를 듣는다.

다시 자리에 들었지만 여전히 배가 몹시 아프고 위가 몹시 아프다. 정말 고약하네, 어쩌다 한번 완벽했는데. 그는 참아본다. 그는 더이상 참지 않는다. 다시 일어나서 옷을 입고 담요를 하나 들고 보트에 자리잡은 뒤 보트를 푼다. 노를 젓는다.

강변대로에는 아직도 가끔씩 지나다니는 트럭들이 있다. 다리 위도 마찬가지다. 이웃한 나머지 다른 수송선에서는 잠들을 잔다. 시드롤랭은 강의 흐름에 내맡긴다. 그저 방향을 고쳐잡기 위해서 가끔씩 노질할 때 말고는 더이상 노질을 하지 않는다. 그는 조용히 나아간다. 지나가는 차량이 없을 땐, 가끔 물방울이 터지는 소리가, 수면으로 물고기가 솟구치는 소리가, 혹은 강바닥에서 빚어진 어떤 발효물이 바람에 잉태된 두 물이랑 사이에서 제 분수에 맞게 살며시 터지는 소리가 들린다.

가끔씩, 시드롤랭은 솟구친 잠기운에 휩쓸려 머리를 떨군다. 그는 비스듬히 나아가 어떤 낚시꾼이 꽂아놓은 말뚝에 보트를 묶는다. 담요를 몸에 두르고 잿빛을 띠기 시작한 하늘을 바라본다. 이젠 배도 위도 전혀 아프지 않지만 잠이 다시 오지는 않는다. 두 눈을 뜬 채 멀거니 앉아 있다. 어쨌든 별반 중요치 않다. 점심 먹고 나서 어느 때보다 긴 오수에 들 테니까.

대로처럼 다리 위에도 지나가는 차량이 늘어난다. 오늘 첫번째 낚시꾼들이 모습을 나타낸다. 스포츠클럽의 신새벽파들이 카누를 탄다. 진짜 수송선이 지나가자, 물결들이 강변을 따라가며 점점 잦아든다. 시드롤랭의 눈에 수송선에 실린 나무 꼭대기가 물결 따라 오르락내리락하는 게 보인다.

그는 매어뒀던 보트를 푼 뒤 이제 노를 저어 강물을 거슬러 오른다. 그가 그다지 애를 쓰지 않아서 갈 때보다 올 때 훨씬 더 많은 시간이 걸린다. 드디어 수송선에 보트를 바싹 갖다대면서 한 바퀴 산책을 끝내고 들어간다. 그는 담요를 정리해두러 갔다가 갑판 위를 이리저리 거닐며 두 손을 비비는데, 살짝 추워서이기도 하지만 일종의 만족감을 표현하고 싶어서이기도 하다. 그는 그렇게 약 십여 차례를 오가다가 페인트통을 손에 들고 강둑으로 오른다. 그는 자신의 울타리에 누가 다시 욕설을 써갈겼는지를 살피지만 아무것도 없다. 시드롤랭은 몹시 당혹스러워하는 표정이 되어 여기저기에 심심풀이로 괜한 붓질을 한다.

지나가는 어떤 이가 그에게 말을 건넸다.

"일도 아니네요, 그건."

"맞아요." 시드롤랭이 대답한다. "그저 심심풀이죠."

"별것 아닌 걸로도 재미있어 하다니."

"심지어 아무것도 아닌 걸로도. 이런 걸로도, 예를 들자면."

그러더니 그는 대로 반대쪽에 건축중인 건물을 가리켰다.

"저거, 저건 일인데." 지나가는 이가 말한다.

"그게 바로 내가 했던 말이요."

경오토바이를 탄 누군가가 급정거하더니 그들을 불러댔다.

"하느님의 크나큰 영광을 위하여." 그가 손을 내밀며 말했다.

"무슨 의미로 한 말이오?" 지나가는 사람이 퉁명스럽게 물었다.

"자, 자." 상대방이 말했다. "논쟁은 시작하지 않으렵니다."

그러더니 가버렸다. 그는 아주 단정하게, 언뜻 성직자처럼 보이게 옷을 입고 있었다.

"일이 아닌데, 저건." 지나가는 이가 말한다. "저 사람 하는 양을 보니, 많이 거둬들이지는 못하겠네."

"경오토바이에 들어갈 휘발유 살 정도야 되겠지요."

"저치가 거둬들인 돈, 그걸 하느님의 영광을 위해 쓰지 않을 거라고 믿는 겁니까?"

"난 아무것도 안 믿어요." 시드롤랭이 말한다. "어쩌면 가난한 사람들을 위해 의연금을 걷는 것일 수도 있죠."

"가난한 사람들? 이 구석에도 그런 사람들이 있나요? 이렇게 부유하고 사치스러운 지역에. 그쪽 거요, 이 수송선은?"

"내 겁니다."

"그렇다면 그쪽에서 불평할 건 없네요. 그치, 그 호인이 의연금을 모으는 게 당신을 위한 건 아니니까."

"그야 아무도 모를 일이죠. 어쩌면 사기꾼일 수도 있으니까. 선생이 그에게 뭔가를 줬다고 가정합시다. 선생이 떠나자마자 그치가 되돌아와서 우리끼리 나눠 가질 수도 있는 일이죠."

"그자를 안 믿길 잘 했지." 지나가는 이가 말했다. "또 봅시다그려."

시드롤랭은 그자가 멀어지는 것을 보다가 반대 방향으로 몸을 돌렸는데, 저멀리 여성의 실루엣이 보였다. 그 여성의 실루엣을 가방 하나가 보완해주고 있는데, 그래서 그 실루엣은 아주 빠르게 다가오지는 못한다.

"저건 나와 관계가 있겠지." 시드롤랭이 나지막한 목소리로 말한다.

그는 다시 수송선으로 내려가서 페인트통을 정리해놓고, 긴 의자에 몸을 누이고는 사건 발생을 기다린다. 그것들은 다음과 같은 방식으로 일어난다. 대로로 난 문에 도착했으나, 가방 하나가 보완하고 있는 그 여성의 실루엣은 계속 길을 걸어간다.

"저런 멍청이." 시드롤랭이 말한다. "내 장담하는데, 알베르가 보낸 거겠지."

그는 긴 의자를 포기하고 다시 강둑으로 올라가, 뭔 일이 벌어지는지 본다. 실제로, 가방 하나로 보완된 그 여성의 실루엣은 그의 수송선을 지나쳐가면 나오는 수송선 열 척을 돌며 정보를 구하는 중이다. 그 여자가 몸을 돌린다. 이제 그를 향해 다가온다. 가까워진다. 다시 좀더 가까워진다. 다 왔다. 그녀는 가방을 내려놓더니 이런 발언을 한다.

"알베르 씨가 말했던 사람이 바로 그쪽인가요?"

"그가 나에 대해 뭐라고 했는데요? 그걸 알아야 그게 나인지 나 스스로 확인해보지."

"이해 못할 말을 하는군요. 그리고 질문에 질문으로 대답하는 거 아니에요. 그러는 거 아니라고요."

"알베르 씨가 아가씨를 누구에게 보냈나요?"

"또 질문이네. 내 말엔 대답할 수 없나요? 내 질문에요."

"아가씨 질문이 뭐였더라?"

"또! 정말이지 질문하는 것 말고 다른 건 하나도 할 줄 모르나봐요."

"솔직히, 난 그게 내 성격이라고는 생각지 않는데."

"푸우! 본인 자신을 모르는군요."

"아가씨도 날 모르니, 누가 날 알고 있는지 생각해보자고."

"알베르 씨요."

"바로 그래요."

"그렇다면 자신의 수송선을 아름답게 꾸며줄 여자를 구한다는 사람, 바로 그쪽이죠?"

"그렇지."

"그리고 그건, 수송선이라는 건 바로 이거고요?"

"그래요."

"끝내주게 근사하군요."

"과장은 맙시다."

"팔월에는 저걸 타고 생트롭에 갈 건가요?"

"아니, 이 수송선은 움직이지 않아요."

"유감이네요. 오, 하지만, 어쨌든 작은 보트가 있군요. 그쪽 소유? 저 보트는?"

"그래요."

"보트를 타고 돌아다니기도 할 건가요?"

"가끔."

"있잖아요, 전 노도 저어요. 걱정하지 마세요. 제가 구경을 시켜드리죠."

"그런 것까지 요구하지는 않는데."

"제 선의를 꺾지 마세요."

시드롤랭은 머리를 긁적였다.

"아가씨는 성년이지?"

"신분증 보실래요?"

"그럽시다."

그녀는 성년이었다. 그는 날짜가 조작되지는 않았는지 꼼꼼하게 살폈다. 그런 것처럼 보이지는 않았다. 그는 신분증을 돌려주고는 아가씨의 가방을 들었다.

"따라와요. 묵을 곳을 보여줄게요."

"아침은 벌써 드셨어요?"

그는 아니라는 몸짓을 했다.

"면상 갈지 않게 조심해요." 그가 말했다.

언덕배기는 가파르게 내려갔다.

"그리고 물로 고꾸라지지 말고."

둘은 진창 위에 놓은 건널판자를 건너간다. 성년의 아가씨가 말한다.

"멀리서 보면 멋진데 가까이에서 보면 더럽군요."

"물이 살짝 더러워 보이지만 고여 있는 건 아니에요. 눈에 띄는 오물들이 늘 같은 건 아니거든. 가끔 막대기로 그것들을 밀어내면, 강물을 따라 흘러가요. 어쨌든 이쪽 편이 약간 고여 있다는 건 사실이죠."

그러더니.

"머리 부딪치지 말고. 자, 여기가 아가씨가 쓸 선실. 내 딸이 쓰던 겁니다. 크지는 않은데, 배에서는, 알잖아요, 공간이 늘 제한되어 있답니다. 영화에서 보여주는 그런 선베드랑은 딴판이죠."

"그런데, 여기 티비는 있어요?"

"없어요."

"그럼 내 일일연속극은요?"

"내가 무슨 말을 해주길 바라는데요?"

"그러면 전부 다 다시 생각해봐야 해요."

"이해합니다. 알베르가 미리 얘기 안 했나봐요?"

"티비 하나 살 능력 없다는 말은 하지 마세요!"

"내가 여기 억지로 있으라고 하지는 않아요. 가방 다시 올려드릴까?"

"놔두세요. 일일연속극은 할 수 없죠, 뭐. 사실 그거 좀 바보 같다고 생각해요. 하지만 그게 뭔지 아시죠. 습관요. 육십육 주 동안 계속된다고요. 할 수 없죠, 뭐."

"자, 난 갈게요. 욕실은 저기 있고, 변소는 그 옆."

"걱정 마세요. 오 분 내로 가서 아침 차려드릴게요."

시드롤랭은 갑판으로 다시 올라갔고, 자신의 긴 의자에 누워서 사건 발생을 기다렸다. 하지만 오래지 않아 눈이 감겨왔다.

"고귀한 배우자여." 뤼쉴이 그의 손에 입을 맞춰 경의를 표하더니 말했다. "당신께 알려드릴 아주 대단하고 기쁜 소식이 있어요. 곧 후계자를 갖게 되실 겁니다."

"브라보, 사랑스러운 그대! 내 사위녀석들이 어떤 낯짝을 할까. 그런데…… 후계자? 말해봐요, 사랑스런 뤼쉴, 남자아인 걸 어떻게 알지?"

"점성가가 말해줬어요."

"어떤 점성가?"

"제가 찾아갔던 점술가죠. 분만하는 순간에 그가 별들을 지켜봐줬으면 싶어 성으로 데려왔어요. 물론, 당신이 친히 허락해주신다면요, 고귀한 배우자여."

"제기랄." 공작이 웅얼거리자 수염이 움직거렸다. "난 연금술사를 달고 왔으니, 우글거리게 생겼군."

"제 결정이 기분 나쁘신가요?" 뤼쉴이 눈을 내리깔며 물었다.

"사랑스러운 그대, 아니오, 아냐. 나쁘게 보려는 자에게는 '아니오'를!* 내 말솜씨에 대해 어떻게 생각하나, 앙푸아뉴? 내가 궁정 정신의 순수 정수를 가지고 우리 지역으로 돌아오

* 에드워드 3세가 백년전쟁 초기(1347년)에 결성한 잉글랜드의 가터기사단은 "나쁘게 보려는 자에게 화가 있으라"는 프랑스 속담을 좌우명으로 삼았다.

지 않았는가? 난 손끝부터 발끝까지 재기 넘치는 사람이 되어 돌아온 거지. 사위 녀석 시르 경, 말장난에 능하다지만, 버틸 재주가 있으면 버텨보라고 해. 그 녀석이 교만함을 잃어버릴 정도로 내가 곧 말재주의 진수를 보여줄 테니. 그런데 내 주교는? 주교를 데려오도록! 그에게 내 연금술사를 보여줘야겠어! 그리고 내 후계자도! 맞아, 내 후계자. 어디 있지? 내 후계자는?"

그는 두리번거리는 시늉을 한다. 그러더니 뤼쉴의 배를 가볍게 두드린다.

"여기에 있지, 내 후계자는. 여기에 숨었지, 내 후계자는. 매혹적인 은신처야. 아, 뤼쉴, 내게 정말이지 엄청난 기쁨을 안겨주니, 나도 네게 커다란 기쁨을 안겨주겠어."

"말씀하세요, 고귀한 배우자여."

"곧 내 조각상이 생길 거야. 제길, 그것도 기마상으로. 도개교 앞 느릅나무 앞에 세울 거라고. 프랑카비야 경이 내 초상화를 뽑아줬는데, 이 프랑카비야 경은 퐁뇌프 다리 위에 있는 앙리 사세의 조각상 제작에 관여한 유명 조가까야……"

"그걸 못 본 게 얼마나 유감인지." 뤼쉴이 한숨을 내쉬었다.

"걱정할 건 아무것도 없어, 마누라. 조각상은 안 달아난다고. 다음번 삼부회가 개최되면 데려가줄 테니, 그때 보라고. 아마 곧 열릴 거야. 모후에겐 돈이, 그러니까 세금이 왕창 필요하거든."

"정말 고마워요, 고귀한 배우자여." 뤼쉴이 깊숙이 절을 하며 말한다.

"그런데 다시 내 조각상 이야기로 돌아가지. 그러니까 난 말 위에, 당연히 스테네스를 타고 있을 거야. 프랑카비야 경이 스테네스의 초상화도 아주 꼭 닮게 뽑아줬거든. 스테네스가 아주 만족했지. 자기 초상화를 보여주니 히힝거리더라고. 나쁘게 보려는 자에게는 '히힝'을!"

"아, 아." 앙푸아뉴가 말한다.

"쟤도 자기 조각상을 갖게 될 거야." 공작이 손가락으로 무스카요를 가리키면서 뤼쉴에게 말한다. "아주 작은 걸로. 생각이 난 김에 그러기로 했지. 쟤를 위해서가 아니라(다시 손짓) 우리 충직한 스테프가 질투하지 않게 하려고."

"그럼 저는요." 뤼쉴이 눈을 내리깔면서 말한다. "전 제 조각상을 못 갖는 건가요?"

"아니야, 마누라. 다 생각해뒀지. 우리 예배당에 죽은 전처 엘로디의 무덤보다 훨씬 더 아름다운 근사한 무덤을 만들어줄게. 사람들은 돌에 조각된 당신 모습을 보게 될 거야. 난 청동이 더 좋긴 한데."

뤼쉴이 깊숙이 허리를 숙이자 공작이 그에게 말했다.

"내게 감사할 필요 없어. 당연히 그래야지. 아, 저자가 점성가인 모양이군. 가까이 오게. 이름이 뭔가?"

"뒤퐁입니다. 분부만 내리십시오, 각하."

"그래, 자네가 별들을 보고 운세를 읽는다고?"

"분부만 내리십시오, 각하."

"내게 후계자가 생길 거라는 걸 읽었다고?"

"분부만 내리십시오, 각하."

공작은 뤼쉴을 향해 몸을 돌리더니 그녀에게 말했다.

"멍청이로군, 당신의 점성가는."

그는 다음의 말로 뒤퐁을 상대로 면접을 이어갔다.

"오늘밤에 별들을 봤는가?"

"분부만 내리십시오, 각하."

"그래 별들이 자네에게 무슨 이야기를 했나?"

"글로리암 데이, 각하. 글로리암 데이."

"그게 전부라고?"

"무슨 말씀이신지, 각하." 점성가가 웅변가다운 근사한 몸짓을 선보이며 외쳤다. "그거면, 글로리암 데이면 차고 넘친다고 생각지 않으십니까?"

"글로리암 데이라면, 내게는 주교가 있고, 그는 그 문제에 대해서라면 정통하지. 차라리 자네의 전문 분야에 대해 말을 하라고."

"저는 천공의 음악을 들었습니다."

"그래, 어떤 소리를 내던가?"

"신성한 소리죠, 각하, 신성한."

공작은 역겨워하며 뤼쉴을 향해 몸을 돌렸다.

"완벽한 얼간이로군."

그는 귀부인의 배에 다시 손을 얹더니 점성가를 상대로 면접을 이어갔다.

"여기서 뭐가 나올까? 계집아이? 아니면 후계자?"

"후계자입니다, 각하."

"틀림없이 확실한가?"

"별들은 거짓말하지 않습니다."

"하지만 자네, 자네는 별이 아니잖아. 그런데 대체 어떤 사람이 거짓말을 한 적이 없을까? 그건 다반사지, 거짓말은. 하도 다반사라 교리문답에 죄로 나올 정도지. 비로통 예하, 사르셀로폴리스지역의 명목상 교구를 담당하는 주교가 여기 있다면, 자네에게 그 사실을 즉각 일러줄 텐데. 그런데 자네로서는 거짓말을 하는 게 이롭지. 자네는 이곳에서 묵을 곳, 덮을 것을 발견했고 내 돈으로 배를 채울 테니. 자네는 여자처럼(뤼쉘 쪽으로 손짓) 속여넘기기 쉬운 시골귀족을 만난 거라고 생각했는데, 지금 자네 앞에는 궁정과 수도에서 막 육 개월을 보낸 대귀족 영주가, 삼부회에서 반박하기 아주 힘든 발언을 했던, 그런 인물이 있는 게지. 자, 한마디로, 뒤퐁, 꺼져!"

뤼쉘이 공작의 발치에 몸을 던지며 다음과 같이 간청한다.

"고귀한 배우자여, 카트린 여왕처럼 점성가를 곁에 둬서 제가 얼마나 자부심을 느꼈는데요. 제가 생각했던 건 당신의 위신…… 당신의 체면……"

"하지만 그대여." 공작이 약간 짜증을 내며 대답했다. "내가 수도에서, 좀더 정확히 말하자면 아르쾨이에서, 연금술사를 한 명 데리고 왔다니까. 난 마술사를 한 떼로 부양할 생각은 없어. 난 연금술사가 훨씬 더 좋아, 난. 그가 현자의 돌을 내게 찾아주게 되면……"

"헛소리!" 뒤퐁이 외쳤다.

"너." 공작이 말했다. "아주 고약한 동료로군. 동료의 직업을 헐뜯는 건 아주 비열한 짓이야. 넌 내 마음에 안 들어."

비로통 예하가 리팽트를 거느리고 나타났다. 둘 다 공작의 넉넉한 포옹을 받았고, 공작은 곧 주교에게 사정을 설명하며 조언을 구한다.

"둘 다 내쫓으십시오." 오네지포르가 말했다.

"입만 열면 과장!" 공작이 외쳤다. "하나는 데리고 있고 싶어, 난."

"저도요." 뤼쉴이 말했다.

신부는 몹시 곤란해져서 머리를 긁적거렸다.

"어디, 자네 생각은?" 공작이 묻는다. "점성가? 연금술사?"

"둘 다 장작 타는 내를 몹시 풍깁니다." 비로통이 말했다.

점성가는 그를 향해 획 몸을 돌렸다.

"전 선량한 기독교인입니다." 그가 말했다. "고해성사에 절 받아들이지 않으셨어요?"

"바로 그랬지." 주교가 말했다.

공작은 점점 더 짜증이 났다.

"저 아부꾼은 똥구멍이라도 핥을 기세군. 정말로 저자는 내 마음에 전혀 안 들어."

"저자에게 신앙심이 없는 건 아닙니다." 오네지포르가 말했다. "나아가, 어쨌든, 별을 바라보는 게 죄는 아니죠."

"전 그게 시적이라고 생각해요, 심지어." 뤼쉴이 속삭였다.

"그리고 말이죠." 리팽트 사제가 덧붙였다. "뒤퐁 씨는 폴란드인 코페르니쿠스의 이단적 이론을 설파하지는 않습니다. 좋은 점이죠, 그건."

"나쁘게 보려는 자에게, '코페르니쿠스'!" 공작이 건성으로 말했다.

"아, 아." 앙푸아뉴가 말했다.

"태양은 지구 주위를 돕니다." 점성가가 목청껏 외쳤다. "그 반대를 주장하는 자는 정말 미친 거고 정말 악랄한 겁니다."

"정말 똑똑하세요." 뤼쉴이 다시 속삭였다. "전 반드시 후계자를 가질 거예요."

"이자들이 전부 날 상대로 감언이설일세. 공작이 불만 가득한 표정으로 말했다.

"연금술은 아주 사악한 연구입니다." 공작부인과 점쟁이가 승기를 잡았음을 알아본 오네지포르가 다시 말을 이었다. "그의 가마에서 치솟는 불길은 지옥의 불길을 떠오르게 하고 황금에 대한 열망은 아주 비난받아 마땅한 거죠. 영생의 묘약으로 말할 것 같으면, 악마가 우리의 선조에게 그 또한 소위 영생을 준다는 사과를 먹으라고 권하면서, 에리티스 시쿠트 데이*라고 말한 걸 생각나게 하고……"

"흠." 리팽트 사제가 말했다.

"……그리고 무슨 일이 일어나게 되는지는 여러분 모두 아시죠."

"아멘." 뒤퐁이 말했다.

"아멘." 뤼쉴도, 앙푸아뉴도, 리팽트 사제도 따라했다.

공작은 아무말도 하지 않는다. 그는 고약한 눈빛으로 점성가를 바라보며 안달복달하기 시작하나, 아직까지는 그런 티를 많이 내지는 않는다. 뒤퐁은 일이 다 됐다고 믿고 거드름을 피우며 떠들기 시작한다.

"오, 이 세상의 행운을 관장하는 천상의 힘이시여, 당신이 당신의 재능과 당신의 축복을 그 매우 유명하고 매우 저명한 오주 공작이 곧 배태시킬 숭고한 후계자에게 가져다주는 모습이 제 눈앞에 선연히 떠오르나니……"

* eritis sicut dei. '당신들은 신처럼 될 겁니다'라는 뜻의 라틴어.

"뭣이." 그 매우 유명하고 매우 저명한 오주 공작이 고함을 지른다. "뭣이…… 곧이라니…… 그렇다면, 마누라, 아직 임신한 게 아니오?"

"아직 아니에요, 고귀한 배우자여, 하지만 당신이 안겨줄 텐데요."

그러더니 뤼쉴은 얼굴이 발그레해져서 겸손하게 두 눈을 내리깐다.

그 매우 유명하고 매우 저명한 공작이 뒤퐁에게 달려들어 강력한 아귀힘으로 목을 졸라대기 시작한다. 조아생이 불만을 늘어놓으며 자신이 사기꾼들을 얼마나 경멸하는지를 알려주는 동안, 점성가는 혓바닥을 빼물며 두 눈알을 안와 밖으로 튕겨내보내려는 듯하다.

그리고 공작은 점점 더 세게 졸라대면서 기운차게 그를 뒤흔든다. 뤼쉴이 그의 발치에 몸을 던지며 자비를 간청한다. 오네지포르는 리팽트 사제에게 희생자에게 종부성사를 베푸는데 필요한 것들을 가져다달라고 부탁한다. 앙푸아뉴 자작은 극도로 신중한 태도를 굳건히 유지하고 있다.

"아, 끔찍스러운 놈! 개망나니!" 공작은 지치지도 않고 되뇌고 상대방은 보랏빛으로 변해간다.

"그에게 자비를, 고귀한 배우자여." 공작부인이 부르짖는다. "그에게 자비를!"

"자, 자, 각하." 오네지포르가 부드럽게 질책하는 어투로 말한다. "좀 참으십시오. 그러다가는 마지막 성사를 줄 시간도 없겠습니다."

뒤퐁은 이 가혹한 시련에서 살아남을 거다. 공작은 마침내 그를 산 채로 놔주고, 상대방은 물렁거리는 치즈처럼 바닥에 퍼져버린다. 사람들이 그를 급하게 치워버리자, 막 도착한 연금술사가 자신의 주인에게 깊숙이 허리를 숙여 예를 표한다.

공작은 전적인 만족감을 표한다.

XII

시드롤랭은 눈을 떴다. 누군가 귀에 대고 부드럽게 말하고 있었다. 아침이 준비됐다고 알리는 랄릭스였다.

"저런." 그녀가 말했다. "무슨 잠을 그렇게 자요. 그래서 아침은 건너뛰었지만 하루종일 자게 내버려둘 수는 없잖아요. 맛있는 식사 준비됐어요."

시드롤랭은 그녀를 멀거니 바라봤다. 최근 기억인지라 아직 그녀를 재깍 알아볼 수는 없었다.

"꿈을 꿨군." 그가 스스로를 향해 중얼거렸다.

"꿈 얘기 마세요."

"왜요?" 호기심이 동한 시드롤랭이 물었다.

"그러는 거 아니에요."

"그러니까 왜요?"

그녀는 이렇게 대답하고 말았다.

"식탁으로 가요, 식탁으로."

아직 날이 화창했고 갑판 위에 식탁을 차려놨다. 식기는 한 벌만 놓여 있었다.

"점심 했어요?" 시드롤랭이 물었다.

"그럼요."

"다음번에는 날 기다려요. 식기도 두 벌 놓고."

"친절하시네. 고마워요."

시드롤랭은 식량창고로 갔다. 랄릭스가 급하게 다가왔다.

"뭐 필요한 거라도?"

"회향주."

"식사하기 전에 회향주를 마시겠다고요?"

"늘 그렇듯이."

"그건 건강에 안 좋아요."

시드롤랭이 슬그머니 웃었다.

"사실이에요." 랄릭스가 다시 말했다. "그건 아주 건강에 나빠요."

"가방 싸러 가고 싶다면 말리지 않겠어요." 시드롤랭이 말했다. "지금 당장 떠난다 해도 한 달 치 급료를 주리다."

"전 그쪽이 돈 날리는 건 원치 않아요." 랄릭스가 말한다.

시드롤랭은 회향주병을 찾아와, 잔에 사분의 일 정도를 따르고 나머지는 맹물로 채운다. 그는 그걸 마시면서 조정팀 하나가 훈련하는 모습을 멍하니 바라본다.

술잔이 비자 랄릭스가 그에게 말한다.

"음식 내올까요?"

"그래요."

그녀는 버터와 땅콩기름에 담긴 참치 캔을 하나 갖고 온다. 그녀는 시드롤랭이 먹는 모습을 바라본다.

"날 그렇게 바라보고 있으니 신경쓰이는군." 시드롤랭이 말한다. "앉아서 이야기나 해봐요."

"절 셰에라자드로 아시나봐요." 랄릭스가 말한다.

"어, 어." 시드롤랭이 말한다. "교양이 있군."

"그러면 더 좋죠. 그렇게 생각지 않나요?"

"전적으로 찬성."

"아." 랄릭스가 만족스러운 태도로 말한다.

"당신은 교양이 있군." 시드롤랭이 말한다. "그리고 원칙도. 식사 전에 회향주를 마셔서는 안 된다, 꿈 이야기를 해서도 안 된다. 그런데, 왜 꿈 얘기를 하면 안 되죠?"

"그건 막돼먹은 거죠." 랄릭스가 말한다.

"그런 말은 또 처음 듣는군." 시드롤랭이 말한다.

"사람들은 말이죠. 자기들이 저마다 나름대로 소소한 경이로움이라고, 자신들이 하는 일 전부가, 지금 자신들의 모습 전부가 경이로움이라고 생각하죠. 스스로에게 중요성을 부여해요…… 그러니, 자신들의 꿈 이야기를 꺼내놓았다 하면 끝도 없이 흘러나올 거라고요."

"내 꿈은 유난히 흥미로운데." 시드롤랭이 말한다.

"모두가 그렇게 생각해요. 꿈들을 비교할 수 없으니 그걸 증명할 수 있는 건 아무것도 없죠."

"내 꿈들, 그걸 글로 옮기면 그건 진짜 소설이 될 거요."

"그런 것들은 충분하다고 생각하지 않나요? 그런 소설들은?"

"두려워할 것 없네요." 시드롤랭이 말한다. "난 집필 노동자가 아니니까."

"오, 저런, 전 아무것도 두려워하지 않아요."

"있잖아요." 시드롤랭이 말한다. "아까 나한테 자신의 꿈 이야기를 해서는 안 된다고 말했을 때, 난 정신분석과 정신분석의들 때문이겠거니 생각했는데."

"정신 뭐요?"

"정신분석. 그게 뭔지 몰라요?"

"네."

"교양 있는 처자라고 생각했는데."

"사람이 다 알 수야 있나요." 랄릭스가 말한다.

"정말 그렇긴 하죠."

그러고는 참치 캔을 다 끝냈기 때문에 시드롤랭은 다음 순서에 대해 다음과 같이 물었다.

"이다음에 뭐예요?"

"간 파테 통조림이요. 괜찮죠?"

"정말이지 기분 상하게 하고 싶은 생각은 없지만, 그만큼은 나도 차렸을 텐데." 시드롤랭이 말한다.

"알베르 씨가 그쪽 성격이 좋다고 했는데, 늘 불평이네요."

"저런." 시드롤랭이 말한다. "그저 자그마한 지적일 뿐이었는데."

"그 얘긴 그만하죠."

그리하여 그녀는 간 파테 통조림을 내온다.

"다시 앉아도 되나요?" 그녀가 묻는다.

"물론."

시드롤랭은 말랑꼴리하게, 말없이, 간 파테를 바른다.

"자." 랄릭스가 말한다. "좀전에 말씀하셨던 거요. 꿈에 대해."

"정신분석?"

"그렇죠."

"정신분석의들?"

"그렇죠."

"자." 시드롤랭이 애써 샌드위치를 씹으면서 말한다. "그 사람들은 꿈을 해석하는 사람들이에요. 그리고 상당히 깊이 들어가죠. 그들은 사물의, 요컨대 사람들의 마음속 가장 깊은 부분을 들춰내요. 그렇기 때문에 바로 경계심을 품고, 자신들의 마음속 깊은 부분이 들춰지기를 바라지 않는 사람들도 있죠. 그래서 더는 자기네 꿈 이야기를 하지 않아요."

"그렇게 해서 그 누구도 아무것도 잃지 않게 되는 거죠."

"정말로 반대하는군."

"뭘요?"

"자기 꿈 이야기 하는 거."

"그건 이미 말했잖아요. 전 그게 막돼먹은 거라고, 이렇게 말해도 된다면, 불결하다고 생각해요."

"내가 포기해야지, 별 수 없겠군."

그는 어떤 낚시꾼이 반대편 강둑에서 말뚝에 배를 묶어놓고 도구를 준비하는 모습을 멀거니 바라보며 간 파테를 끝낸다. 낚시꾼 옆에는 마찬가지로 그 모습을 바라보고 있는 개가 한 마리 있다.

"낚시해요?" 랄릭스가 시드롤랭에게 묻는다.

엄밀히 말하자면 바로 그 질문은 맞은편 남자에게 던졌어야 했지만 그러려면 확성기를 사용해야 했으리라.

"아뇨." 시드롤랭이 대답했다. 맞은편 낚시꾼은 당연히 아니었는데, 그는 질문을 들을 수도 없었으며, 게다가 '그래요' 라고 대답했을 테니까.

"그건 정말로 바보짓 같아요. 아무것도 안 하고 그렇게 있는 거."

"그런데 이제 이 훌륭한 식사의 마무리는 뭔가요?"

"치즈 한 조각하고 단지 바닥에 남아 있는 잼 조금이요."

"멋지네." 시드롤랭이 말했다.

낚시꾼은 낚시를 던졌다. 그는 담배에 불을 붙이고 넋 나간 표정으로 연기를 뿜는다. 개는 둥글게 몸을 말고 누워서 잠을 잔다.

"곧 오수 시간이겠군." 시드롤랭이 스스로에게 그 사실을 튕겨준다.

랄릭스는 이 뛰어난 식사를 매듭짓는 걸 내왔고 이번에는 스스로의 의사에 따라서 자리에 앉았다.

"그럼, 셰에라자드, 이제 내게 이야기를 들려주지 않겠어요?" 시드롤랭은 산패한 치즈를 씹어대는 한편 곰팡이가 슨 잼이 나오리란 예상을 하며 말했다.

"진짜 이야기요? 아니면 꾸며낸 거요?"

"꾸며낸 이야기들은 조심해요. 그런 이야기들은 당신이 마음속 깊은 곳에 묻어둔 것을 드러내기 마련이죠. 꿈과 꼭 같은 거랄까. 꿈을 꾸다와 드러내다는 거의 같은 말이죠."

"그런데 진짜 이야기들, 그것도 똑같이 속에 품고 있는 걸 드러내잖아요. 그렇게 생각지 않아요?"

"그게 걱정이면 누군가 다른 사람의 이야기를 내게……"

"그 이야기에 아무런 흥미를 느끼지 못한다면 내가 왜 그

이야기를 할 것이며, 만약 그 이야기에 흥미를 느낀다면, 그건 또 내 이야기인 것과 마찬가지가 되잖아요."

"그래서 내게 아무런 이야기도 해주고 싶지 않다는 건가?"

"모르겠어요, 난. 그쪽은 어질어질신경질을 안겨주네요, 정말. 알베르씨가 제게 그려줬던 대로라면, 잔돈푼으로 짜증나게 하지 않는, 편안한 그런 아버지상이었는데, 전혀 안 그래요."

"자, 자, 알베르 씨, 어떻게 그 사람과 알게 됐는지나 얘기해봐요. 하지만 그전에 이 말은 해둬야겠는데, 내가 예상했던 대로 잼에 곰팡이가 슬었네."

"봐요. 선생님은 늘 투덜거려요."

"이번에도 또 잡쳤네. 내겐 익숙한 일이니까."

"잼 때문에 눈물을 쏟지는 않으시겠죠."

"그런데? 그 알베르 씨 이야기는?"

"커피 한잔하고 싶지 않으세요?"

"천만에, 천만에!" 시드롤랭이 소스라쳐 펄쩍 뛴다. "커피는 안 돼요!"

"형편없는 걸 만들어드릴까봐 두려워서 그래요?"

"내 오수는? 그걸 마시면 잠을 못 잘 거라고요."

"또 오수를 즐긴다고요? 아침 내내 잤잖아요."

"난 저기 누워 있을게요, 저 긴 의자 위에. 그리고 아가씨는 어떻게 알베르 씨를 알게 됐는지를 얘기하고."

"잘 자게 자장자장 해달라는 말씀?"

"내가 졸기 시작하면 중단하고 다음번에 다시 시작하고."

"그다지 흥이 나진 않는군요."

"자, 셰에라자드. 알베르 얘기를 해요."

"그러죠, 뭐. 아버지는 나무꾼이고, 난 외동딸이에요."

"뭔가 생각이 날 듯 말 듯…… 나무꾼의 딸이라……"

"내 얘기를 그렇게 계속 끊지 마시죠! 그럴 거면, 차라리 주무시는 게 낫겠어요."

시드롤랭은 그녀에게 즉각적인 만족을 주기를 삼가지 않는다. 공작은 고요 고독 가득한 숲에서 말을 타고 가고 있었다. 스테네스도 입을 다물고 있다가 산책이 계속 길어지고 공작의 과묵함이 사라질 기미를 보이지 않자, 말을 해도 되는지를 묻기 위해 입을 열고 말았다.

"말해, 나의 충직한 데모여, 말해." 공작은 다정하게 목덜미를 두드리며 말했다.

"대단히 감사." 스테네스가 만족감을 역력히 드러내며 말했다.

그는 잠시 생각에 잠기는 척하더니 얼마 전부터 묻고 싶어 입이 근질거렸던 질문을 꺼냈다.

"흠흠." 그가 말했다. "우리 조각상은 어떻게 됐나요?"

"이런, 전혀 몰라." 공작이 대답했다.

"아직 녹이지도 않았대요?"

"얼마 전부터 아무 소식을 못 들었어."

스테네스는 실망감을 감추지 않았다. 홧김에 똥을 싸질렀다.

"걱정할 만하다는 생각은 안 드세요?" 스테네스가 다시 말을 이었다.

"현재로서는 조금도 관심이 없어."

"그럼 공작님의 명성은요? 그러니까 그 생각은 이젠 안 하시는 거예요? 그러니까 영지의 느릅나무 앞에 영원토록 청동으로 남게 될 공작님을 감탄의 눈으로 바라보러 올 미래세대들 생각은 이젠 안 하시는 거예요? 그러니까 공작님은 조각상의 품질이 공작님의 이름을 온갖 예술사에 포함시키게 되리라는 것을 알아도 더는 자부심을 느끼지 않는 거군요. 물론, 그 예술사란 것들이 우리 시대에야 거의 찾아보기 힘들지만 앞으로 다가올 시대에는 그 수가 계속 늘어나게 될 텐데요. 제길, 예언한다니까요, 맹세해요!"

이런 전망을 늘어놓은 뒤 스테네스는 가벼운 속보로 내달린다.

"살살." 공작이 말한다. "살살."

스테네스는 다시 산책하는 걸음걸이로 돌아가더니 그 기회에 다시 발언.

"내 논리가 조금도 설득력이 없나요?"

"왜 없어, 있고말고, 나의 충직한 데모여. 앙푸아뉴를 보내서 내 초상화가 어찌 되어가는지를 보고 오라고 하겠어."

"그렇죠! 좋은 생각이에요! 간 김에 스테프와 자기 초상화에 대해서도 알아볼 수 있으니까."

"공작부인을 슬픔에 잠기게 할지도 모를 출발이 되겠군." 공작이 말랑콜리하게 말한다.

"공작부인은 왜 안 간대요? 수도에 그렇게 가보고 싶어하잖아요."

"그러다 입길에 오르내리지."

"리팽트 사제도 함께 보내버리고, 그 팀의 대장으로 비로통 예하를 앉히세요. 한두 달은 둘에게서 벗어날 수 있잖아요."

"그렇지. 매일 그들의 질책과 훈계를 듣지 않아도 되니. 그들이 나를 무신론자나 마술사라고 규탄하지 않는 건 더 신나는 일이고."

"둘은 형식에 대해서만 떠들어대죠. 그게 자기들 직업이니까. 하지만 만약 공작님의 연금술사가 영생의 묘약을 만들어내게 된다면 그들도 기꺼이 한 잔씩 마실걸요."

"우린 아직 영생의 묘약까지는 못 갔어. 지금으로서는 화금석 가루를 만들어내는 정도지."

"잘돼가기는 하고요?"

"끝이 안 보여."

스테네스는 잠시 입을 다물었다가 발언을 이어가는데, 다음과 같았다.

"이제 의문이 들기 시작해요, 조아생. 티몰레오 티몰레이경을 성으로 데려온 것이 옳았나 싶어요. 그가 성으로 들어와 가마에 불을 때댄 뒤로, 조아생, 당신은 침울해지고 과묵해졌고 생트므누조약으로 획득한 상당한 에퀴들을 거의 다 써버렸잖아요. 사실이지 않나요?"

"사실을 말하자면 내 금고는 텅 비었고, 생길지도 모를 내 후계자의 저금통을 깨야 할 신세가 곧 될 거라는 거고, 이리되니 점성가를 데리고 있는 게 더 나았을지도 모른다는 생각은 들어. 그랬더라면 덜 비싸게 치였을 테고, 공작부인은 흡족해했을 테니."

"피." 스테네스가 말했다. "그놈이 그놈이죠, 뭐."

"이제 회의주의자가 된 건가, 내 충직한 데모여?"

"내 속내를 털어놓기를 바라신다면, 점성술, 그런 건 안 믿어요."

"나도 거의 그래."

"현자의 돌도요."

"아." 공작이 말했다. "너 말고 다른 놈이 내게 그따위 소릴 한다면 그놈 아구창을 날렸을 거야."

"전 안 믿어요." 스테네스가 말한다. "하지만 공작님이 믿겠다면 막지는 않겠어요."

"그러길 바라! 아, 네가 우리가, 티몰레오와 내가 일하는 모습을 본다면! 느린 연소용 대형 증류기들과 관으로 복잡하게 연결된 질그릇들, 주둥이 두 개짜리 덮개가 달린 증류기들과 목이 긴 유리용기들로 둘러싸인 채 염기성 물질들과 금속들을 다루는데, 이것들이 자색이면 저것들은 쪽빛이고, 이것들이 청색이면 저것들은 녹색이고, 이것들이 노란색이면 저것들은 주황색이고, 또 몇몇은 붉은 색이지. 흑백은 논외로 친다 하더라도 말이야. 그리고 그것들이 한 색에서 또다른 색으로 바뀌고, 고체가 액체로 바뀌고 액체가 고체로 바뀌고, 촉지 가능한 게 촉지 불가능한 것으로, 촉지 불가능한 게 촉지 가능한 것으로 바뀌는 걸 관찰하지. 게다가 지금 내가 말하는 건 우리 작업의 가장 표피적인 측면일 뿐이란다. 그러니, 나의 충직한 데모여, 네 주인과 그의 연금술사가 수고에 수고를 거듭하는 일이 확실히 헛된 것은 아니라고 생각하렴. 천사들이 우리의 행위에 보상을 해줄 날이 곧 올 테고, 그러면 더는 청동이 아니라, 순금으로 내 조각상을 주조하게 만들 테니."

"우리 조각상이죠."

이렇게 바로잡는 말이 공작에게는 전혀 들리지 않았고, 공작은 다시 말랑꿀리한 기분에 빠져들었기에 스테네스는 그런 상태로부터 그를 끌어낼 생각을 더는 못했다. 산책은 여전한 침묵 속에서 일 리외*가량 이어졌다. 그러자 스테네스는 돌아가기로 결정을 내렸는데 다른 길을 거쳐서였다. 공작은 전혀 반대하지 않았는데, 여전히 입을 다물고 미간은 찌푸리고 시선은 멍한 채였다. 잠시 후 공작은 자신을 부르는 소리에 소스라쳤다. 둘은 숲속 빈터를 지나가는 중이었는데, 나무꾼 몇 명이 티몰레오 티몰레이의 화덕에 땔감이 되어줄 나무를 패는 중이었다. 공작을 불러세운 소리로 말하자면, 초부들 가운데 한 명이 그 장본인이었는데, 그건 다음의 말들로 이루어졌다.

"고귀한 영주님, 내 딸 공작부인은 잘 있나요?"

시드롤랭은 소스라쳤다.

"그러면 아가씨의 형제자매는?" 그가 물었다.

"외동딸이라고 말씀드렸잖아요! 잘 주무셨어요?"

"어…… 그러니까 아가씨 아버지가 나무꾼이었고……"

"어떻게 알베르 씨를 알게 됐는지, 어떻게 그 사람이 나를 이곳으로 보냈는지, 방금 다 이야기해드렸어요."

시드롤랭은 하품을 했다.

"다시 하고 싶지 않아요?" 그가 말을 이었다.

"천만에요." 랄릭스가 말했다. "얘기할 때 들었어야죠."

"저런, 할 수 없군." 시드롤랭이 말했다. "다음번을 기대할 수밖에."

"다음번이란 건 없어요. 한 번이면 족해요."

* lieue. 거리를 나타내는 프랑스의 구 단위로, 1리외는 약 4킬로미터이다.

"체념하는 수밖에." 시드롤랭이 말했다.

그는 기지개를 켜더니 일어났다. 반대편 강변을 보니, 여전히 낚시꾼이 있었고, 개는 둥글게 몸을 만 채 보트 안에서 여전히 자고 있었다.

"둘 다 그다지 잔인하지 않은가보군." 시드롤랭이 말했다. "물고기는 한 마리도 안 잡는군."

랄릭스는 낚시꾼을 바라봤지만 어떤 촌평도 내놓지 않았다. 이번에는 계속 앉아 있던 그녀가 일어났다.

"점심식사도 오수도 망칠 생각은 없었는데. 그런데 울타리에 누군가 괴발개발 잔뜩 낙서를 했더라고요. 아주 불쾌한, 아니 불쾌한 것 이상이던데요."

시드롤랭은 말없이 페인트통과 붓을 찾으러 갔다.

"욕설들인데." 랄릭스가 말했다. "모욕적인 말들요."

시드롤랭은 건널판자로 향했다.

"그 대상이 바로 그쪽인가요?" 랄릭스가 물었다.

"맞아요, 그래요." 시드롤랭이 답했다.

"대체 무슨 짓을 저질렀는데요?"

"아가씨가 잠들면 그 얘기를 해주죠."

시드롤랭은 언덕배기를 기어올라간다. 그는 낙서들을 거들떠도 안 보고 페인트칠을 한다. 랄릭스는 설거지를 하러 간다. 캠프장에서 나온 한 떼의 떠돌이들이 멈춰서더니 시드롤랭에게 뭔가를 묻는다. 그들은 프랑스어로 지하철을 말할 줄 안다. 그들이 묻는 것도 바로 그거다. 그는 몸짓으로 답한다.

"이동을 시작하는군." 시드롤랭이 그들이 멀어져가는 걸 바라보면서 말한다. "가을이 오고 있군. 내 영원한 가을, 오, 내

신의 계절.*"

"뭐라고요?" 지나가는 이가 물었다.

"인용이었어요." 시드롤랭이 말했다.

"누구의?"

"시인이죠, 당연히. 십이 음절인 게 안 들렸어요?"

"주의를 기울이지 않았으니까. 난 또 선생이 내게 뭘 물으려는 줄 알았죠. 시간이라든가, 뭐 그런."

"전혀 그런 거 아니었어요." 시드롤랭이 말했다.

그는 다시 칠질을 시작했다. 상대방은 침묵 속에서 그를 바라봤다.

새로운 떠돌이 떼가 다가왔다. 그들도 프랑스어로 지하철을 말할 줄 알았다. 그들이 지나가는 이에게 묻는 게 바로 그거였다. 지나가는 이가 모른다는 시늉을 했다.

"이쪽으로 가면 지하철이 있나요?" 그가 시드롤랭에게 물었다.

시드롤랭은 떠돌이들에게 길을 보여줬고, 떠돌이들은 열렬히 감사를 표하더니 멀어져갔다.

시드롤랭은 다시 칠질을 시작했고, 나지막하게 읊조렸다.

"바로 이거야. 그들이 이동하기 시작한다. 가을이 다가온다."

그는 침묵 속에서 작업을 계속했다.

"다음은?" 지나가는 이가 물었다.

"뭐의 다음?"

* 아폴리네르의 시집 『알코올』에 실린 「기별Signe」에서 인용.

"인용의 다음 구절."

"참을성이 없으시군. 인용은 아직 시작도 안 했어요."

"선생 겁니까? '그들이 이동하기 시작한다. 가을이 다가온다'?"

"전적으로 내 겁니다."

"그럼 페인트로 가리는 그 말들, 그건 누구 거였죠?"

"어떤 지나가는 이가 아닐지."

"날 의심하는 거요?"

"선생이 지나가는 이로는 유일한 사람일까요?"

시드롤랭은 대답이 들리지 않자 뒤를 향해 눈길을 던졌다. 상대방은 등을 돌리고 마무리 단계에 들어간 건축중인 건물을 쳐다보는 척했다. 시드롤랭은 계속해서 붓질을 몇 번 한다. 끝났다. 그는 붓을 페인트통에 던져넣고 페인트통의 손잡이를 집어드는데, 손잡이가 가늘고 금속이라 손가락 살을 살짝 파고든다.

지나가는 이는 사라져버렸다.

XIII

오주 공작이 새로이 그의 시중을 들게 된 앙푸아뉴 자작의 막냇동생을 대동하고 성에서 나왔을 때는, 마을 성당에서 다섯시를 알린 지 이미 오래였다. 그들은 둘 다 말을 타고 있었는데, 한 명은 스테네스에, 다른 한 명은 스테프에 올랐다. 공작은 말을 하지 않았고, 스테네스도 잠자코 있었다. 스테프와 푸스카유도 마찬가지였다. 그들은 마을을 통과할 때 광장에서 공작을 향해 깊숙이 절을 하는 일군의 동네 유지들을 만났다.

"여러분." 공작이 건성으로 말했다. "건강은 다들 괜찮소?"

"아주 좋습니다." 대법관이 대답했다. "최상이죠."

"그것 말고 조심할 만한 게 뭐가 있겠습니까?"

"우리는 이 길로 삼부회에 보낼 우리의 대표들을 뽑으려고 합니다." 대법관이 대답했다.

"아, 그렇지, 삼부회……"

공작은 그 문제에 대해 더는 얘기하지 않는다.

"우리는 우리의 요구서를 작성하기 시작했습니다." 대법관이 다시 말을 이었다. "비로통 예하와 리팽트 사제도 우리에게 합류하기로 했으니, 만약 공작 전하께서 우리에게 전하의 존귀한 협조를 보태신다면 우리는 그 말잔치에 참석하는 세 계급 모두를 위한 단 하나의 요구서를 파리로 보낼 수 있을 거고, 이로써 국왕 폐하께 왕이라는 성스러운 인물 뒤에서 모든 프랑스인이 단결했음을 보여드리게 될 겁니다."

"국왕 폐하 만세!" 마을 유지들이 외쳤다. "국왕 폐하 만세!"

"국왕 폐하 만세!" 푸스카유는 자신도 부르짖는 게 좋겠다고 생각했다.

그러자 공작이 귀싸대기를 갈겼고, 시종은 흙먼지 구덩이에 한바탕 구른 뒤 어안이 벙벙한 채 다시 말에 오르고자 몸을 일으켰다. 마을 유지들은 이 사건에 대한 논평을 삼갔다.

"자, 그럼!" 공작은 살짝 원기를 회복한 채 말을 이었다. "수고들 하시오, 여러분."

그러더니 공동묘지 방향으로 속보로 달려갔다. 그는 땅에 내려서더니 최선을 다해 그를 쫓아 달려온 푸스카유에게 스테네스의 고삐를 맡겼다.

"이런 원숭이 같은 놈." 공작이 그에게 말했다. "누가 '국왕 폐하 만세'라고 외쳐도 된다고 네게 허락했지?"

"전 그저 남들처럼 했습니다." 푸스카유가 울먹이면서 대답했다.

"그렇다면 좀 배워야겠군…… 하지만, 우선, 그전에 말에서 내려."

말대로 행하자, 그가 푸스카유의 귀를 잡더니 몹시 세게 꼬집으면서 일장연설을 이어갔는데 다음과 같다.

"좀 배우라고, 이 원숭이 같고 앵무새 같은 친애하는 시종 녀석아, 너는 다른 사람들처럼 해서는 안 되고 나처럼 해야 한다고. 들리나, 나처럼이라고, 내가 말하잖아. 이제 알았나?"

"아니요. 하나도 이해 못하겠어요."

공작은 다른 쪽 귀로 바꾸면서 말을 이었는데 다음과 같다.

"내가 어떻게 하디, 내가? 내가 '국왕 폐하 만세'라고 하디? 아니지. 이제 알겠나?"

"네, 물론이죠. 하지만 어떤 경우에서든 '국왕 폐하 만세'라고 외치는 걸 권하지들 않나요?"

"아마도." 공작은 대답하며 상당히 시뻘게진 귀를 놓아줬는데 갑자기 깊은 생각에 잠긴 것 같았다. "아마도." 잠시 뒤 그가 되풀이해서 말했다.

그러더니 공동묘지 안으로 들어갔다.

푸스카유는 그가 충분히 멀어졌다는 판단이 들자 두 귀를 문지르며 툴툴거렸다.

"아파 죽겠네, 너절한 긴꼬리원숭이." 불평을 늘어놓았다. "'국왕 폐하 만세' 좀 외쳤다고. 기원후 천칠백팔십구년을 살아가는 이 시대에, '국왕 폐하 만세'라고 외칠 권리가 이젠 없다는 듯이 말야. 좋아, 난, 계속 외치겠어, '국왕 폐하 만세'라고."

그가 실제로 한 게 그거였지만 목소리는 나지막한 쪽이었다.

"자넨 이해할 수 없을걸세, 젊은이." 스테네스가 말했다. "그건 공작이 정치판에 끼지 않기 때문이야."

"오, 주 예수그리스도여." 시종이 외쳤다. "말이 말을 하다니!"

"자네가 빨리 알게 되면 알게 될수록 우리 관계가 순조로울

걸세. 게다가 나 혼자가 아니거든, 스테프도 말을 하네. 그렇지 않은가, 스테프?"

"그럼." 스테프가 간략하게 대답했다.

"그러니 그렇게 떨지 말게나." 스테네스가 푸스카유에게 말했다. "겁이 나는가? 혁명 전야를 맞아, 그런 자세는 바람직하지 않아."

"혁명?" 푸스카유가 이를 딱딱 부딪치면서 물었다. "무무무슨 혀혀혁명?"

"지금 꾸미고 있는 것." 스테네스가 대답했다.

"말이 예언을 해!" 푸스카유가 찢긴 동시에 찢는 목소리로 소리를 질렀다. "발람의 나귀처럼!"

"이런, 시종이 아니라 신학생이로군." 스테네스가 경멸을 담아 말했다. "그것도 모자라 날 암탕나귀 취급을 하다니. 내 배 아래쪽에 뭐가 달렸는지는 보지도 않았군."

이 농담에 진중한 스테프가 활짝 웃자 두 말이 같이 웃었고, 서로가 서로의 웃음에 자극받아 미친 듯이 웃어젖히니, 이 사태에 완전히 사기가 꺾여버린 푸스카유는 울며 데굴데굴 바닥에서 굴렀다. 감정 폭발에 사로잡혀 족히 한 스티에* 분량의 누액을 쏟고 난 그가 여전히 부들부들 떨면서 몸을 일으켰는데, 그의 눈에 스테네스와 스테프가 돌 틈 사이로 돋아난 풀 가운데서도 달달한 것들을 평화롭게, 말없이 찾고 있는 게 보였다. 그 행위는 정통 마술적馬術的임에도 불구하고 오히려 그를 공포로 가득 채워버렸고, 그는 자신의 고용주 곁에서 피

* setier. 용량을 재는 구 단위로, 약 7.5리터.

난처를 찾는 것이 신중하리라고 판단했다. 그래서 공동묘지 안으로 들어갔고, 오솔길 끝 어느 무덤 앞에서 묵상에 잠긴 공작을 발견했다. 그는 또한 묘지 인부 두 명도 봤는데, 그들은 해골을 파내어 작은 무더기로 쌓고 있었다. 그 광경에 속이 뒤집힌 시종은 휙 돌아서 달렸고, 뛰어난 달리기 실력으로 곧 성 테라스에 모습을 드러냈는데, 그곳에서는 사람들 몇이 모여 오만잡사에 대해 수다를 떨면서 커피와 가벼운 술, 특히 회향주를 마시고 있었다.

"저런, 푸스카유." 그의 형이 소리쳤다. "대체 무슨 일인데? 고귀하고 권세 드높은 영주 조아생 오주 공작을 내버린 거냐?"

다들 웃는다. 울먹이는 목소리로 자신의 가장 소중한 염원을 밝히는 푸스카유는 빼고.

"엄마한테 가고 싶어요!"

"아니, 푸스카유." 그의 형이 말한다. "그 고귀하고 권세 드높은 영주가 네 반바지 앞섶에 손이라도 댔어?"

다들 웃는다. 계속 한탄해대는 푸스카유는 빼고.

"공작이 아니에요! 공작이 아니라고요! 말들이에요!"

"저런, 푸스카유, 그 말들이 사내아이들이라면 사족을 못 쓴다고 믿게 만들려는 건 아니겠지."

다들 웃는다. 발을 동동 구르는 푸스카유는 빼고.

"말들이 말을 해요! 말을 한다고요!"

"얼뜨네, 얘가." 매혹당한 공작부인이 말한다.

"멍청아." 성이 난 형이 그에게 말한다. "중세시대의 그 구닥다리 전설을 믿으려는 건 아니지!"

"기사도 소설을 읽다보면 그런 게 나오지." 비로통 예하가 조롱하는 미소를 설핏 띠며 말한다. "마지막 원정이었는지 그 바로 전이었는지는 잘 모르겠지만, 하여간에 십자군원정 동안……"

"제칠차죠." 리팽트 사제가 말한다.

"정말 박식하세요." 공작부인이 손안경을 흔들어대며 소리를 질렀다.

"일곱번째 십자군원정 동안 오주 공작의 말이 사라센인들을 오싹하게 했죠." 여전히 빈정거리는 어투로 오네지포르가 말을 이었다. "말이 놈들에게 욕설을 퍼부었거든."

"이렇게 어리석을 데가." 앙푸아뉴 자작이 말한다. "누구 네 발짐승이 말하는 걸 본 적 있나요?"

"물론, 있죠." 리팽트 사제가 말한다. "한 마리 있어요. 발람의 나귀."

"스테네스도 그 나귀처럼 예언을 해요." 여전히 잔뜩 겁에 질린 푸스카유가 말한다.

"자넨 교리문답에 아주 강하지는 않군." 리팽트 사제가 엄하게 말한다. "발람의 나귀는 예언을 한 게 아니라 주인이 매질을 할 때마다 반발하기 위해서 입을 연 거지. 왜냐하면 그 나귀 눈에는 하느님의 천사가 보였거든. 그건 기적이었어."

"난, 엄마한테 돌아갈래요." 푸스카유가 이렇게 말을 맺었다.

"넌 여기 있어야 해." 형이 그에게 말했다. "이건 명령이야."

"엄마는 여기에 말하는 말들이 있는 걸 알면 즉각 집으로 돌아오라고 하실 거야."

"그런 건, 말하는 말들이라는 건, 존재하지 않는다는 말 안 들리나." 리팽트 사제가 말했다. "기적이 아닌 한."

"그리고 요즘 같은 시대에는 기적이 점점 드물어지지." 비로통 예하가 한숨을 내쉬며 덧붙였다.

"그러니까, 푸스카유." 언제 왔는지 공작이 말했다. "그러니까 넌 이런 식으로 내 말을 지키는 건가? 넌 엄마에게로 돌아가도 되겠다."

감사하다는 말도 없이 푸스카유는 후다닥 사라졌다.

"저 녀석은 얼간이야, 네 동생은." 공작이 회향주 한잔을 따르더니 앙푸아뉴에게 말했다.

그는 잠깐 침묵 속에서 액체를 바라보다가 덧붙였다.

"티몰레오 티몰레이의 제조법이지. 아, 가여운 티몰레오. 오늘도 그의 무덤에 가서 묵상에 잠겼다가 왔지."

"그 접골사, 그 돌팔이는 그만 잊으세요." 오네지포르가 말했다. "요즘 세상에 누가 영생의 묘약과 현자의 돌을 믿을 수 있겠습니까?"

"그러니까 자네는 세상이 정확히 기원전 사천사년에 창조되었다고 믿는군."

"공작 전하." 리팽트 사제가 대꾸했다. "그렇게 믿을 만한 이유가 있죠."

"어떤?" 공작이 물었다.

"조아생, 당신 정말 재미없네요." 공작부인이 말했다. "이젠 신학까지 하고 싶으세요?"

"어이구, 이를 어째, 아가씨, 죄송해서." 공작이 자신의 빈 잔을 다치 채우며 빈정거렸다. "자, 신부, 어떤 이유지?"

"아니, 그야 성서죠, 공작 전하!" 리팽트 사제가 말했다.

"대답 잘 했어, 리팽트." 비로통 예하가 지적했다.

"모순투성이지, 당신들의 그 성서란 건." 공작이 말했다. "잠깐만 들여다봐도 그 사실이 눈에 확 들어오지. 그리고 당신들, 이성, 그건 어디 쓸 건데? 기원전 사천사년도라니, 세상은 수수만년도 더 전부터 존재했다고."

"말도 안 되는 소릴." 오네지포르가 소리를 질렀다.

"조아생은 단 한번도 점성술에 강했던 적이 없어요." 공작부인이 한마디했다. "아니, 그게 아니라 천문학."

"연대학年代學." 고쳐준다는 명목으로 리팽트 사제가 덧붙였다. "그러면 아담이 창조되기 수천 년도 더 전부터 인류가 존재했겠네요?" 사제가 공작에게 빈정거리는 투로 물었다.

"물론이지."

"그에 대한 증거로 뭘 들 수 있지요, 공작 전하?"

"아, 아." 비로통 예하가 말했다. "아담 이전에 인류가 존재했다고 주장하는 우리의 각하께서 벽에 부딪치셨습니다그려."

"맞아요. 어떤 증거가 있죠, 조아생?" 이번에는 공작부인이 말했다.

"공작님을 몹시 곤란하게 하시는군요." 그때까지 감히 토론에 끼어들지 못했던 앙푸아뉴 자작이 한마디했다.

"조금도 곤란하지 않아." 공작이 차분하게 대꾸했다. "증거가 어딘가 존재할 텐데, 그걸 찾아내기만 하면 돼."

"근사한 답변이군요." 리팽트 사제가 살짝 웃으며 말했다. "우리가 그런 대답을 그저 곤경에서 빠져나가려는 술책으로만 보아도 공작 전하께서는 너그러이 봐주시겠죠."

"리팽트." 비로통 예하가 말했다. "각하를 무안하게 만들었군!"

"조아생!" 공작부인이 말했다. "당신 고집도 어지간하네. 사제와 신학을 논하려고 들다니 잘못했군요. 당신이 상대가 되나!"

"저라면 그런 위험은 감수하지 않으렵니다." 자작이 자신의 표정이 영리해 보이기를 바라며 덧붙였다.

"제기랄!" 공작이 기운찬 발길질로 테이블을 허공으로 날려버리며 외쳤다. "날 순진한 얼간이로 아는 거야들?"

중국 명조 때 다기에서 남은 거라고는 조각들뿐, 그리고 술병과 술잔에서도 또다른 조각들뿐이었다. 공작은 일어서서 그 자리에 있던 사람들을 격렬하게 호명했다.

"예끼, 고얀 놈들! 날 그런 식으로 비웃다니, 너희들은 그저 부르주아인 게지! 이제는 신부란 것들이 자신들은 뭐든 할 수 있다고 믿는구나. 내가 선한 하느님께 속한 이 짐승들을 매질하는 걸 뭘로 막을 수 있을지 모르겠어."

"조아생!" 공작부인이 외쳤다. "당신은 고약한 봉건영주일 뿐이야."

"이런 화냥데기, 볼기 좀 맞아야겠군."

그는 그녀의 손목을 낚아챘다. 뤼쉴은 동의하지 않았다. 뤼쉴은 발을 굴렀다. 공작은 잡아당긴다. 그는 그녀를 가죽채찍이 있는 작은 방으로 끌고 간다. 하인 한 명이 깨진 도자기와 유릿조각들을 주워 모은다. 비로통 예하와 리팽트 사제는 불만스러운 표정으로 멀어져간다. 공작은 여전히 마누라를 잡아당기고 그 마누라는 온 힘을 다해 뻗댄다. 그녀의 구두 뒤

축이 포석 위로 불꽃을 만들어낸다.

앙푸아뉴 자작이 중간에 끼어들려 했다.

"공작 전하." 그가 흰 빨래보다도 더 핏기 없는 목소리로 말했다. "제가 공작님께 품고 있는 그 모든 존경을……"

"어딜 끼어드는 거야, 망나니 자식!" 격분한 공작이 고함을 지르며 놓아버리자 공작부인은 엉덩방아를 찧었다.

공작이 자작을 향해 힘차게 따귀를 갈기자 자작은 비틀거렸다. 자작은 용기라기보다는 유전의 작용으로 검을 빼들었다. 공작이 검을 빼드니 앙푸아뉴가 땅에 뒹군다. 검에 관통당해 절명한 것이다. 공작부인이 시신을 향해 달려들면서 울부짖는다. 공작은 자신의 검을 뤼쉴의 페티코트에 닦고는 그 살인 무기를 검집에 다시 집어넣는다. 그는 상황을 살핀다.

머뭇머뭇 다가왔던 누군가도 역시 상황을 살폈다.

"공작님께서 죽이셨군요." 푸스카유가 중얼거렸다.

그는 손에 보따리를 들고 있었는데, 엄마에게 돌아가려는 참이었다.

"진짜 죽었나요?" 그가 덧붙였다.

"아직 죽은 게 아니라면, 곧 그리되겠지." 공작이 대답했다. "저 여자 때문에 숨을 못 쉬어서라도 말야."

공작부인은 계속 째지게 비명을 질러대고 있었다. 그러더니 마침내 이렇게 선포했다.

"죽었어! 그가 죽었어!"

"자, 이제 알았지." 공작이 푸스카유에게 말했다.

"그럼 이제 제가 되는 건가요? 앙푸아뉴 자작이?" 푸스카유가 물었다.

"그렇겠지." 공작이 찬탄의 얼굴로 대답했다.

"그것 참 멋지군요."

공작부인의 비명소리에 성직자와 하인 등이 모여들었다.

"저런." 비로통 예하가 말했다. "한 명 또 새로 추가로군."

"그건 결투였어요. 제가 제대로 이해한 거라면." 리팽트 사제가 말했다.

"그야 의심의 여지가 없지." 오네지포르가 말했다. "앙푸아뉴가 아직도 손에 검을 쥐고 있잖은가."

"결투에서 사람을 죽이는 게 작은 죄는 아닙니다." 리팽트 사제가 말했다. "하지만 서력西曆을 믿지 않는 것보다야 덜 중하지요."

"공작 전하." 사르셀로폴리스지역의 명목상 교구를 담당하는 주교가 말했다. "이 사건에 대해 회개하고 아담 이전에 인류가 존재한다는 신념에 대해 잘못을 인정하고 공개적으로 용서를 비셔야 할 겁니다."

"아시겠죠." 사제 리팽트가 말했다. "하느님의 정의는 공작님께 무죄를 선고하는 인간들의 정의보다 훨씬 더 엄하답니다."

"글쎄, 그다지 믿기지 않는 말이로군." 오주 공작이 말했다. "이것저것 다 따져봤는데, 난 바람 좀 쐬러 가는 게 낫겠어. 어쩌면 외국으로 나갈지도 몰라. 왕의 법관도, 전술前述한 호의도 앉아서 기다릴 수야 없지. 내 최고의 전우 도나시앵*을 바스티유에 잡스러운 이유로 잡것들이 잡아넣었잖아. 어라, 두

* 도나시앵 알퐁스 프랑수아는 사드 후작의 이름이다.

운이 생겼군."

"불완전 압운인데요." 리팽트 사제가 지적했다.

공작이 이왕 판이 벌어진 김에 사제까지 처리하기로 굳게 마음먹고 검을 뽑아들자, 사제는 신중한 궤도를 그리며 오네지포르 뒤로 위치를 옮겼고, 공작은 자제력을 발휘해 다시 검을 집어넣었다.

"두 분이 뤼쉴을 위로하시오." 그가 사제 두 명에게 말했다. "볼기를 치려던 생각이 손바닥으로 쏙 들어갔거든, 난. 그럼, 이만 두 분과 작별하지요."

"삼부회는요?" 비로통 예하가 물었다. "참석하지 않으실 건가요?"

"그따위 하찮은 일이야! 지금 내 관심사는 나의 자유야."

그는 푸스카유를 향해 몸을 돌렸다.

"가서 스테네스와 스테프에게 안장을 올려. 자작, 널 데리고 가겠어. 이곳저곳을 보게 될 거야."

"오, 대단히 고맙습니다, 공작 각하. 하지만 말하는 그 말들이……"

"넌 절대 스테네스가 입다물게 못할 거다."

"저로서는 안심이……"

공작은 푸스카유를 뱅그르르 돌려세우더니 기운찬 발길질로 목표지점을 향해 똑바로 날려보냈다. 푸스카유는 손에 예의 그 보따리를 든 채 우아한 포물선을 그리더니 마구간 문 앞에 착륙했다.

잠시 뒤 공작이 가방을 들고 다시 나타나자, 모든 것이 준비됐다.

이제 테라스는 텅 비었다. 공작부인은 사라졌고 고故 앙푸아뉴도 마찬가지였다. 계단 발치에서 비로통 예하와 리팽트 사제가 이곳의 주인을 기다리고 있었다. 그들은 아주 정중하게 그에게 인사를 올렸다.

“잘 생각해보셨습니까?” 비로통 예하가 물었다. “과오를 저지르고 계신 겁니다.”

“그리고 삼부회에 참석하지 못하실 텐데요.” 리팽트 사제가 덧붙였다.

“나의 친구들.” 공작이 극도로 만족한 표정으로 말했다. “자네들은 내가 왜 떠나는지 이해하지 못했군.”

“왜죠?” 두 사제가 이구동성으로 물었다.

“증거를 찾으러 가는 거지.”

“무슨 증거 말입니까?”

“자네들의 무지를 입증한 증거들. 아담 이전에 존재하는 인류 만세!”

“아담 이전에 존재하는 인류 만세!” 두 마리 말이 이구동성으로 되풀이했고, 신중한 푸스카유는 약간의 시간을 두고 그에 합류했다.

그러고는 넷 모두 속보로 떠났다.

그들의 그날 여정은 길었고, 그들이 샹뷔르낭바스부이유에서 멀지 않은 베지누아에 위치한 커다란 읍인 생즈누야레트루의 옴므소바주 여인숙에 도착했을 때는 기진맥진한 상태였다.

“제기랄.” 공작이 테이블에 앉으면서 말했다. “우리는 풍성한 식사를 할 자격이 있지. 술과 순대!”

"어이, 거기, 아가씨." 공작이 여종업원의 볼기짝을 토닥이며 그녀를 향해 말을 이었다. "볼기치기를 하려던 생각이 쏙 들어갔네."

"고마워서 어쩌나! 가만둘 생각이라고는 눈꼽만큼도 없걸랑요."

"어이, 어이! 공작의 손인데……"

"비열한 돼지의 손이지." 종업원이 교묘하게 피하면서 응수했다.

"알겠지." 공작이 푸스카유에게 경쾌하게 말했다. "벌써 공화국이 다 됐어. 두고 보면 알 일이지."

그러더니 순대를 삼키기 시작했다.

"이제, 스테네스에 대한 네 생각 좀 말해봐." 공작이 입에 음식을 잔뜩 물고 말을 이었다. "유쾌한 길동무가 아닌가?"

"오, 예." 푸스카유가 말했다. "제가 처음에 왜 그리도 겁을 먹었는지 이해가 안 가요. 지금은 그게 너무 자연스럽게 생각되는데."

"자연스러움이라. 자연보다 더 자연스러운 건 없지. 그게 내 최상의 친구 도나시앵의 좌우명이란다."

"그런데, 공작님, 아담 이전의 인류라는 게 뭔가요?"

"점잖은 오네지포르를 놀려먹으려는 수작이지. 그런 건 존재하지 않아. 존재한다면 오네지포르가 아주 곤란하겠지."

"근데 그게 뭔데요?"

"아담 이전에 존재했을지도 모르는 인류."

"그런 어리석은 말이!"

"리팽트 사제가 말하는 것 같군. 널 데려온 걸 후회하게 만들지 말지."

"공작 전하와는 이야기를 나누기가 쉽지 않아요. 그런 건 존재하지 않는다고 말씀하셔놓고는, 동시에 제가 그걸 어리석다고 말하기는 원치 않으시니."

"존재하지 않는다고 해서 그게 반드시 어리석다는 법은 없어, 이 얼간아. 아, 아, 기름에 볶은 양배추, 내가 정말 좋아하는데."

"앞발 내리시지, 이 늙은 돼지야." 해부학과 미식학을 뒤섞으려 드는 공작에게 여종업원이 말했다. "다음번엔 머리 위에 음식을 쏟아버리겠어. 그럼 잡탕요리가 되겠네."

"호락호락하지 않군."

"공작님은 어떻게 그런 취급을 받고도 가만 계세요?"

"내가 익명으로 여행중이라는 걸 잊지 말고, 이 양배추요리나 먹어치우자고."

두 사람이 침묵 속에서 게걸스럽게 먹고 있을 때, 마부 복장을 갖춘 마부가 천한 공포심을 여봐란듯이 드러내며 불쑥 뛰어들었다. 그는 고래고래 고함을 질러댔다.

"믿을 수가 없지만 사실이야! 저, 저기 마구간에…… 마…… 말이 말을 한다고!"

모두가, 특히 공작이 앞장서서 호탕하게 웃었다. 푸스카유만이 불안해하며 심각한 표정을 지었다.

"아직도 술이 덜 깼냐?" 여인숙 주인이 말했다. "뛰어들어와서 이렇게 소란을 피우다니, 창피하지도 않아?"

"내버려두오, 내버려둬." 어떤 여행객이 여인숙 주인에게 말했다.

그러더니 마부에게.

"그래, 그 말이 뭐라고 했나?"

"내가 마구간으로 들어서는 걸 보더니 이렇게 외쳤습니다. '아담 이전에 존재한 인류 만세'!"

"미친놈일세." 누군가 외쳤다.

모두가 호쾌하게 웃었고, 앞장선 건 공작이었다. 점점 더 불안에 떠는 푸스카유만이 심각한 표정이었다.

XIV

세번째로 모두가 호쾌히 웃기 시작한 것은, 마부가 계속해서 자신의 감정적 동요를 다음과 같은 말로 언술했을 때였다.

"그러더니 말이 이리 덧붙였답니다. '네 귀를 네가 믿지 못하겠지, 응?'"

몹시 불안에 떠는 푸스카유만이 심각한 표정이었다.

"그야 당연히 그랬죠." 마부가 말을 이었다. "나도 내 귀를 믿지 못했으니까. 그래서 냅다 뛰어서 여기로 온 거고. 그 망할 놈의 마구간으로 곧 다시 돌아가진 못하겠어요. 어휴, 주인장, 옅은 색 적포도주 한 단지 내줘. 정신 좀 차리게."

"절대로 그런 짓은 안 할 테다." 여인숙 주인이 말했다. "자넨 보다시피 이미 충분히 마셨다니까."

"제길, 난 하나도 안 취했어. 자네가 직접 가서 보라고!"

"내게 신의 가호가 있기를! 이러나저러나 대체 어떤 말인데?"

"그건 내 말이오." 공작이 말했다.

"그리고 그 말은 말을 하지." 그가 덧붙였다. "글까지 읽을

줄 안다오. 예를 들자면, 지금은 『젊은 아나카르시스의 그리스 여행기』*를 읽는 중인데, 아주 좋다고 하더군. 주인장, 그러니 저 마부 양반에게 열은 색 적포도주 한 단지를 주시오. 그 양반 전혀 취하지 않았으니."

찬동하는 웅성거림이 이 담백한 담화의 뒤를 이었는데, 저마다 자기 이웃에게 이렇게 말했다. 정말 재치 있는 양반일세.

"자네 얼굴 표정, 아주 볼만하군." 공작이 푸스카유에게 말했다. "저들이 얼마나 별것 아닌 것에도 만족하는지 알겠지. 이제나저제나 누군가 이렇게 말하고 말걸. 프랑스에서는 우스갯거리가 되면 죽는다.† 봐, 마부는 신용을 잃었잖아. 하지만 스테네스가 아주 부주의했다는 것은 인정해야지. 그 녀석은 혀를 붙잡아 매어두는 법이 없어."

"치안대가 수사를 하면요?"

"피! 기껏해야 이 지역 신부 나부랭이가 나서겠지."

여종업원은 여행객 두 명이 쉽사리 해치운 영계 한 마리에 이어 앙트르메, 치즈, 달달한 후식을 내왔다. 그들은 계속해서 술을 여러 단지 비운 뒤 잠자리에 들었고, 잔뜩 먹은데다 무척 피곤하여 잠이 들었다.

랄릭스와 시드롤랭은 불이 들어오자 두 눈을 크게 뜨고 살짝 멍한 상태로 영화관에서 나왔다.

* 장자크 바르텔레미 사제(1715~1796)의 작품으로 그리스의 역사 및 일상생활을 자세히 보여준다. 1788년에 파리의 드뷔르 출판사에서 출간되었다.

† 마담 드 스탈은 훗날 "조롱은 선한 것에는 해를 끼치지만 강한 것에는 조금도 해를 끼치지 못한다는 특징을 갖는다. 강한 것은 매섭고 자신만만하여 우스꽝스러움을 죽여버린다"(스탈 남작부인의 전집, 401~402쪽)는 말을 남기게 되는데, 크노는 이 말을 비틀어 사용하고 있다.

"돌아가기 전에 한잔합시다." 시드롤랭이 제안했다.
랄릭스가 동의했다.
"난 액션영화라면 사족을 못 쓰는데." 시드롤랭이 말했다.
"그렇게 믿어요?" 랄릭스가 물었다.
"그렇게 믿는 게 아니라 그렇다니까."
"내가 하려던 말은 그게 아니에요. 그게 액션영화였다고 생각하느냐고요?"
"그럼요. 내가 꿈을 꾼 게 아니었다면."
"난, 그게 서부영화 같았는데. 그런데 내가 잠이 들었던 것 같기도 해요."
"되돌아가서 상영한 게 뭐였는지 볼까요?"
그들은 되돌아가 보았다. 포스터와 사진들은 스파르타쿠스와 프랑켄슈타인과 맞붙는 헤라클레스와 드라큘라에 관련된 것들이었다.
"아마 다음주 프로그램인 것 같아요." 랄릭스가 넌지시 의견을 내놓았다.
"알 길이 없네." 시드롤랭이 말했다. "어쨌든, 그쪽은 의견이 다르다니, 마치 그쪽 꿈 이야기를 듣는 것 같아요."
"짜증이 나네요."
"술이나 한잔 걸치러 갑시다."
강변 한 귀퉁이의 술집은 텅 비었다. 테이블들을 정리하는 중이었다. 소비자들은 카운터로 만족하거나 그 앞에 서 있어야 했다.
"맘에 안 드는군." 시드롤랭이 말했다. "방주 있는 데까지 계속 가볼까요."

"근데 그걸 왜 방주라고 부르죠?" 랄릭스가 물었다.

"어떤 동물도 태우지 않아서 그런 거겠지." 시드롤랭이 대답했다.

"이해가 안 가는군요."

"농담이 안 먹히는군. 내가 구입할 때부터 그렇게 불렸다고 해두죠."

"비쌌나요?"

"중간 정도."

"난, 선생님의 수송선이 맘에 들어요. 뮤직홀을 버리고 가정부가 되기로 한 건 정말 잘한 일이었어요. 알베르 씨는 정말 훌륭한 조언자예요."

"그가 어떤 식으로 설득했나요?"

"발길질로요. 그러니까, 선생님은 정말 헌신적인 아주 좋은 친구를 가졌다고 말할 수 있는 거죠."

"너무 아프게 하지는 않았기를 바라요."

"헛발질은 아니었죠. 어쨌든 내가 후다닥 알아먹었어요."

"그럼 뮤직홀이 많이 아쉽진 않고?"

"다시 말씀드리죠. 난 수송선이 맘에 들어요."

"뮤직홀에 갔더라면 뭘 했을 건데요?"

"댄싱걸이 됐으면 했죠. 춤을 제법 추는데다가 몸매도 잘빠진 편이니. 또 노래도 했을걸요. 하지만 알베르 씨는 다 필요 없다고 생각했죠."

"고용하겠다는 데는 있었고?"

"그럼요. 잔나비아와 남회공 사이에서 망설였죠. 하지만 전부, 인정해야 할 건, 둘 다 아주 먼 나라들이라는 것. 난 위도 사십구 도에 머무르는 게 더 좋아요. 당연히 북위요."

"지리에 대해 빠삭하군요."

"그 장거리 여행에 대비를 했으니까요. 그런데 절대로 움직이지 않는다는 말, 진짜가요? 수송선 말예요."

"그건 불가능해요. 예인해야 할걸요."

"소형 예인선, 그건 그렇게 비싸지 않을 텐데."

"어쨌든 그건 내 능력 밖이에요."

"내가 아무 말 안 한 걸로 쳐요, 우리."

두 사람이 얼마 전부터 침묵 속에서 걷고 있던 참에, 성인 보이스카우트 단원 한 떼가 두 사람을 앞질렀다. 그들 가운데 한 명이 멈춰서더니 그들에게 물었다.

"야영장?"

시드롤랭은 직진을 의미하는 몸짓을 해보였다.

상대방은 고맙다를 의미하는 몸짓을 해보였다.

성인 보이스카우트 단원들은 속도를 더해가며 가던 길을 계속 갔다.

"아직도 있네, 저런 사람들이." 시드롤랭이 말했다. "벌써 가을에 접어들었는데도. 곧 한겨울이 되어도, 오달진 인간들은 찾아올 테고, 눈이불을 덮고 따뜻하게 웅크리고 있겠군."

"수송선 위에 눈이 내리면 어떻게 하나요?"

"강물로 밀어버리면 풍덩 떨어지죠. 가끔씩은 심지어 한여름에도 물에 눈 같은 것이 떠 있는데, 눈은 아니에요. 비누거품 같기도 하고 솜뭉치 같기도 한데, 상류에 위치한 자동차 공장에서 흘러나오는 것들이랍니다. 고객들에게 팔아넘기기 전에 세차하는 게 아닌가 싶어요. 도착했군."

시드롤랭은 우편함에서 램프를 꺼내들어 울타리를 샅샅이 살폈다.

"아무것도 안 써놨어요." 랄릭스가 말했다. "지금 그걸 살펴보는 거죠?"

"그래요."

"그러니까 그게 처음이 아니었네요?"

"그래요. 거의 매일이죠."

"대체 누가 그런 짓을 하죠?"

"나도 몰라요. 면상 갈지 않게 조심. 미끄러우니까."

"언제고 밤에 구석에 숨어서 망을 보다가, 그 작자가 나타나면 매타작을 하라고요. 무엇보다도 누가 그러는지 알게 될 거 아녜요."

"강물로 곤두박질치지 않게 조심. 자, 다 왔네요."

"그런데 어딜 그렇게 가세요?"

"회향주와 물 한 병, 그리고 잔 두 개를 가지러."

"그럼 나는요? 그 일을 해야 하는 건 나예요. 앉아 계세요."

"그러죠, 그럼." 시드롤랭이 말했다. "전깃불은 오른쪽에 있어요."

"나도 알아요."

시드롤랭은 앉았다. 갑판 위의 전구에 불이 들어왔다.

"선선해지기 시작하네요." 랄릭스가 회향주와 물 한 병, 그리고 잔 두 개를 갖고 돌아오자, 그가 랄릭스를 향해 말했다. "내가 밤새도록 밖에 있을 것 같진 않군요."

"몸을 덮으세요. 그리고 스웨터도 껴입고."

"안 마실래요?"

"난 회향주라면 치가 떨려요."

"좀 구닥다리긴 하지, 그 점은 인정. 다른 걸 마시든가."

"사양하겠어요. 그냥 이대로 괜찮아요."

그녀는 그가 술 따르는 모습을 지켜보다가 말을 이었다.

"정말로, 그 얼간이 버릇을 고쳐주기 위해 밖에서 밤을 지새울 용기를 못 내겠어요?"

"용기를 못 낸다기보다는 자는 게 더 낫겠다는 거죠."

"그리고 꿈을 꾸는 게."

"그렇죠, 그리고 꿈을 꾸는 것."

"정 그렇다면, 좋아요, 내가 가죠."

"직접 버릇을 고치겠다고? 여럿일지도 모르는데."

"연발총 없어요? 소총은?"

"없어요, 없어! 배에 무기는 안 둬요."

놀란 시드롤랭은 회향주를 다시 한잔 마셨다.

"너무 많이 마시는군요." 랄릭스가 지적했다.

"모두가 내게 그렇게 말하죠."

랄릭스가 다시 말을 이었다.

"숨어 있다가 그 작자 혹은 작자들이 다시 그딴 소리를 괴발개발 그려대면, 우~ 우~ 소리를 질러 놈들에게 겁을 주겠어요. 머리에 시트도 둘러쓰겠어요. 그러고 나면 놈들도 다시는 오지 않겠죠. 혹은 그놈도 다시는 오지 않겠죠. 내가 볼 때 그건 남자 혼자예요. 대체 누가 선생님에게 그토록 원한을 품을 수 있죠?"

"나도 모르겠어요." 시드롤랭이 희미한 목소리로 말했다. "떠오르는 게 조금도 없군요."

"어쨌든 뭔가 이유야 있겠죠." 랄릭스가 말했다.

"거기에 쓰여 있던 걸 믿는 건 아니겠죠? 난 살인자가 아니에요. 살해범도 물론 아니고요. 전혀 아니에요. 난 결백해요. 일 년 반 구류를 살았지만 결국 내가 무죄라는 걸 인정받았답니다. 난 다 끝났다고 생각했어요. 그런데 아니네, 그 얼간이가, 당신이 말했듯이, 그라피티를, 이건 내가 말했듯이, 질러놓네요. 어쨌든 난 건물에 칠하는 걸 좋아해요. 내가 소일거리가 많지 않으니 그게 어느 정도는 소일거리가 됩니다. 게다가 그렇게 해서 내 집 울타리가 이 강변에서 가장 깨끗하게 유지되지요. 내가 이런 얘기를 전부 다 해주고는 있지만 사실 나는 별 생각 없어요. 이런 건 내게 영향을 못 줘요. 그다지는 말예요."

"대체 그게 누굴지 궁금하지 않아요? 그 인간이?"

"그다지."

"어쨌든 가서 봐야죠."

시드롤랭은 심사숙고하는 표정을 짓고 잠시 침묵을 지키더니, 마침내 이렇게 말했다.

"내가 밖에서 밤을 보내면 좋겠어요?"

"배 안의 침상에서 사랑을 나누면, 남자 쪽은 보나마나 머리를 찧겠는데요." 랄릭스가 지적한다.

"뭐니뭐니해도, 그 생각이 그리 나쁜 건 아니네."

그는 일어나서 담요를 찾으러 갔다. 그는 또한 럼주 한 병, 전지, 빗자루도 챙겼는데, 빗자루는 위험한 부엌칼들을 제외한다면 그가 갖고 있는 유일한 무기였다.

이렇게 장비를 갖추고 그는 랄릭스의 제안대로 숨어서 지켜보러 갔다.

그가 그녀에게 소리쳤다.

"갑판 위의 불 꺼요!"

그녀는 바로 실시.

그는 안성맞춤인 장소를 알고 있어서 그곳에 자리를 잡고 모포를 몸에 감았다. 럼주를 한 모금 마시고는 얼마 되지 않아 그는 잠이 들었다.

푸스카유는 스테네스가 자신의 귀에 대고 다음의 말을 하자 펄쩍 뛰었다.

"저기 주인 온다."

새로이 앙푸아뉴 자작이 된 이는 잎이 우거진 나무그늘 아래에서 쉬던 참이었고, 함께 다니는 두 마리 말은 좌로 우로 맛난 풀잎을 찾아다니는 것이, 스스로를 돌보는 법을 아주 잘 알고 있었다. 공작의 종적이 묘연해진 건 벌써 몇 시간 전이었다. 그가 노새의 고삐를 쥔 채 다시 나타났는데, 여인숙 주인에게서 노새를 빌려 등짐을 잔뜩 지워 떠났더랬다.

"다 잘됐어!" 공작이 멀리서 외쳤다.

"끝내셨어요?" 공작이 다가오자 푸스카유가 예의바르게 묻는다.

"성공이 확실해. 내일, 우리는 몽티냑으로 간다. 어떤 꼬맹이가 그쪽에 흥미로운 게 있다고 알려줬어. 자, 이젠 플라작으로 돌아간다!"

그는 스테네스 위에, 스테프 위에는 푸스카유가 노새의 고삐를 쥐고 올랐는데, 여인숙 주인에게서 노새를 빌려 등짐을 잔뜩 지워 떠났더랬다.

일행은 빠르게 이동했고 스테네스는 수다를 떨 기분이 아니었다. 공작이 끝내 놀라고 말았다.

"이런, 나의 충직한 데모여." 그가 말에게 말했다. "우리 오늘은 대화가 별로 없네."

"솔직히 다 털어놓자면 말이죠." 스테네스가 말했다. "멀어지니 성이 좀 그립고 내게는 고향이자 그 이상인, 나 태어난 마구간을 언제 다시 보게 될지 자꾸 묻게 돼요."

"저런." 공작이 말했다. "너의 말랑꼴리는 잠시 참으라고 하렴. 기마헌병대의 손아귀로 뛰어들고 싶은 생각은 전혀 없거든. 게다가 이 지역에서 해야 할 작업을 아직 다 마치지 못했다."

"제 말이 바로 그거였어요." 스테네스가 한숨을 쉬었다. "내일 당장 돌아갈 수는 없으니."

"정확히 말하자면 넌 노스탤지어로 고생하는 거야." 길동무의 과묵함 때문에 수다를 떨게 된 스테프가 말했다.

"노스탤지어?" 스테네스가 말했다. "그건 내가 모르는 말인데."

"최근에 생긴 거지."* 스테프가 학자 어투로 말했다. "그건 노스토스와 알고스에서 온 말이야. 알고스는 그리스어로 고통을, 노스토스는 역시 그리스어로 돌아감을 뜻하지. 그러니 그 말은 네 경우에 완벽하게 들어맞아."

"그럼, 넌, 다변증에 걸렸구나."

"다변증?" 스테프가 말했다. "그건 내가 모르는 말인데."

* 이 어휘의 등장은 1759년도로 거슬러올라간다.

"내 생각엔 말야." 스테네스가 말했다. "내가 막 그 말을 만들어냈을걸. 그건 어디서 왔냐면, 많음을 뜻하는 다와……"

"알겠다, 알겠어." 스테프가 말했다. "이해했어."

"정말 제대로 이해한 거 확실해?" 스테네스가 물었다.

그렇게 말다툼을 시작한 두 말은 플라작 어귀에 도달할 때까지 다툼질을 계속했다. 공작이 에고 씨라는 이름으로 묵었던 솔레이도르 여인숙으로 들어서니 성직자 한 명이 주인장과 정치를 논하면서 술단지를 거푸 비우고 있었다. 둘 다 개혁의 필요성에 대해서는 동의했지만 삼부회를 국민헌법의회로 바꾸는 것과 네케르를 면직*시키는 것에 대해서는 살짝 우려를 표명했다.

"주인장!" 그 시민 두 명이 자리잡고 있는 홀로 들어서면서 에고 씨가 외쳤다. "현대사에 대해 콩팔칠팔 떠드는 것보다는 저녁 준비를 하는 게 더 좋지 않을까." 그러더니 성직자를 향해 이렇게 말했다. "거기 계신 분은 내가 모르는 분이로군."

그러더니 다시 주인장을 향해.

"몹시 목이 마르니 시원한 포도주를 내오게."

주인장이 포도주 저장고로 사라지자마자 공작이 소리를 질렀다.

"신부, 이거 우연인가 아니면 염탐질을 하는 건가?"

"공작 전하……"

"에고 씨."

* 루이 16세는 실제로 1789년, 삼부회 수장인 재무총감 네케르를 파면하나, 파리 민중의 분노를 사 개혁의 불씨가 된다.

"정말입니까? 반드시……"

"나를 에고 씨로 부르라고."

"에고 씨, 좋은 소식을 갖고 왔습니다."

"과연 그럴까. 어쨌든 그건 내 은신처가 발각됐음을 입증하기는 하는군. 빌어먹을, 대체 어떻게 알아낸 거야?"

"선의의 거짓말로 답을 드릴 수도 있겠지만……"

"그러지 말지."

"……아주 간단히 설명드리죠. 젊은 앙푸아뉴 자작이 어머니에게 편지를 보냈답니다."

"아, 그 말썽꾸러기! 아, 그 변절자! 아주 화끈하게 귀때기를 잡아당겨줄 테다!"

"효심을 나무라실 수는 없지요. 너그러움을 베푸십시오. 저희도 공작님을 위해 국왕 폐하께 사면을 요청했으니까요."

"저희라니? 그게 누군데?"

"현재 비로통 예하가 국민헌법의회에 한자리를 차지하고 있습니다."

"국민헌법의회? 그게 뭔데?"

"막 삼부회가 그 이름으로 갈아탔습니다. 지금 파리에서는 공작님의 참석을 요구하고 있지요. 귀족 진영 내에서는 오주 관할구의 대표를 많이 아쉬워하고 있어서 국왕 폐하께서 사면조치를 하실 겁니다. 어쨌든 공작님께서는 명예를 위해 복수하셨을 뿐이니, 만약……"

"만약이 붙어 있군."

"그다지 끔찍한 건 아닙니다. 공작님께서 국민헌법의회에 참석하신다는 조건일 뿐입니다."

"내게 그걸 기대하지는 말게. 지금으로서는 매질을 해야 할 다른 고양이들이 있어서."

"어떤 고양이들인지 알려주실 수 있으십니까?"

여인숙 주인이 시원한 포도주를 몇 단지 들고 돌아왔다.

"우리끼리 있게 해주게, 주인장." 에고 씨가 말했다. "보다시피 지금 고해성사중일세. 자네는 화덕으로 돌아가서 끝내주는 저녁을 준비해주게나. 내가 신부님을 접대할 걸세."

주인장은 사라졌지만 푸스카유가 들어왔다. 말들을 돌보고 물품을 정리하는 일을 마친 뒤였다. 그는 소리를 질렀다.

"신부님!"

그는 몹시 놀란 표정이었다.

"이리 못 와! 말썽꾸러기! 변절자!" 에고 씨가 그에게 말했다. "이러면 내가 너에게 믿음을 갖게 될까? 매타작 좀 해야겠다."

그는 그럴 목적으로 일어섰다.

"아니, 난 나쁜 짓이라고는 아무것도 안 했는데요." 푸스카유가 뒷걸음질치면서 말했다.

"넌 날 기마헌병대에 넘겼을 수도 있다고."

"이해가 안 가는군요. 전 나쁜 짓이라고는 전혀 안 했다고요."

"앙푸아뉴 백작부인에게 편지를 썼잖아!"

"뭐라고요! 공작 전하, 엄마에게 편지를 보내는 게 나쁜 건가요?"

"게다가 날 공작 전하라고 부르다니!"

푸스카유 소속의 귀 두짝이 공작 소속의 손아귀에 떨어지려는 찰나, 리팽트 사제가 소리를 질렀다.

"자비를, 에고 씨. 이 젊은 시종에게 자비를! 한말씀 더 드리자면 백작부인은 아주 입이 무거우십니다."

"그게 그 아들의 자질은 아니지."

"그 얘기는 그만하죠……"

"난 할 거야." 공작이 응수했다.

"그만합시다." 리팽트 사제가 위엄을 부리며 말을 이었다. "우리의 양떼들, 아, 고양이들 얘기로 돌아가죠."

"자." 에고 씨가 푸스카유에게 말했다. "거기 앉아서 옅은 색 적포도주를 시원하게 들이켜렴. 하지만 내가 꿍꿍이셈을 몹시 싫어한다는 건 알아두고."

"자기 엄마에게 편지를 쓰는 것도 그런 것 중 하나라면 다시는 그러지 않겠어요!" 급하게 푸스카유가 외쳤다.

"두고 보면 알겠지." 에고 씨가 말했다. 그러더니 리팽트 사제를 향해. "근데 고양이? 무슨 고양이?" 그가 물었다.

"매질하시겠다고 한 그 고양이들이죠, 에고 씨."

"아! 그거. 자네를 위해 준비한 깜짝 선물이지! 그나저나 내 아내 뭐실 얘기나 좀 해봐."

리팽트 사제는 공작부인에 대한 소식, 아주 안 좋은 소식을 전해줬는데, 앙푸아뉴가 사망하고 나서 한 달 뒤에 쇠약해져서 죽었다는 것이다. 이 슬픈 기억을 떠올리고 난 뒤 사제는 일어서서 짤막한 기도를 올렸다. 공작과 푸스카유가 마무리를 지었다. 아멘.

그러고는 모두 다 같이 실컷 먹었고, 셋 다 제법 피곤했기에, 침대로, 후다닥.

XV

시드롤랭은 한쪽 눈을 떴다. 아직 동트기 전이었다. 그는 양쪽 눈을 다 떴다. 여전히 밤이었다. 부르르 몸이 떨렸다. 그러자 럼주 한 모금을 마셔야겠다는 생각이 들었다. 그러고는 강변도로 방향을 바라봤다. 보행자들을 볼작시면, 인적 전무. 가끔 차도 위로 자동차가 빠르게 지나갔다. 잠시 뒤 시드롤랭은 인도에 사람들이 있다 하더라도 어둠에 묻혀 그 모습이 보이지 않으리라는 사실을 깨달았다. 다시금 부르르 떨었고 다시금 럼주 한 모금을 마셨다.

그가 살그머니 일어서더니 침묵 속에서 울타리를 향해 나아갔다. 갑작스럽게 손전등을 켜, 그것을 휘둘러 어둠을 벴다. 그 누구도 빛의 궤적 안으로 들어오지 않았다. 그는 그 비겁한 무명씨가 예의 욕설을 끼적거렸는지 보려고 다가갔지만 그 비겁한 무명씨는 아직 지나가지 않았든가 혹은 오늘밤에는 지나가지 않으려는 것이리라.

"유감이군." 그가 중얼거렸다. "자러 갈 수도 있었는데."

그는 돌아섰고, 완공은 됐으나 입주는 시작되지 않은 건물 아래 인도 위로 누군가가 걸어가는 모습을 본 듯도 했다. 그는 그 방향으로 손전등을 비췄지만, 사람으로 짐작했던 실루엣을 비추기에는 불빛이 너무 약했다. 차동차의 전조등이 더 효과적이었고, 시드롤랭은 그 실루엣에 흥미를 끌 만한 점은 전혀 없음을 알았다.

그는 손전등을 끄고 몇 걸음을 옮겼다.

"맞아." 그가 나지막하게 말했다. "야영객용 야영장이 어떤지 보러 갈까…… 한밤중에…… 새벽이 다 되어가는 이맘때에……"

그는 잠깐 기다렸지만 지나가는 사람이 한 명도 없었다. 시선이 닿는 저멀리까지 살폈지만 정말로 지나가는 이가 전혀 없었다. 그래서 그는 계속 자신의 길을 걸었고, 곧 목적지에 도착했다. 고요하고 침묵에 잠긴 그 작은 세계는 캠핑 트레일러 안에서, 텐트 아래서, 어쩌면 그저 침낭 안에서, 구름이 하늘을 가렸으니 별총총 하늘 아래가 아니라 엄벙뗑 얽어놓은 잠자리에서 잠들어 있었다.

물단지라도 깨진 양, 비가, 선뜩한 가을비가 억수같이 쏟아지기 시작했다.

"염병할." 시드롤랭이 말했다. "쫄딱 젖게 생겼네."

"이리 와서 비를 피하시죠."

야영객용 야영장 관리인이 이런 정중한 제안을 막 입 밖에 냈다.

시드롤랭이 소스라쳤다.

관리인이 말을 이었다.

"나도 선생처럼 잠깐 야밤에 산책 나갔다가 이 비 때문에 돌아온 겁니다. 좀전에 중얼거렸죠. 정말로 곧 쫄딱 젖게 생겼습니다그려."

"아주 친절하시군요." 관리인을 따라 관리실로 들어서며 시드롤랭이 말했다.

관리인은 작은 전등에 불을 켜고 시드롤랭에게 앉으라는 손짓을 한다. 그러더니 파이프에 담뱃잎을 쟁여넣기 시작하며 "가을이 왔네요, 이곳도 한산해지기 시작하고, 이제 곧 트레일러광들과 한뎃잠 열광자들만 찾게 되겠죠" 같은 말들을 건성으로 주절거리다가, 성공적으로 담뱃잎 일부에 벌겋게 불이 붙자 갑자기 이야기를 꺼냈다.

"아실는지 모르겠지만, 난 선생을 아는데. 내가 한 주 걸러 주간에 일을 하거든요. 선생이 내 눈에 띄죠. 이곳 고객들을 보러 오잖아요. 여기가 동물원인 양 그들을 보러 오니. 선생이 그렇게 바라볼 만큼 흥미로운 게 뭐가 있을까 궁금합니다. 날 믿으세요, 재미있는 것 없어요. 선생을 마찬가지로 보죠, 나도, 그리고 난 생각해요, 왜냐, 난 생각하니까요, 선생, 난 이리 생각하죠. 저런, 별달리 하는 일 없이 살아가는 인간이 또하나 있군. 내가 이리 와서 보면, 선생은 선생의 수송선 위, 예의 그 장의자에 길게 누워 잠자는 게 보이고, 그러면 난 생각하기를, 이런, 선생은 내가 생각하기를 멈추지 않는다는 걸 선생에게 암시하려 든다고 여길지도 모르겠지만 그게 사실인 걸요, 내가 평균치의 인간들보다는 더 많이 생각한다는 게요, 어쨌든 난 생각하기를, 저런, 별달리 하는 일 없이 존재하는 인간이 또하나 있구나, 이러죠. 그게 아니면 선생은 갑판 위에 차려놓은 작은 테이블 앞에 앉아서 회향주를 마시니, 그럼 난 생각하기를, 내가 과장한다고 여길지도 모르겠지만, 선생에게 이 사실을 털어놓지 않을 수가 없는데, 사실 좀전에 난 오히려 너무 겸손했던 거라, 내가 생각하기를 멈추지 않는다는 게 오히려 진실이어서, 따라서 난 생각하기를, 여기 너무 마시는 인간이 또하나 있군, 이러죠."

"그런 지적은 자주 받았지요." 시드롤랭이 말했다.

"따님이시죠, 아마. 파공 직원과 결혼했고요. 행복하답니까?"

"아는 바 없어요. 다시 본 적이 없으니. 먼발치서가 아니라면."

"내가 선생 가정사를 이렇게 알고 있는 게 놀랍지 않나요?"

"딸이 둘 더 있어요."

"자주 보이지는 않던데."

"가끔 와요."

이 사실을 소화하느라 관리인은 생각에 잠긴 듯했다.

시드롤랭이 다시 입을 열었다.

"새로 온 가정부는 어떻게 생각하시는지?"

"그저 봤을 뿐입니다. 먼발치서. 그때 생각하기를……"

관리인이 말을 중단했다.

시드롤랭이 보챘다.

"걱정할 건 아무것도 없어요. 그쪽 생각을 다 털어봐요."

관리인은 지친 표정으로 고개를 흔들었다.

"생각하기를……"

"그래, 대체 뭐요?"

"아! 생각한다는 게 얼마나 사람을 짓누르는지 선생이 안다면! 선생 살아가는 모습을 볼작시면, 선생은 이런 괴로움으로 고통받는 일은 없겠지만 난, 선생, 내 되풀이하는데, 화장실에 있을 때조차 내 회백질 돌리기를 멈추지 않는다고요. 선생은 상상도 할 수 없겠지만. 끔찍해요!"

"그런데 꿈은 꾸나요?" 시드롤랭이 물었다.

"전혀요. 그럴 수가 없죠. 푹 쉬어야 하니까."

"꿈을 무척 많이 꿔요, 난." 시드롤랭이 말했다. "꿈꾸는 일은 아주 흥미로워요."

"난 몰라요. 그 문제에 관해서는 아무 생각이 없어요."

"예를 들어, 이어지는 꿈에 관해서는요. 꿈을 기억하고 있다가 다음날 밤 그 꿈을 이어가려고 애를 쓰죠. 이어지는 이야기가 생겨나도록."

"선생, 귀머거리에게 말하는 셈입니다."

"난 그렇게 루이성왕 시대를 겪었고……"

"아, 블랑슈 드 카스티유의 아들……"

"……루이 십일세……"

"……새장 고안자……"

"……루이 십삼세……"

"……삼총사……"

"……루이 십육세……"

"……철커덕, 단두대……"

"……아니, 아니, 난 아직 국민헌법의회 초창기까지밖에 못 갔어요. 내가 이런 야밤 산책을 시도하지 않았더라면, 어쩌면 칠월 십사일을 목격했을지도 모르지만."

"선생, 난 선생이 하는 말을 하나도 못 알아듣겠어요."

"내가 마지막으로 꾼 꿈 얘기를 해드릴까?"

"사양하는 걸 용서하시길. 한데 자신의 꿈을 늘어놓는 게 점잖지는 않잖아요?"

"내 가정부가 바로 그렇게 생각해요. 그 여자도 역시, 생각을 해요."

"오, 선생, 다른 사람들이 그럴 능력이 있다면 내가 그들을 막지는 않아요."

"그래서……? 내 가정부는요……?"

"그렇게 고집을 피우니, 선생, 난 생각했고, 그 생각은 질문이었어요. 선생이 알고 있는 줄은 모르겠지만 생각은 질문 형식을 띨 수도 있으니까, 내 생각하기를, 저 남자는 대체 어딜 가서 저런 여자를 찾아냈을까?"

"브르타뉴에서 잔나비아로, 혹은 남회공으로 뻗어나가는 길바닥 위에서."

"제법 먼 나라들이로군. 내가 제대로 이해한 거라면……"

"제대로 이해했어요."

"그래서 선생이 선행을 베풀었군요."

"그런 지 이제 이십사 시간이 되어갑니다."

"참을성 있는 자가 결말을 보겠죠."

관리인은 마룻바닥 위에 담뱃대 재를 털어냈다. 그러더니 덧붙였다.

"나 스스로 이 말을 찾아낸 건 아니지만 뜻하는 바가 정확히 표현돼 있어요."

시드롤랭은 유리창 너머를 바라봤다.

"비가 더는 안 오네요." 그가 말했다. "집으로 돌아가야겠어요. 이렇게 친절하게 맞아줘서 고마워요."

"천만에요." 관리인이 새로이 파이프를 채우면서 대답했다. "양해를 구하는 걸 용서하시길. 하지만 내가 배웅할 필요가 없을 듯해서요."

"그런 수고야 필요없죠." 일어서 있던 시드롤랭이 말했다.

그는 문간에서 진창을 살폈다. 그가 관리인에게 말했다.

"이곳 고객들, 쫄딱 젖었겠는데요."

"그 사람들은 그걸 좋아해요." 관리인이 생클로드, 그러니까 타콩강과 앵강의 지류인 비엘강이 만나는 곳인 쥐라산맥 지역에 위치한 생클로드, 그곳에서 나는 히드 뿌리로 만든 파이프에 쟁여넣었던 담배에 불을 붙이면서 말했다.

"그렇게 여기는군요." 시드롤랭이 건성으로 말했다.

"난 종종 그렇게 생각했다고요. 바라건대, 선생, 내가 생각하다라는 동사를 함부로 아무렇게나 사용하지 않는다는 점을 인정하기를. 내가 종종 생각하기로는, 내 말인즉, 그들이 이런 의미로든 혹은 저런 의미로든 악천후를, 폭풍우든 복더위든, 소나기든 열풍이든, 얼 정도의 추위든 숨 막히는 더위든, 악천후를 좋아하지 않는다면, 계속하리다, 그러니까 만약 그들이 그걸 좋아하지 않는다면, 그들은 자연이 캠핑을 위해 준비해준 듯한 동굴로 그 활동을 하러 갈 텐데, 왜냐, 그곳에 가면 피난처를 발견하게 될 테고 거기서는 여름처럼 겨울에도, 봄과 가을이라는 간절기는 말하지 맙시다, 거기서는, 마무리를 하자면, 확연히 일정한 온도가 유지되니, 선사시대의 우리 조상들이 지혜롭게도 그 점을 활용하여, 우리 모두 알고 있듯이, 그리고 선생, 그쪽 역시 그 사실을 모르지는 않을 텐데, 최후의 결론 삼아 덧붙여보자면, 동굴들을 선호하는 거주지로 삼았다는 거죠."

"그 점에 관해 모든 사람의 의견이 일치하는 건 아니죠." 시드롤랭이 평온하게 말했다. "요즘엔 전문가들이 주장하기를, 선사시대 사람들이 꼭 동굴인들이었던 건 아니라는군요."

"아주 박식하군요."

"오, 잡지에서 읽었답니다."

"교양! 아시죠, 선생, 교양이란 게 뭔지. 우리는 학교에서 뭔가를 배우고, 학교에서 뭔가를 배우려고 심지어 고생고생 생고생을 하지만, 그뒤로 이십 년쯤 흐르면, 아니 심지어 그보다도 더 전에, 더는 그게 아니니까, 많은 게 변해버려서 더는 뭐가 뭔지 모르게 되니까, 그건 정말 그저 고생이었던 거죠. 그래서 난 배우기보다는 생각하기를 더 좋아합니다."

"이젠 돌아가야겠어요." 시드롤랭이 말했다.

문을 닫으며 그가 덧붙였다.

"다시 한번 고맙소!"

밖에 나오자 그는 하품을 하고, 부르르 떨었다.

"감기 걸렸나봐." 그가 나지막하게 말했다.

관리실 문이 열렸다. 관리인이 소리를 질렀다.

"뭐라고요?"

"그로그 한잔 만들어 먹어야겠어요." 시드롤랭이 외쳤다.

"선생은 너무 마신다니까!" 관리인이 외쳤다.

"입들 닥치라고!" 반거들충이 동굴인들이 트레일러에서, 텐트에서, 심지어 침낭에서조차 다양한 언어로 소리를 질렀는데, 이 침낭인들은 비 때문에 생겨난 웅덩이에서 조용히 떠다니는 판국이었다.

시드롤랭은 관리인의 거처와 출구를 나누고 있는 진창을 힘겹게 가로질렀다. 보도로 올라서자, 제법 빠르게, 그렇다고 새로 쏟아지는 폭우를 맞지 않을 만큼은 아닌 걸음으로 걷기 시작했다. 방주 앞에 도착해서는 울타리가 그라피티로 더럽혀졌는지를 살피는 것을 깜빡했다. 가끔씩 진창에 엎어지고 자빠지면서, 그가 잠복했던 곳을 가린 덤불숲에 버려뒀던 담요와 럼주병은 회수했지만 빗자루는 내버려뒀다.

그는 점점 더 심하게 몸을 부르르 떨었다. 건널판자를 성공적으로 건넌 뒤 그는 다양한 색깔의 약봉지들을 상당수 입에 털어넣었고, 그 중간중간 럼주를 마셨다. 바깥에서는 여명의 기운이 느껴지기 시작했으나 초라해 보였다.

미사를 올리고 돌아온 리팽트 사제는 자신을 기다리고 있는 공작을 발견했다.

"우린 점심 먹자마자 곧 출발할 거야." 공작이 단호하게 말했다.

사제는 이미 지평선 위로 높이 걸린 태양을, 칠월의 태양을 쳐다봤다.

"더위가 두려운가?" 공작이 그에게 말했다. "걱정하지 말게. 내가 데려가는 곳은 선선하니까. 식사하자고!"

"오늘의 여흥 계획은 뭔가?" 스테네스가 식탁을 향해 돌진하는 푸스카유에게 지나는 말로 묻는다.

"사제를 데리고 다니겠대요." 여인숙 안으로 사라지면서 푸스카유가 대답했다.

"그를 내 등짝에 태우는 일이 없기를 바라." 스테프가 말한다. "그이와는 대화를 하고 싶지 않아. 미주알고주알 따져대는

데 있어서는 따라갈 자가 없거든. 그이는 상대방이 스스로 오류를 저지르게 할 생각밖에 없어."

"넌 언제든 도랑에 그이를 떨어뜨릴 수 있잖아." 스테네스가 말했다.

스테프가입따무러꼬 스테네스도.

주방 심부름꾼이자 마부 조수를 하는 자가 그들 곁으로 다가오더니, 안장을 올린 여인숙 주인의 노새를 근처에 묶어놨다. 그가 떠나자마자 스테네스가 스테프에게 말했다.

"봤지, 왜 미리 피를 말리고 그래!"

"이 노새가 푸스카유를 위한 게 아니라고 누가 장담하는데? 난 저 신부짜리를 떠맡게 될 거야."

"말발굽 짜개지는 소리 하고 자빠졌네. 흘러가는 대로 삶을 받아들이라고. 언제든 항의할 수 있을 거야."

"성직자가 올라탄다는 생각만 해도 재갈을 물어뜯지 않을 수 없어. 각자 자신만의 영예가 있는 거야. 넌 날 잘 알면서 대체 뭘 바라는 거야, 날 뜯어고칠 수는 없다고."

노새는 감탄하며 둘의 대화에 귀를 기울였다. 노새는 고작 리무쟁지역의 말 몇 마디를 알고 있을 뿐이어서 오일어를 저렇게나 우아하게 구사하는 존재들 앞에서 스스로 우스갯거리가 되고 싶지는 않았을 게다. 점심식사가 소박한 편이었던 모양인 게, 고작 두어 시간 뒤, 공작과 시종, 그리고 사제가 안장에 걸터앉았으니, 이랴, 떠나들 가는구나.

일행이 말에서 내려 땅을 디딘 것은 그로부터 2리외*도 채

* 1리외가 약 4킬로미터이므로, 약 8킬로미터.

떨어지지 않은 들판 한가운데에서였다. 말들과 노새를 앙푸아뉴에게 맡겼고, 앙푸아뉴는 나무 아래로 가 길게 누웠다.

"이제는 걸어서 가야 해." 공작이 말했다.

"그곳엔 뭘 가져가실 겁니까?" 사제가 물었다.

"등롱."

"이 대낮에요?"

"암. 거기엔 조그만 비밀이 있네."

사제는 궁금증을 저지당하자 공작이 함께 챙겨가는 밧줄의 잠재적 용도에 관해 묻기를 삼갔다.

그들은 벌판을 가로질러, 풀밭을 가로질러, 숲을 가로질러, 방목지를 가로질러, 황야를 가로질러 나아갔다. 자연의 정경을 음미할 의향이 거의 없었던 사제는 툴툴거렸고, 장자크 루소, 그리고 쐐기풀과 가시덤불을 향해 욕설을 날렸고, 한 투아즈* 전진할 때마다 그 수가 점점 더 불어나는 자갈에 자꾸 발을 접질렸다. 끝으로 상당히 가파른 경사면을 기어오른 뒤, 마침내 리팽트 사제는 숨이 차서 헐떡거리며 바위 틈새 앞에서 공작과 합류했다.

"자, 신부." 공작은 가까스로 웃음을 억누르며 말했다. "자, 이제 내가 뭘 보여줄지 보라고."

"아, 공작 전하." 리팽트가 달콤살벌한 어조로 말했다. "이런 산책은 그다지 달갑지 않군요."

"들어가자." 공작이 말했다.

사제는 주위를 둘러본다.

* toise. 옛 길이 단위로, 약 2미터.

"저기." 공작은 틈새를 가리킨다.

공작은 바위 속에 몸을 집어넣기 시작한다.

사제가 몸을 돌리는데, 그 방향은 우선은 자신의 노새, 그 다음은 플라작에 있는 솔레이도르 여인숙.

"저런." 공작이 그에게 외친다. "돌아오는 게 어떨까!"

사제가 멈춘다. 공작이 웃는 소리가, 아주 크게 웃는 소리가 들린다.

"겁이 나나?" 공작이 그에게 외친다.

사제가 몸을 돌려 바라보니 공작은 절반쯤 바위 속으로 들어간 상태다. 그는 그 광경이 무섭다기보다는 우스꽝스럽다고 생각한다. 이번에는 그가 외친다.

"공작 전하, 페리고르지방에서 바보짓을 하기보다는 삼부회에 참석해야 하지 않을까요."

공작이 다시 웃음을 터뜨린다. 사제는 자신의 언술에서 한 지점을 바로잡는다.

"아, 참, 국민헌법의회를 말하는 거였습니다."

그는 다시 몸을 돌렸는데, 그 방향은 우선은 자신의 노새, 그다음은 플라작지역의 솔레이도르 여인숙. 그것을 보고, 공작이 바위틈에서 몸을 빼내더니 등롱을 바닥에 놓고 사제를 뒤쫓는다. 아무리 둔중하더라도 공작이 사제를 따라잡는 건 어렵지 않다. 공작은 사제의 옷깃과 바지 엉덩판을 잡고 달랑 들어 출발점으로 되돌려놓는다. 이제 두 사람은 다시 바위에 난 틈새 앞에 있다.

"성직자에게 그런 짓을 하다니!" 사제가 헐떡거리며 말했다. "쉽게 용서할 수 있을 것 같지 않습니다, 공작 전하."

"우리를 본 사람은 아무도 없다고." 공작이 침착하게 응수했다. "그리고 난 이걸 아무에게도 이야기하지 않을 거고. 자, 들어가라고!"

"날 죽이시려는 건 아니죠?" 리팽트가 소리를 지른다.

공작이 웃기 시작한다.

"그 생각을 미처 못했군." 사제가 급하게 말했다. "바로 이거야. 그는 날 죽이려고 해! 날 죽이려고 해!"

마음씨 좋은 공작이 그에게 묻는다.

"대체 왜 내가 자네 명을 끊으려 하겠는가?"

"그야 내가 이 은신처에 대해 밝히지 못하게 하려는 거죠."

"자, 자, 진정하라고, 리팽트. 절대 그런 게 아닐세. 자, 지금은 현대사 이야기는 전부 밀쳐두자고. 그 생각은 더는 말자고. 리팽트, 우리는 과거를 향해 거슬러올라갈 거야. 우리는 신학까지 논할 걸세. 날 따르게!"

공작은 다시금 틈새로 몸을 집어넣기 시작했다.

"이곳이 지옥 입구일까?" 그다지 안심되지 않은 사제가 말했다. "하지만 현대 신학은 지옥이 우리 선조들이 믿었듯 땅속에 있는 게 아니라는 걸 알고 있답니다. 뉴턴의 물리학 덕분에 우리는 다소 물질주의적인 그런 미신들을 내던질 수 있었어요. 그렇다고 해서 지옥이 존재하지 않는다는 말은 아니니, 하느님께 영광을!"

"설교는 집어치우라고. 지금 그럴 자리가 아니야."

바위 밖으로는 공작의 팔 하나만이 남아 있었다. 그 팔이 리팽트를 붙잡더니 끌고 들어갔다. 리팽트가 사라진다.

"이 밧줄을 잡게." 공작의 목소리가 들린다. "겁내지 말고

걸으라고."

"말은 쉽지……"

사제는 밧줄을 잡고서, 손에 등롱을 든 공작의 뒤를 바싹 따른다. 둘은 침묵 속에서 나아간다.

어두운 침묵 속에서, 그들은 나아간다.

침묵의 어둠 속에서, 그들은 계속 나아간다.

발소리 어지러이 나아가니 밧줄이 흔들리고 등롱도 흔들리나 침묵은 여전하네.

완전한 침묵이기에는 발소리가 울리고, 또한 완전한 어둠이기에는 앞선 이의 팔 끝에서 작은 불빛 흔들리네.

그들은 침묵 속에서 나아간다.

갑자기.

"공작 전하……"

"두려워할 것 전혀 없어, 사제. 보다시피 난 계속 여기 있다고."

"공작 전하, 제가 아주 용감하다는 생각이 드시지 않습니까?"

"이봐, 리팽트, 땅속 깊숙이 들어오니 허영심이 샘솟나?"

"현 상황에 견줘보면, 그건 소죄小罪죠. 지금 아마 공작님이 절 지옥이나 죽음으로 이끄는 모양인데, 전 입도 벙끗 안 하잖습니까. 찬탄할 만하지 않나요?"

"리팽트, 그건 더이상 허영심이 아니라 교만일세. 대죄大罪지, 그런 건. 그 때문에 자네가 알고 있는 그 누군가는 아주 멀리 떠나갔지."

"공작님께서 제 장점을 인정한다면, 저 스스로 힘줘 말할 필요도 없을 텐데"

"그 문제는 조금 있다가 보자고." 조아생이 응수했다.

그 수수께끼 같은 문장에 리팽트가 몇 분 동안 입을 다물었다. 공작이 침묵 속에 나아가고, 밧줄이 흔들리고, 사제가 신뢰로 뒤따르고, 작은 불빛 또한 흔들리니, 그 불빛에 호기심이 동한 사제가 결국 다시 대화를 추슬렀다.

"생명력이 강하군요, 공작 각하의 초롱은."

"그렇고말고."

"거기서 나오는 불빛은 차갑고 영원할 듯합니다."

"바로 그렇네"

"농담이시죠, 공작 각하."

"천만에."

"당돌하게 들릴지 모르겠지만, 못 믿겠군요."

"보라고."

공작이 멈춰서서 몸을 돌려 사제의 코밑에 불빛을 갖다대니, 그 얼굴만이 동굴의 어둠 속에서 환히 드러났다. 리팽트 사제는 입술이 얄팍하고 코가 크고 두 눈이 아주 검고 눈썹은 무성한 것이, 양을 닮은 얼굴이었다. 그는 매우 주의깊게 바라봤지만 아무것도 알아내지 못했다. 그는 궁지에 몰리는 걸 좋아하지 않았기에 다음의 가정을 무릅썼다.

"현대의 발명품인가요?"

"턱도 없는 소리."

"라부아지에 씨의 발명품인가요? 아니면 볼타 씨? 아니면 놀레 신부님?"

"턱도 없는 소리라고 한번 더 말해주지."

리팽트는 이 수수께끼를 풀지 못해 성이 났고 대화 주제로 이런 것을 건드린 걸 후회했다. 그가 살짝 얼굴을 찌푸리더니 말했다.

"심심해서 장난치시는 거죠."

"장난이라니!" 오주 공작이 부르짖었다. "이건 현자의 빛이라고. 절대로 꺼지지 않는. 티몰레오 티몰레이의 최후의 비밀이자 매력적인 선물이지."

"아, 그자요……"

사제는 빛이 비추는 곳으로부터 얼굴을 뒤로 물려 어둠 속으로 가져갔고, 몸을 돌려 다시 걷고 있던 공작의 웃음소리를 들었다. 사제는 할 수 있는 한 다시는 입을 열지 않겠노라 결심했다. 웃음소리는 결국 잦아들었고 어둠의 행진이 계속되었다.

어둠의 행진에도 끝은 있다. 공작이 말했다.

"다 왔네."

그러고는 멈춰섰다. 리팽트 사제도 마찬가지로 했다.

"우리가 지금 어디 있는 것 같은가?" 공작이 물었다.

"암흑 속입니다."

"그럼 우리가 뭘 보게 될까?"

"별거 아니겠죠."

리팽트 사제는 기분이 좋지 않았다. 공작은 그런 거엔 신경도 안 썼다. 공작이 자신의 연설을 계속하는데, 그 과장되게 내뱉는 장엄한 어휘들은 이랬다.

"이 동굴에서 아담 이전의 인류가 살았도다."

리팽트 사제는 역겨워하며 아무런 의견도 내지 않았다.

"날 안 믿는 건가?"

리팽트 사제는 역겨워하며 대꾸도 안 했다.

공작이 동굴 벽에 등롱을 갖다대며 말했다.

"보게나!"

리팽트 사제는 역겨워하며 흘낏 눈길을 던진다.

"보이는가?" 공작이 묻는다.

"그러네요." 사제가 마지못해 답한다.

"그래, 뭐가 보이는데?"

XVI

리팽트 사제가 돌이킬 수 없이 역겨워하며 대답했다.

"애들 그림."

"브라보, 사제. 아담 이전에 살던 인류는 아이들의 순수성을 가졌지. 물론 그들은 아이들처럼 그림을 그렸고. 내가 그렇게 말하라고 자네에게 강요하지 않았네. 하지만 자네가 혼자 알아서 내 풍차에 물을 대주는군. 이 데생들, 이 그림들을, 잘 보라고, 여기에 색채도 있네, 이 조각들을 잘 보라고, 여기 바위에 새겼잖아, 이것들을 만든 사람들은 원죄 이전에 살았고, 예수가 복음서에서 말하는 그애들과 같았어. 그러니까 이들이 아담 이전의 인류야, 바로 이 그림의 작가들이. 이게 그들이 존재했다는 증거고. 그들은 이 동굴에서 살았는데, 여기서 지구를 뒤흔드는 여러 격변으로부터의 피난처를 발견한 거지. 그 당시 지구는 젊었거든."

공작은 리팽트의 얼굴에 등롱을 갖다대더니 그에 대해 대답할 말이 있는지를 물었다.

"공작 전하." 사제가 빈정거리는 어조로 말했다. "한 가지만 질문드리겠습니다."

"자네의 그 한 가지 질문을 해보게나."

"만약 아담 이전의 인류가 이 동굴에 살았다면 어떻게 불을 밝혔을까요? 그들은 이미 현자의 빛을 가졌던 걸까요? 아니면 주맹증晝盲症이었나요?"

"그들은 고양이 눈을 가졌던 거지." 공작이 대답했다. "자네는 계속 내 풍차에 물을 대주는 일만 하는군. 그들에게는 현자의 빛이 없었고, 따라서 그 때문에 그들은 고양이 눈을 가질 수밖에 없었지."

사제는 자기 생각에 결정적이었던 이의제기에 대한 답을 스스로 귀띔해준 꼴이 되어 성이 났지만, 그럼에도 계속 주장을 폈다.

"그럼 그 누구도 그런 얘기를 전혀 하지 않았다는 건, 특히 성서가 그랬다는 건 어찌 설명하겠습니까?"

"미안하게 됐네, 사제. 하지만 창세기 육장 사절*에서 말하는 거인들은? 아, 아! 내가 철저하게 승리를 거두는군!"

"그러면, 공작님 말씀대로라면, 수수만년도 더 전에, 고양이 눈을 가진 거인들이 페리고르지역의 동굴에서 그림을 그리며 즐겼다는 건가요?"

"사제, 비웃어봤자 자네는 참패야. 게다가 동굴이 하나만 있는 게 아니라 다른 동굴들도 있다고. 보여주겠네."

"보나마나 커다랗겠지요, 그 동굴들은, 거인들을 수용하려

* "그때 그리고 그뒤에도 세상에는 느빌림이라는 거인족이 있었는데 그들은 하느님의 아들들과 사람의 딸들 사이에서 태어난 자들로서 옛날부터 이름난 장사들이었다."

면."

"보라고."

공작은 궁륭을 향해 빛을 쏘았고 빛은 궁륭에 가닿지도 못하고 높이 치솟으며 자취를 감췄다. 공작은 그 빛을 여러 다른 방향으로 휘둘렀고 리팽트 사제는 자신이 거대한, 그가 보기에는 한도 끝도 없는 공간 안에 들어와 있다는 것을 깨달았다.

그는 신성한 전율에 사로잡혔다.

"그래." 공작이 말했다. "생쉴피스성당만큼 아름답지 않은가? 이 그림들로 말하자면, 자네는 다소 성급하다 싶게 애들 그림이라고 규정했지만, 보게나, 이 매머드…… 이 들소…… 이 순록…… 그뢰즈*라도 그보다 더 잘 그리지는 못하지."

"의견을 조율할 필요가 있겠군요." 리팽트가 말했다. "좀전에는 그 거인들이 순진하고 순수하다고 주장해놓고, 이제는 그들이 아카데미 회원만큼이나 솜씨가 좋다고 하니."

"아이들의 솜씨가 이제 더이상 아카데미 회원들만큼 좋지 않다면, 그건 아담 때문이지. 아담의 갈비뼈, 아담의 울대뼈, 아담의 타락 때문이라고. 그전에는……"

그러고 내쉰 깊은 한숨은 아담 이전에는 순수함과 재주가 경이롭게 일체를 이뤘음을 상기시켰다. 공작은 등롱을 옮겨가며 계속해서 보여줬다.

"봐…… 보라고…… 여기 달리는 작은 말들…… 여기 풀 뜯는 순록들…… 여기 돌진하는 들소들…… 여기 울음소리

* 그뢰즈(Greuze, 1725~1805)는 동물보다는 오히려 감상적인 풍경들을 주로 그렸고, 1769년 이래로 아카데미 회원이었다.

가 들릴 것만 같은 매머드들을."

"이 모든 것이 아주 흥미롭다는 건 인정해야겠군요."

"아!" 공작이 만족스러워하며 외쳤다. "자네는 정직한 사람이야."

"만약 전하께서 아담과 그의 타락에 대해 동의하신다면야 고양이 눈을 한 화가 거인들인들 왜 없었겠습니까?"

"자네에게 동의한 건 아무것도 없어. 그건 그저 문체효과를 위한 비유였다고."

"공작 전하, 전하께서는 혹시, 전하께서는 부정직한 사람이 아닐까 싶군요."

"자네는 내가 주장하는 아담 이전의 인류를 인정했지……"

"미안하고 죄송하지만 전 '만약'이라는 조건을 달았습니다. 만약 전하께서 아담과 그의……"

"흥정은 없어! 내가 자네에게 동의한 건 아무것도 없고, 사제, 자네는 아담 이전의 인류 존재설 지지자가 됐어. 더 나아가, 난 자네에게 다른 동굴들에 존재하는 다른 증거들을 보여주겠네. 따라오게!"

그들이 동굴에서 나오자, 사제는 눈을 비비고 주위 풍경을 바라보더니 말했다.

"공작 전하, 눈앞에 이렇게 하늘과 풀들과 자갈들과 날아다니는 새들이 보이니, 내가 어떤 환몽에 사로잡혔기에 방금 환각을 보았을지 궁금해지는군요. 저로서는 공작님의 그 등롱이 철학보다는 마법에 더 가까운 것이 아닐지 몹시 의심스럽습니다. 제가 한번 살펴봐도 되겠습니까?"

공작은 그에게 등롱을 내밀었고, 사제는 마법과 관계있을 만한 그 어떤 것도 보이지 않지만 어쩌면 철학과 관계있을 만한 뭔가는 보인다고 실토해야만 했다.

"자, 길을 나서자고." 공작은 등롱을 다시 받아 챙기면서 말했다.

그들은 앙푸아뉴와 노새, 그리고 말들과 다시 만나 루피약에서 타약을 향해 출발했고, 그곳에서 새로운 동굴들을 보고 난 뒤 하룻밤을 묵었다. 그다음날, 일행은 다시 길에 올라 몽티약까지 갔다. 그곳 근처에서 공작이 아담 이전에 존재하던 인류의 시스티나성당*이라고 부른 곳을 방문했다. 저녁은 플라작으로 가서 들었다.

그들은 그곳에서 차가운 포도주를 마시며 가르뷔르†가 나오기를 기다렸다. 사제는 맹렬하게 머리를 굴리는 중이라는 오만가지 티를 냈고, 공작은 비어져나오는 웃음을 억누르느라 묘하게 찡그린 표정으로, 말없이 자신의 승리를 음미했다. 옅은 색 적포도주를 세 잔째 마실 때, 리팽트 사제가 발언을 하는데 그 내용이 이랬다.

"이 모든 게 혼란을 불러올 만합니다."

"그런데 그 혼란은 아직 시작도 안 됐네." 오주 공작이 말했다. "내가 세상에 나의 발견을 알리면, 교회는 반석 위에서 흔들릴 것이고 교황은 두려움으로 떨게 될 거야. 세상이 나의 발견을 인정하게 되면, 교회는 무너져내릴 테고, 밥벌이를 하기 위해 교황은 겨자라도 만들어 팔아야 할걸."

* 1940년 브뢰이 사제가 라스코동굴을 발견한 뒤에 한 말.

† 오리나 거위 고기에 야채와 베이컨 등을 넣은 수프.

"주여, 주여." 리팽트 사제가 중얼거렸다. "우리는 어디로 가고 있나요?"

공작이 아마도 이 질문에 대답을 하려던 그 참에, 앙푸아뉴가 차림새는 기병인데 정강말을 타고 온 기사를 하나 달고 뛰어들어왔다.

"공작 전하!" 앙푸아뉴가 외쳤다. "공작 전……"

"내 말을 중단시켜도 좋다고 누가 허락했나? 내 아직 말을 하지는 않았지만 각별히는 리팽트 사제에게, 일반적으로는 성직계에 최고로 흥미로울 문장을 말하려던 참이었다."

"파리에서 온 소식입니다, 공작 전하." 앙푸아뉴가 용서를 구하는 대신 말을 잇는다.

"아! 파리에서 온 소식이 나랑 뭔 상관인데! 흥미로운 소식들은 지금 여기로부터 나오리라. 바로 나 자신으로부터."

"과연." 앙푸아뉴가 방자하게 한마디했다. "바스티유를 점령했답니다."

"대체 누가?"

"파리의 민중이죠." 차림새는 기병인데 정강말을 타고 온 기사가 대답했다. "죄수들이 풀려났고 폐하께서는 네케르 각하를 다시 불러들이셨습니다. 프랑스의 색깔은 이제 파랑, 하양, 빨강입니다."

"엿같은 소식일세." 공작이 중얼거렸다. "이젠 나의 아담 이전 인류에 대해 흥미를 보일 사람이 아무도 없겠군."

"교회는 살았구나!" 사제가 감사의 뜻으로 두 손을 모으며 외쳤다.

차림새는 기병인데 정강말을 타고 온 기사는 이 둘의 응답에 몹시 놀란 기색이었다. 그가 말했다.

"전하, 그리고 신부님, 비록 두 분의 말씀이 모호하기는 하나, 두 분 모두 귀족계급인 건 알겠습니다. 제 소개를 해도 괜찮겠지요. 저는 시리 경입니다."

"이런." 공작이 말했다. "내 사위로군. 알아보질 못했어. 거의 만나지를 못하니까. 그새 배가 나왔군. 내 딸 피그라넬, 걔도 그렇게 종종 배가 나왔나?"

"따님은 생산도 못해보고 죽었습니다." 시리 경이 살짝 역겹다는 표정으로 대답했다.

"가여운 것." 공작이 말하며 리팽트 사제를 향해 몸을 돌리더니 덧붙였다. "사제여, 그 아이를 위해 기도를 올릴 수 있겠지. 아직 얼마간은 기도가 유효할 테니까."

그러더니 다시 시리를 향해.

"그런데, 대체 여기는 왜 왔는가? 나를 찾아왔나?"

"천만에요. 이동중입니다."

"제비야? 이동하게."

"그러니까 아예 이주한다고요. 전 새 흉벽들이 생겨난 프랑스를 떠납니다. 최근 일어난 일들은 어딘가 수상쩍고 파리의 민중은 귀족들에게 그 어떤 잔인성을 보여줄 만반의 준비를 갖춘 듯합니다. 우리의 성을 불태우기 시작한 농투성이들 얘기는 하지 않는다 하더라도 말이죠. 전 우회로로 바욘으로 가서 그곳에서 영국행 배를 타려고 합니다."

"왜 영국인가?"

"안 될 이유가 뭐 있나요?"

공작은 생각에 잠겼다. 마침내 입을 연다.

"결국엔 말이지, 시리; 자네가 가졌던 생각은 전혀 나쁘지 않아. 난 말일세, 에스파냐로 갈 건데, 내 절친한 벗 알타비바이 알타미라 백작이 날 맞아줄 걸세."

"전 말이죠." 사제가 말했다. "방금 교회를 구해낸 그 선한 파리 민중의 곁으로 돌아가렵니다. 자신도 모르는 새 한 일이지만, 바로 그 점이 거기엔 뭔가 기적이 있다는 걸 증명하는 겁니다."

"그럼 넌." 공작이 푸스카유에게 물었다. "나랑 함께 갈 테냐?"

"저요? 전 엄마 곁으로 돌아갈래요. 사람들이 엄마 성을 불태우면 어떡해요."

"얼간이." 공작이 소리를 질렀다. "그러니까 넌 다른 나라들을 보고 싶지도 않나?"

"오, 보고 싶어요, 공작 각하."

"거봐라. 시리, 우리 셋 모두 동틀 때 떠나자고. 사제는 자신의 폭도들에게 맡겨두고. 그런데, 내 훌륭한 친구 도나시앵에 대한 소식 뭐 들은 것 있나? 풀려났대?"

때마침 가르뷔르를 내왔다. 일행은 이런저런 이야기를 나누면서 홍청망청 먹어댔고, 그 모든 감정의 동요로 몹시 피곤했기에, 후다닥, 침대로.

새벽에, 이 지저분한 작업에 강한 혐오감을 갖고 있음에도 불구하고 시드롤랭은 엉덩짝에 온도계를 밀어넣었고, 그다음에 조심조심 빼내어 지독한 사일열四日熱이 있음을 확인했다. 사실 자신의 상태가 어떤지를 알아내려고 온도계를 다룰 필요는 없었던바, 스스로 아주 몸이 불편하다고 느끼고 있었으니 말이다. 그렇지만, 아마도 의술 전문가의 도움을 빌려야 하겠기에, 체온의 불균형에 대한 정확한 정보를 제공하지 못할 경우 그에게서 꾸중을 듣게 될까봐 겁이 났다. 그러고는 기다렸다. 그의 생각에 한 시간 남짓 되는 제법 긴 시간이 흐르고 나자, 시드롤랭은 오줌이 마려워졌다. 콜록거리고, 덜덜 떨고, 열이 펄펄 끓는 채로 일어섰다. 흔들흔들, 비틀비틀, 후들후들, 그는 자신의 선실에서 나왔다. 랄릭스의 눈에 화장실로 가는 그의 모습이 들어왔다.

"그래, 일어나는 시간이 이때예요?" 그녀가 활기차게 소리질렀다. "커피가 기다리고 있어요!"

시드롤랭은 대답하지 않았다.

그녀가 돌아오는 그를 향해 아침식사 하라고 다시 한번 권했지만 그는 이번에도 대답하지 않았다. 그는 자기 선실로 다시 들어갔다. 다시 한 시간 남짓 흐른 뒤, 누군가 다가와 그의 선실 문을 두드렸다.

그가 들어오라고 말했고 랄릭스는 그 말대로 움직였다.

"몸이 안 좋아요?" 그녀가 물었다.

"별로예요."

"내 잘못이네요. 어젯밤에 감기에 걸렸군요."

"그렇죠."

"아마 비도 왔죠."

"억수같이."

"그럼 들어왔어야죠."

"들어왔죠."

"너무 늦게였잖아요."

"어제 아무도 못 봤어요."

"내가 아무 말 말았어야 했는데."

"걱정 말아요."

"내가 원망스러워요?"

"전혀."

"그런데, 이렇게나 안 좋은 거예요?"

"네. 그다지."

"의사를 데려오겠어요."

"아마 약봉지면 될 거예요. 약사가 적절한 충고를 해주겠지."

그녀가 그의 이마를 짚었다.

"열도 엄청나네요."

"얼만지도 알아요. 삼십구 점 구."

"의사를 데려오겠어요."

그녀는 곧 사라졌다.

시드롤랭은 부들부들 떨며 꼬박꼬박 존다.

그녀가 곧 다시 나타났다. 의사가 체온을 묻는다.

시드롤랭은 삼십구 점 구 정도라고 말한다.

의사는 종잇조각에 몇 자 적어주더니 사라진다.

랄릭스가 다시 나타난다.

시드롤랭은 약을 삼킨다.

그는 눈을 감지만 꿈을 꾸지 않는다.

그는 따뜻한 것들을 마신다.

차 우린 물에서 피어오르는 김 사이로 그에게 말하는 랄릭스의 목소리가 들려온다.

"필요로 하는 사람이 간호인이라는 건 알베르 씨에게 말 안

했잖아요."

그녀가 웃는다.

시드롤랭이 기운 없는 미소를 지어 보이더니 눈을 감는다.

오주 공작, 시리 경, 앙푸아뉴 자작, 그러니까 무람없이 부를 때는 푸스카유가 바욘과 가까워지고 있다.

시드롤랭이 눈을 뜬다, 뜨문뜨문.

뜨문뜨문 약을 삼킨다, 그가.

그는 여전히 맥없이 휘지는 기분이다.

그건 그렇고 그를 가장 난처하게 만드는 건, 화장실에 가는 일이다. 그는 후들거리면서 그리로 간다. 랄릭스가 부축하려 든다. 그가 거절한다. 그녀가 말한다.

"오, 다 아는 일인데요, 뭘."

시드롤랭은 그 자리에서는 부끄럽게 느끼나 시원하게 내보내고 나서는 그 생각을 더는 안 한다.

이러나저러나 이렇게 사는 게 그다지 고약하지는 않다.

그는 랄릭스가 이 수송선에 온 지 정말 얼마 안 되는데 어떻게 그리 잘 헤쳐나가는지를 궁금해한다. 그녀는 잘 해나가는 것 같고, 그래서 시드롤랭은 안심하고 눈을 감는다.

그러다가 잠이 든다.

바욘에서 세 길동무는 갈라선다. 오주 공작, 무람없이 푸스카유라고 불리는 앙푸아뉴 자작은, 에스파냐를 향한 여정을 계속한다. 밀수입자들이 국경을 넘는 데 아마도 도움을 주겠지.

시드롤랭은 많이 좋아졌다고 느낀다. 현창을 통해 햇빛 한 자락이 들어온다. 좋은 의사들과 좋은 약들이 있다는 걸 알게 되는 건 기분좋은 일이다. 랄릭스가 그에게 약포와 따뜻한 마실 거리를 내온다. 이게 마지막일 리 없고, 어쩌면 끝에서 세 번째.

랄릭스가 말한다.

"좋아지기 시작하네요."

"그런 것 같아요."

시드롤랭은 자신의 예후 진단에 있어서 신중하다.

시월이 끝을 향해 가고 있다. 모든 이가 이렇게 외쳐댄다.

"별난 가을일세."

그늘에 처박힌 온도계는 여름철에 육박하는 온도를 가리키고 있다.

시드롤랭은 누워서 햇볕을 쬐러 장의자로 간다.

마침 그때 안부를 물으러들 온다. 오, 이제는 괜찮단다. 랄릭스를 호기심을 갖고 바라본다, 딸들은. 아무도 그녀에게 무례하게 굴지 않는다. 그리고 또한 아버지를 호기심을 갖고 바라본다.

"울타리에 또 낙서가 있던데요." 뤼세가 말한다.

"넌 꼭 그렇게 아버지를 괴롭혀드려야겠니." 시지스몽드가 말한다.

"제가 가서 지울까요?" 욜랑이 제안한다.

"그러다가 새 양복 더럽히려고." 베르트랑드가 말한다.

"고맙네." 시드롤랭이 말한다. "내가 알아서 하지."

랄릭스는 이 신사숙녀 분들의 목구멍을 시원하게 해줄 뭔가를 찾으러 갔다.

베르트랑드가 시드롤랭에게 말한다.

"저이에게 티비를 사주셔야죠. 아빠하고 둘이서만 있으면 엄청 지루할 텐데. 특히 저녁에는."

"그걸 어떻게 알아." 뤼세가 베르트랑드에게 말한다.

"멍청하기는." 시지스몽드가 뤼세에게 말한다.

"어쩜 저이 말이 틀리지 않은 걸지도." 욜랑이 시지스몽드에게 말한다.

"아빠 좀 귀찮게 하지들 말지." 베르트랑드가 나머지 세 명에게 말을 하고는 시드롤랭에게. "내 말을 믿으세요. 티비를 사줘요."

랄릭스가 시원한 음료를 갖고 돌아오더니 조심스럽게 물러간다.

베르트랑드가 칭찬한다.

"사람이 됐네, 쟤."

"품위도 있네." 뤼세가 말한다.

"얼간이." 욜랑이 말한다. "그런 거에 대해 뭘 아는 것처럼 말을 해."

"하나 낚았네요." 시지스몽드가 시드롤랭에게 말한다.

"이제 안심이 됐으니 물러들 가죠." 베르트랑드가 말한다.

그러고도 그들은 음료를 마저 마시느라 잠시 더 머무른다. 그들은 다시 티비 얘기로 돌아가고, 베르트랑드는 끈질기게 주장한다.

"하나 사줘요. 아빠에게도 심심풀이가 될 텐데."

"교양까지 챙겨줍니다." 욜랑이 말한다.

그들이 그리 빨리 출발하지 못한 것은 티비 얘기를 시작했기 때문이었다.

다음날 출동한 건 라멜리다.

"베르트랑드가 그러는데 아팠다면서요. 근데 다 나은 것 같군요. 누가 돌봐드렸어요?"

시드롤랭은 가벼운 고갯짓으로 갑판에 윤을 내고 있는 랄릭스를 가리킨다.

"괜찮은데요, 저이." 라멜리가 말한다. "잘못 걸려들진 않으셨군요."

시드롤랭은 '응, 그런 것 같아'라는 얼굴 표정을 짓는다. 그러더니 단 두 마디로 묻는다.

"그런데 넌?"

"전 어떠냐는 말씀이죠? 결혼이니, 뭐, 그런 것 전부 다?"

"그래."

"부부와는……"

"누구?"

"부부는 그이 애칭이에요. 일주일 휴가를 냈죠. 여행 갔다 왔어요."

"어디로?"

"페리고르지역으로. 송로 때문은 아니고, 보다 깊숙한 거예요. 선사시대 동굴들요. 전부 다 가봤지요. 라스코, 루피냑, 레제지, 퐁드곰 등등. 그림도 얼마나 잘 그리는지 몰라요, 구석기인들 말예요. 말들이라든가, 매머드들…… 응…… 이렇게! (몸짓)"

"가짜야."

"무슨 뜻이에요?"

"그것들 전부 가짜라고."

"오! 그게 정말 진짜 가짜라면, 표가 날 텐데."

"알지, 난."

"어디서 안 건데요?"

"그 말 나올 줄 알았다."

"꿈꾸셨어요?"

"그것들 전부 다 십팔세기의 어떤 인물이 그렸다더라."

"글쎄, 그런 그림들을 그릴 이유가 있었을까요?"

"신부 놈들 엿먹이려고."

"에이, 농담도, 아빠는. 지금 꿈꾸시는 거예요 뭐예요. 티비나 하나 사면 더 좋을 텐데. 교양이 늘 거예요."

"나도 안다."

"이제 안심됐으니 그만 가볼게요."

강변에서 라멜리가 손짓한다. 작별 인사를 하려는 게 아니라, 울타리 위의 글자들 때문이다. 랄릭스가 그녀를 보았다. 갑판 닦는 걸레를 놓더니 붓과 페인트통을 집어든다.

시드롤랭이 긴 의자 위에 누워 있다. 랄릭스가 언덕배기를 올라가는 모습을 바라본다. 그러다가 눈을 감는다.

그는 자신의 훌륭한 친구, 알타비바 이 알타미라 백작 옆에서 말을 몬다. 앙푸아뉴가 따라온다. 돈벌이에 눈이 벌건 왕정주의자 밀수꾼들이 거금을 받아 챙긴 뒤 그들이 국경을 넘게 해준다.

"자네가 이주한 게 옳았어, 조아생." 백작이 그 당시 교양 있는 유럽인이라면 누구나 할 줄 알았던 훌륭한 프랑스어로 말한다. "보게나, 내 감히 말하건대, 팔월 사일 그날 밤*에 프

* 1789년 8월 4일 밤, 봉건적 특권 폐지가 선포된다.

랑스 귀족들은 멍청한 짓을 끝없이 했다고."

"난 그 점을 전혀 부인하지 않네." 공작이 말한다.

"혼란이 사라지기를 기다리는 동안, 조아생, 이제 에스파냐에 왔으니 뭘 하며 시간을 보낼 텐가? 이 나라는 금욕적이라네. 투우를 빼놓고는 자네를 위한 오락거리가 거의 없을 듯해, 조아생."

"난 그림을 그리려고 해."

"사실, 그거 아주 기분좋은 여흥이지. 난 그런 생각은 미처 못했네. 어떻게 그런 생각을 하게 됐나?"

"꿈에서."

"꿈에서라고 말하는 건가?"

"그래. 꿈에서라고. 그 꿈에서, 펠리즈가, 그러니까 딸들 가운데 제일 어리고 바보인 딸아인데, 걔가 로마에서 돌아와서 내게 해주는 이야기가, 거기에서 시스티나성당을 봤다는 거야. 내가 속으로 생각했지. 나도 화가라고."

"뭘 그릴 건데, 조아생? 보데곤?* 꽃? 전투?"

"동굴들."

"성 안투안의 유혹도 함께?"

"천만에! 동굴 내벽에 그리겠다는 말일세."

"하지만 조아생, 그러면 자네 작품들을 누가 보게 될까?"

"선사학자들이."

"내가 몰랐던 프랑스어 어휠세. 무슨 뜻인가?"

"나중에 설명함세. 말해보게나. 내가 작업할 수 있는 그럴

* bodegón. 스페인어로 '정물화'를 가리킨다.

듯한 장소 어디 모르는가?"

"바로 내 영지 안에 있지." 알타비바 이 알타미라 백작이 대답했다.

XVII

몸이 나은 시드롤랭은 다시금 칠 작업에 나섰다.

그는 마지막 붓질을 하고는, 자신의 작품을 꼼꼼히 살피는데 필요한 거리를 확보하기 위해 두어 걸음 뒤로 물러섰다. 그는 작품 감상으로부터 다소간 만족을 끌어냈는데, 바로 그때 히힝 말울음 소리가 들려왔다. 그는 몸을 돌렸다. 캠핑카를 매단 자동차가 인도와 나란히 서 있었다. 약간 뒤쪽으로, 유개화차有蓋貨車를 매단 또다른 자동차가 이중주차로 멈춰서 있었다. 자동차번호판을 보니 둘 다 지방에서 온 거였다. 첫번째 자동차 운전자가 머리를 내밀고 물었다.

"실례지만, 야영객용 야영장요."

"아주 간단합니다. 똑바로, 오백 미터쯤 가세요."

시드롤랭이 덧붙였다.

"아시겠지만, 이 시기에는 문을 닫았을 텐데요."

"그래도 가서 알아보지. 고맙소."

상대방은 차체 안으로 머리통을 다시 거둬들인 뒤 기어를 넣었다.

출발하기 전에 그가 시드롤랭을 향해 소리를 질렀다.

"그런데 화가요, 나도!"

시드롤랭은 그가 유개화차를 달고 멀어지는 모습을 바라봤다. 그는 시침이 사분의 일 바퀴를 돌 동안을 기다리고도 이십 여분을 더 기다렸는데, 야영객용 야영장이 닫힌 것을 보고 혹시 트레일러가 유턴해서 오지 않을까 싶어서였다. 한 시간이 지나도 다가오는 것이 아무것도 없자 시드롤랭은 다시 비탈을 내려가 페인트통과 붓을 정리해두러 갔다. 랄릭스가 감자껍질을 벗겨냈다. 시드롤랭이 묻는다.

"감자튀김을 할 건가요?"

"아뇨. 도피네식 그라탱을 할 거예요."

"감자튀김이었더라면 더 좋았을 텐데."

"도피네식 그라탱을 할 거라고요."

"그러든가." 시드롤랭이 말했다.

그리고 덧붙였다.

"한 바퀴 돌고 올게요. 야영객용 야영장까지 가보려고. 아직도 그곳을 찾는 사람들이 있으니."

"신기한 일임에 틀림없어요."

"정말로 감자튀김은 없을까요?"

"참말 폭군이로세. 과연 감자튀김이 나올까요?"

"일부는 약간 물렁거리고, 나머지는 딱딱한 나무토막 같겠죠."

"나는 그 중간 정도가 좋아요." 랄릭스가 말했다.

"어쩌면 반은 도피네식 그라탱으로 하고 또 반은 감자튀김으로 하는데, 튀김 일부는 이런 방식으로, 나머지는 저런 방식으로, 그리고 또 일부는 그 중간으로 할 수 있을지도 몰라요."

랄릭스가 대꾸를 않는다.

"좋아요." 시드롤랭이 말한다. "저쪽에서는 어찌 되어 가는지 보러 갈게요."

야영객용 야영장은 거의 텅 비어 있지만, 여전히 어렴풋하나마 움직임이 남아 있긴 하다. 시드롤랭이 찾던 것은 눈에 띄지 않더니 백 미터 더 나아간 곳에서 발견된다. 자동차 두 대와 트레일러들이 인도를 따라 멈춰서 있다. 인도로 내려선 남자 두 명과 여자 두 명 사이에 활발히 얘기가 오간다. 시드롤랭이 다가가 그 일행 앞을 지나가는데도 선두 차량의 운전자는 그를 알아보지 못했고, 시드롤랭은 오십 미터쯤 걸어갔다가 다시 돌아온다. 일행에게 다가간 그가 아까 자신에게 질문했던 사람에게 말을 건넨다.

"저기예요(몸짓), 아시죠. 아직 연 것 같네요."

"선생, 내 선생 의견을 묻는 게 아니잖소." 상대방이 말한다.

"조금 전엔 내게 물었죠." 시드롤랭이 응수했다. "그때 대답을 다 한 게 아니라서."

그 말을 하고, 시드롤랭은 제 갈 길을 간다.

"선생." 소리질러 그를 부른다.

그가 멈춘다. 상대방이 그에게로 온다. 말한다.

"그 얼간이들, 그놈들은 말들 때문에 우리를 받으려고 하질 않소. 왜 내 말들이 야영을 할 수 없다는 거지?"

시드롤랭은 대답을 않는다.

상대방이 말한다.

"그렇게 생각하지 않소?"

시드롤랭이 말한다.

"우리는 서로 소개도 하지 않았어요."

"그렇군."

트레일러 운전자가 손을 내밀더니 말한다.

"오주."

"시드롤랭." 시드롤랭이 말한다.

두 사람은 손을 맞잡는다. 오주가 덧붙인다.

"보다시피, 내가 격식을 차리지 않소. 선생은 건축도장공이던데, 공작이오, 난."

"난 건축도장공이 아니에요. 선줍니다. 수송선 한 척과 보트 한 척을 갖고 있지요."

"선생의 기분을 건드리고 싶은 생각은 없었소." 공작이 말한다. "어리석은 직업이란 없으니까. 좀전에 알려드렸듯이, 공작치고는, 그것도 십자군원정까지 해낸 공작치고는 야릇해 보일 수도 있겠지만, 나 역시 화가였지. 심지어 동굴벽화 전문가였소. 선생과 약간 비슷한 종류랄까, 이리 말해도 괜찮다면."

"괜찮아요." 시드롤랭이 말한다.

"오시오. 선생을 딸아이에게 소개하리다. 펠리즈, 이분은 시드롤랭 씨란다."

"메에, 메에." 펠리즈가 말한다.

"자, 여기는 내 말 조련사이자 친구인 앙푸아뉴. 앙푸아뉴 자작."

"시드롤랭이라고 합니다."

"그리고 저치의 엄마."

"안녕." 앙푸아뉴 백작부인이 말했다.

"다음번엔 말들에게 소개를 시켜주겠소." 공작이 말했다. "자, 이젠 우리 사이의 얼음막이 깨졌고, 서로 안면을 텄소. 그렇게 친밀하진 않지만 사회적 차원에서의 접촉, 물론 상당히 표피적이긴 하나, 누가 알겠소, 어떤 분야에서일지는 아직 모르겠지만 서로에게 도움이 되고 이익이 될 수 있는 그런 접촉을 수립하기에는 충분할지. 게다가, 이 지역 분이신 듯한 시드롤랭 씨, 선생이 우리에게 도심에서 그리 멀지 않은 다른 장소를 가르쳐주면, 나의 말들과 딸아이, 앙푸아뉴, 그의 모친, 그리고 내가 야영의 즐거움과 수도에서의 삶의 쾌락을 한꺼번에 누릴 수 있을 거요."

공작은 단호한 몸짓으로 시드롤랭이 그 즉시 대답하려는 것을 막는다.

"사실 말이오." 그가 말을 잇는다. "난 유서 깊은 가문 출신이지만 어쨌든 내 번호판이 가리키고 있듯이 시골 출신이지. 난 시골 귀족으로, 대농장주이기도 하니, 욕실에 화장실까지 딸린 도시의 호텔보다는 야외를 더 좋아하오."

"그건 지지받을 만한 의견이네요." 시드롤랭이 말한다. "조금 전에 표명한 희망사항들에 대해서는 어찌 충족시킬 수 있을지 모르겠군요. 물론 이 근방에 마구간들이 있긴 하니 말들을 그곳에 맡겨둘 수는 있죠."

"턱도 없는 소리." 공작이 말한다.

"이전에는 어떻게 하셨나요?"

"이전이란 없소. 이번에 야영 세계에 처음 발을 디디는 거니까."

"처음이 고무적이진 않군요."

"아직 내가 잘 알지 못하는 시드롤랭 씨, 내 사기를 떨어뜨리지 마시오. 더 나아가, 전혀 걱정하지 말길. 나는 사기가 떨어질 인물이 아니니."

"그렇다면 야영 생활의 처음이 고무적이지 않음을 인정하시는군요."

"아직 내가 잘 알지 못하는 시드롤랭 씨, 혹시 리팽트 사제 같은 부류의 궤변가인가?"

"리팽트 사제." 시드롤랭이 눈썹을 찌푸리며 말한다. "리팽트 사제라…… 그 이름을 들으니 뭔가 생각이 날듯 말듯……"

"잡지들이 그 이름을 유명하게 만들었지." 공작이 말한다. "그는 평생의 반을 땅 밑에서 보냈소."

"아, 알겠다." 시드롤랭이 말한다. "그 유명한 선사학자."

"내 옛 전속신부요." 공작이 말한다.

"이럴 수가!" 시드롤랭이 말한다. "전속사제를 둘 정도의 재력을 지니고 있다고요?"

"물론." 공작이 말한다. "무신론 때문에 내가 그를 내보냈지. 물론 내 쪽의 무신론. 아무리 신부 본인도…… 됐어…… 현 상황으로 돌아갑시다. 시드롤랭 씨, 자, 내가 어디로 가면 도심에서 두어 걸음 떨어진 자연에서 뛰놀 수 있겠소?"

"잘 모르겠군요." 시드롤랭이 말한다. "야영객이 공원에 들어가는 건 아직 허용이 안 됩니다."

"아." 공작이 말했다. "여인숙마다 마구간이 딸려 있던 그 시절이 언제일런고. 요즘은 호텔에조차 차고가 없을 판이니."

"있는 곳들도 있지요." 시드롤랭이 말했다.

"내가 틀리지 않았어." 공작이 말했다. "선생은 리팽트 사제처럼 궤변가요."

시드롤랭은 이런 불손함에 응수하는 대신 실례를 무릅쓰고 묻는다. 왜 말 두 마리를 데리고 곤란을 겪는가. 노르망디나 베리지역의 아무 풀밭이고 간에 거기가 말들에게는 더 낫지 않을까?

"내 말들은 도시를 좋아하오." 공작이 말한다. "가끔씩 도시 생활을 다시 접하고 싶다는 욕구를 느끼지! 그들이 수도를 보지 못한 지 아주 오래됐거든…… 새로 생긴 동네들을 돌아보고, 명소에 감탄도 해보고, 적어도 감탄할 만한 것들이어야 하지만, 어쨌든 그러고 싶어하지."

"이 모든 사태가 그다지 단순하지는 않은 듯하군요." 시드롤랭이 말했다.

"내가 간단히 정리해주지." 공작이 말했다. "시드롤랭 씨, 선생의 그 분명한 선의에도 불구하고 야영마용 야영장을 알려줄 수 없는 모양이니, 우리는 가던 길을 계속 가다가 저멀리 보이는 숲속 어딘가에 자리잡겠소."

"거긴 공공 산책 장손데요." 시드롤랭이 말했다. "그러다 딱지 떼일 텐데."

"그러든가 말든가." 공작이 말했다. "잘 있으시오, 선생. 자, 너희들은 출발하자."

공작이 선두 자동차의 운전석에 자리잡는다. 앙푸아뉴가 그 옆에 앉는다. 백작부인이 두번째 자동차를 몬다. 펠리즈가 그 옆에 앉는다. 모두가 떠난다. 시드롤랭의 눈에 말들의 머리통이 남실대는 게 들어온다. 말들은 말답게 생겼다.

그는 조용히 집으로 돌아간다. 대문 앞에 도착하자 다 올라간 건물을 멀거니 바라본다. 아직 지붕과 지하실은 작업이 남아 있다. 차도 맞은편에서 누군가 시드롤랭에게 인사하더니, 상기上記 그자는 상기 그 차도를 차동차에 치이지도 않고 심지어 부딪치지도 않고 능숙하게 건너온다.

"내게 정보를 주실 수도 있겠군요." 시드롤랭이 말한다.

"그리 생각합니다." 관리인이 말한다. "그런데 여기서 날 보고 놀랐을지도 모르겠어요. 신축건물의 수위로 일해보라는 제안을 받아서요. 새 직장이 맘에 들지 보러 왔습니다."

"그래, 맘에 들어요?"

"그리 생각합니다. 선생은 날 이웃으로 두게 됐죠."

"아 참, 내가 물어보려 했던 건 이겁니다."

"듣고 있습니다." 관리인이 말했다.

"야영장에서 쫓겨난 사람들이 있어서요."

"며칠 뒤면 폐장입니다."

"그게 아니라, 말 두 마리를 데리고 있다고 안 받았다고요."

"떠돌이 집시들?"

"천만에요. 공작, 백작부인, 자작, 그리고 좀 모자란 아가씨 한 명이에요."

"그리고 말 두 마리."

"그리고 말 두 마리. 유개화차에 실린. 그들에게 알려줄 만한 또다른 야영장을 혹시 아실까요? 도심에서 그렇게 멀지 않은 곳으로. 그 말 두 마리가 수도를 보지 못한 지 아주 오래됐대요. 그래서 새로 생긴 동네들을 돌아보고, 명소에 감탄도 해보고, 적어도 감탄할 만한 것들이어야겠지만, 어쨌든 그러고 싶어한다네요."

"그거 꿈이죠?" 관리인이 물었다.

"그리 생각하세요?" 시드롤랭이 물었다.

"아." 관리인이 웃음을 띠며 말했다. "선생은 내 작은 흠을 알고 있다는 게 보입니다그려. 아, 바로 그래요! 나는 생각합니다. 난 일어나서 생각하고, 잠들 때도 생각합니다. 그사이에도 생각을 멈추는 법이 없죠. 마찬가지로 선생 생각에…… 그런데 아시겠죠, 이제, 내가 다른 사람들에게 나의 사소한 기벽을 심어준다는 걸…… 그러니까 선생 생각에, 내가 두뇌의 회백질을 주물러대는 데 하루를 바치고 나면 내게 휴식이 필요할까 싶은 거죠. 그러고 나면 난 머리를 쉬게 하느라 잠을 자는데, 꿈은 꾸지 않습니다. 수도 구경을 원하는 그 유개화차에 탄 말들요, 난 이리 생각하겠어요, 선생이 당신의 의견은 뭐냐고 물으니, 난 선생이 꿈을 꿨다고 차라리 생각하렵니다."

"그러니까 그들을 받아줄 만한 다른 야영장은 모르세요?"

"꿈꿨노라."

"도심에서 그리 멀지 않은 곳이면 돼요."

"꿈을 꿨네."

"그들, 공작, 차동차들, 기타 등등."

"꿈을 꾸네."

"저기 오네요." 시드롤랭이 말했다.

공작이 브레이크를 잡았다. 관리인이 창백해져서 뒤로 두어 걸음 물러나다가 사라졌다.

"그 양반, 실험적인 방법은 높이 쳐주지 않는 게로군." 시드롤랭이 나지막하게 말했다.

"뭐라고요?" 지나가는 이가 말했다.

"선생이 옳았소!" 공작이 소리를 질렀다.

"다음번에." 시드롤랭이 지나가는 이에게 말했고, 그이는 자취를 감췄다.

시드롤랭이 차동차문으로 다가갔다.

"경찰관 천지야, 그 숲은." 공작이 말했다. "아주 역겹소."

그는 머리를 내밀어 건물을 바라봤다.

"저기 삽니까?" 그가 물었다.

"아니요, 맞은편 수송선입니다. 한잔하시겠어요?"

"아무렴……"

"저기 한 자리 났군요. 이용하세요…… 그러고 내 회향주 맛을 보러 오세요."

"아! 내가 싫다고는 안 하지."

캠핑카는 조금 더 가더니 멈춰섰다. 시드롤랭은 조심스럽고 능숙하게 차도를 건넜고 쪽문 앞에서 초대한 손님들을 기다렸다.

그들은 비탈을 내려왔고, 시드롤랭은 앞서 걸어가면서 여러 번 이 말을 되풀이한다.

"면상 갈지 않게 조심하세요."

그들이 진창 위에 놓인 건널판자를 건널 때에는 시드롤랭의 후렴구가 바뀌었다.

"텀벙하지 않게 조심하세요."

백작부인이 말했다.

"멀리서 볼 땐 매력적이더니 가까이서 보니 더럽기 짝이 없네."

"물이 좀 더러워 보이죠." 시드롤랭이 말했다. "하지만 고인 물은 아니에요. 똑같은 오물 냄새를 두 번 맡는 일은 없어요. 막대기를 갖고 그것들을 밀어내면 강을 따라 멀어져가니까요. 물론, 수송선과 강둑 사이의 물은 고여 썩으니, 같은 냄새를 맡는 일도 가끔 있긴 합니다."

"같다니, 뭐가?" 공작이 물었다.

"오물들요." 시드롤랭이 대답했다.

그러더니.

"머리 부딪치지 않게. 이곳이 식당입니다. 거실이란 말을 더 좋아하면 그리 말해도 되고요."

"괜찮군요." 백작부인이 말했다.

시드롤랭이 불렀다.

"랄릭스."

십중팔구 여성일 인물이 무릎 길이의 반바지에 푸른색과 흰색 줄무늬 뜨개옷을 입고 나타났다. 해군 모자를 쓴 그 인물은 손에 갑판 닦는 걸레를 들었다.

"안녕." 백작부인이 그이에게 말을 건넸다.

다른 사람들은 아무도 그이에게 말을 하지 않았지만, 시드롤랭만은 그이에게 잔 몇 개, 생수 한 병, 회향주병을 챙겨 빨리 다시 와달라고 부탁했다.

"무슨 상표요?" 공작이 물었다.

"슈발블랑입니다." 시드롤랭이 대답했다.

랄릭스가 사라지자, 공작이 자신이 한 질문에 대해 주해를 다는데 다음과 같았다.

"내 영지에서 키운 회향으로 티몰레오 티몰레이의 비법에 따라 증류한 게 물론 더 좋겠지만……"

"그 이름을 들으니 뭔가 생각이 날 듯한데." 시드롤랭이 중얼거렸다.

"아주 저명한 연금술사요. 적어도 그를 알았던 사람들 사이에서는 저명했지. 전기에서는 그의 이름을 거의 거론하지 않소만."

"그와 알고 지냈다고요?"

"아주 잘 알았지. 그이 밑에서 일을 했소. 내 비록 공작이지만 그의 조수 노릇을 했지. 보다시피, 필요하다면 그다지 예의범절을 따지지 않는 사람이오, 나는."

"현자의 돌을 발견했나요? 영생의 묘약도?"

"내가 솔직하기를 바라오?" 공작이 물었다.

"그러길 바랍니다." 시드롤랭이 대답했다.

"우린 그런 건 하나도 발견 못했소." 공작이 대답했다.

"그럼 오로지 회향주만?" 시드롤랭이 물었다.

"그건 언제든지 실컷 마실걸요." 백작부인이 말했다.

"메에, 메에." 펠리즈가 말했다.

랄릭스가 이것저것 잔뜩 담긴 커다란 쟁반을 능숙하게 들고 왔다.

그녀는 음료 접대 뒤, 손에 잔을 하나 들고 자리에 앉았다. 시드롤랭이 다른 사람들에게 말했다.

"약혼녀를 소개하죠."

그러더니 랄릭스에게.

"오주 공작…… 앙푸아뉴 자작…… 이분은, 어……"

"앙푸아뉴 백작부인." 앙푸아뉴 백작부인이 말했다.

"그리고 이 아가씨는……"

"부인……" 공작이 말했다. "말플라케 부인."

"안녕하세요." 랄릭스가 말했다.

"메에, 메에." 펠리즈가 말했다.

"그런데 말이오." 공작이 다시 입을 열었다. "나쁘지 않소, 이 회향주."

"무시할 만한 게 전혀 아닌데요." 앙푸아뉴가 말했다.

"고약하지 않군요." 그의 엄마도 거들었다.

펠리즈가 자신의 감상을 내놓을 수 없던 건, 그녀가 물만 마시기 때문이었다.

"말들에게 마실 걸 줘야 할 텐데." 공작이 말했다.

"제가 가보죠." 앙푸아뉴가 말했다.

"좌현 갑판에 보면 양동이가 하나 있을 거예요." 랄릭스가 말했다.

"스테네스와 스테프가 어찌 되어 가고 있는지 궁금해하겠군." 공작이 말했다.

"공작님은 본인의 계획에 대해 늘 말들에게 일러두시나요?" 시드롤랭이 물었다.

"걔네가 그걸 좋아하니까." 공작이 대답했다.

"곡예단인가요?" 랄릭스가 시드롤랭에게 물었다.

"나도 몰라요." 시드롤랭이 랄릭스에게 대답했다. "적어도 야영객인 건 맞아. 말들 때문에 저들을 야영장에서 받아주지 않았어요."

"원칙 때문인가요, 아니면 말들이 특별한 말들이어서인가요?" 랄릭스가 물었다.

"재들은 아주 충직한 동물들이오." 공작이 말했다.

"한잔씩 걸쳤으니 이제 뭘 할까요?" 백작부인이 물었다. "이주할까요?"

공작은 대답하지 않고 주변을 건성으로 둘러봤다. 그러더니 생기 없는 목소리로 말했다.

"제법 넓겠는걸, 수송선이라는 데가."

XVIII

조아생 도주는 최상의 기분으로 잠에서 깨어났다. 그는 깊은 잠을, 꿈도 꾸지 않고 자고 난 참이었다. 남 앞에 나설 만한 모습이라는 판단이 서자 갑판으로 올라갔는데, 수송선의 승객들 가운데 일어난 사람은 아직 아무도 없었다. 그는 강물에 오줌을 누러 갔고, 오줌 줄기가 수면에 부서지는 경쾌한 소리를 마음속으로 즐겼다. 맞은편 강둑에는 낚시꾼들이 자리를 잡고 있었다. 새벽부터 운동을 즐기는 사람들이 노를 저으며 지나갔다. 공작은 몸을 돌렸다. 스테네스와 스테프가 비탈에 드물게 돋은 맛난 풀들을 뜯어먹고 있었다. 강변에는 빽빽이 늘어선 차동차들이 단조로운 소리를 내며 지나갔다.

공작은 다시 땅에 발을 디디자 말들을 보러 갔다.

"그래, 내 아름다운 스테네스여, 이곳에선 기분이 어떤가?"

"여기서 완벽하게 만족하려면 염소여야 할 거예요."

"익숙해질 거야. 덕분에 운동이 될 거야."

"이곳에 오래 머무르나요?"

"나도 모르겠다." 공작이 말했다. "우리 어쩌면 다 온 건지도 몰라."

"스테프와 나, 우린 평지에서 묵었더라면 더 좋을 뻔했어요."

"진짜 평평한 풀밭에서요." 스테프가 말했다.

"게다가 말이죠." 스테네스가 덧붙였다. "먹을 게 전혀 없잖아요."

"푸스카유가 조금 있다가 꿀을 갖다줄 거야."

"언제요? 빈둥거리는데, 푸스카유는. 걔는 뒤통수를 좀 호되게 맞아야 해요."

"참아, 참으라고, 나의 아름다운 스테네스여. 무구한 자들은 자게 내버려둬야지."

"그러죠." 스테네스가 말했다. "그 정지선에 있으니 기분이 어떠세요?"

"난 늘 수송선 위에서 사는 걸 꿈꿨지." 공작이 대답했다. "전혀 불만스럽지 않아."

"그러시다니 저도 기쁘군요." 스테네스가 말했다. "그저 꿀과 귀리가 조금만 더 많았더라면……"

"참아, 참으라고, 나의 충직한 스테네스여."

랄릭스가 갑판 위에 나타났다.

"커피? 차? 초콜릿? 비앙독스*?" 그녀가 공작을 향해 소리쳤다.

공작이 다가갔다.

"블랙커피." 공작이 대답했다. "곁들일 건, 버터 잔뜩 발라

* 소고기 육즙을 바탕으로 만들어낸 소스의 상표로, 현재는 크노르로 바뀌었다. 뜨거운 물로 희석한 비앙독스는 음료로도 소비되었다.

구운 토스트, 영국식 잼, 바싹 익힌 달걀프라이, 그리고 바싹 구운 순대."

제길, 항해는 시장기를 몰고 온단 말야!

랄릭스는 군말 없이 사라졌다.

앙푸아뉴가 갑판 위에 나타났다.

"말들이 기다린다." 공작이 즉각 그에게 말했다. "화차에 꼴과 귀리가 아직 남아 있기를 바라노라."

"없으면, 이노*에 가서 찾아보죠." 앙푸아뉴가 눈을 비비며 말했다. "공작 각하께서는 잘 주무셨고요?"

"기가 막히게. 난 우리의 낙하지점에 대해 아무런 불만 없어."

"그런데 내 아침식사는요? 어디서, 언제 누릴 수 있나요?"

"어쨌든 스테네스와 스테프에게 먹을 걸 줘. 잠시 참을성을 발휘하게 할 정도의 먹을 건 남아 있을걸."

푸스카유가 화차 방향으로 사라진다.

앙푸아뉴 부인이 갑판 위에 모습을 드러낸다.

"누이, 잘 잤소?" 공작이 물었다.

"안녕?" 백작부인이 그에게 대답한다.

펠리즈가 모습을 보인다. 그녀는 아빠를 포옹한다.

"메에, 메에." 그녀가 말한다.

랄릭스가 소리친다.

"아침 준비 됐어요."

모두 홀로 간다. 모두 즐겁게 둘러앉는다. 앙푸아뉴도 곧

* 대형마트 이름.

무리에 끼어들었다. 테이블 위에는 아주 뜨거운 커피가 흥겹게 김을 올리고 있다. 토스트, 비非-토스트, 잼, 길쭉한 버터 그릇이 놓여 있다.

"달걀프라이가 없네." 공작이 지적한다.

"달걀프라이는 없어요." 랄릭스가 인정한다.

"순대도 없네." 공작이 지적한다.

"순대도 없어요." 랄릭스가 인정한다.

"좋아요, 좋아." 공작이 흥겹게 말한다.

그는 벌써 토스트 일곱 개를 먹어치웠는데, 그 위에 지방질 혹은 당질을 듬뿍 얹어서였다.

"시드롤랭 씨는 아직 안 일어났소?" 공작이 물었다.

"그 사람 여기 왔습니다." 시드롤랭이 테이블에 앉으며 대답한다.

"난 아주 잘 잤소." 공작이 말한다. "선생이 우리에게 베풀어준 환대에 아주 감사하오. 비록 순대는 없지만."

"앞으론 염두에 두죠." 시드롤랭이 말한다. "안 그래요, 랄릭스?"

"순대는 없어요." 랄릭스가 인정한다. "달걀프라이도."

"말들은 어떤가요?" 시드롤랭이 묻는다.

"걔네는 땅바닥이 좀 기울어졌다고 생각하지." 공작이 대답한다. "걔네는 염소와는 성질이 다르니."

아무도 청하지 않았지만 푸스카유가 발언을 하는데 다음과 같다.

"그건 그렇고……"

"뭐가 그런데?" 공작이 묻는다.

"말들요. 화차에서 꿀을 가져다주면서 보니 누군가 시드롤랭 씨 집의 문 위에 욕설을 써놨더라고요."

"나랑 연관이 있나?" 공작이 눈썹을 찌푸리며 묻는다.

"내버려두세요, 내버려둬요." 시드롤랭이 말한다. "내게 그런 거예요."

"원한을 샀소?" 공작이 묻는다.

"그럴 수도 있죠. 내가 여기 자리잡은 뒤로 누군가 문과 울타리에다가 그라피티 연습을 하더군요. 난 그것들을 페인트칠로 덮어버립니다. 상대방은 기를 쓰고 또 하고."

"누군지 모르오?"

"짐작도 안 가네요."

"잡으려고 안 해봤소?"

"하룻밤, 망을 본 적은 있어요. 그러다가 비정상적 바이러스성 기관지염 어쩌고를 낚았죠. 내가 잡은 건 그게 다예요."

"앙푸아뉴!" 공작이 장엄한 목소리로 말한다. "우리 기사들을 위한 무훈이 기다리고 있다. 우리가 이곳 주인인 시드롤랭 씨에게서 그라피티광을 떼어내자."

"정말이지, 너무 친절하군요……" 시드롤랭이 말한다.

"우리는 그자를 현장에서 잡겠소." 공작이 말을 잇는다. "대로변 나무에 목을 매달아야지."

"그게……" 시드롤랭이 말한다. "그러면…… 난처한 일이 생길 텐데요."

"아니 대체 왜?"

"경찰에게 시달릴 겁니다."

"뭣이." 공작이 외쳤다. "하급재판권과 상급재판권을 갖고 있지 않소? 그리고 선생의 수송선에서는 본인이 하느님 다음으로 주인이지 않소?"

"그렇죠. 하지만 대로의 나무는 내 수송선 위에 있지 않잖습니까."

"그렇다면 그 범죄자를 강물에 던져버리자고. 꽁꽁 묶어서."

"우려되는 점은 그것 역시……"

"그럼 그자의 귀를 베는 걸로 하지."

"아니…… 안 돼요……"

"그렇다면 그저 엉덩짝에 발길질 몇 번?"

"그렇죠…… 부득이하니……"

"시드롤랭 씨, 엉덩짝에 발길질하는 문제에 있어서는 날 믿지 마시오. 그라피티광의 엉덩짝에 내 장화바닥을 사용하는 일은 절대 없을 거요. 그건 실추라고."

"공작 각하, 앙푸아뉴 씨, 두 분의 제안에 몹시 감격했지만, 어쨌든 이날 이때껏 이렇게 알아서 해왔으니 계속 그럴 수 있겠죠. 한 달에 페인트 한 통, 그리고 아마 일 년에 붓 한 자루 정도일 텐데, 이것들은 내 예산의 고정지출항목입니다. 그리고 그럼으로써 기분전환도 되니까요. 그게 아니라면, 내가 뭘 칠하겠어요?"

"내가 아직 동굴 몇 개는 알고 있소만……" 공작이 꿈꾸는 듯한 목소리로 말했다. "뭐, 그 문제는 그렇다 치고……"

갑자기 그가 주먹으로 테이블을 쾅 내려치더니 고래고래 고함을 질렀다.

"자, 그럼, 앙푸아뉴! 시드롤랭 씨가 내놓는 이런저런 이야기에도 불구하고, 오늘 저녁, 우리는 그라피티광을 생포할 거고, 두고 보면 알게 되리다!"

"앙푸아뉴도 맹세하노라! 생포합시다!"

"생포하세요!" 앙푸아뉴 부인이 외친다.

"메에, 메에." 펠리즈가 말한다.

이 모든 일로 엄청난 소음이 발생한다.

"그동안 난 가서 페인트칠 좀 하겠어요." 시드롤랭이 말한다.

그가 나가자 랄릭스가 뒤따른다. 랄릭스가 묻는다.

"저 사람들 언제 가요?"

"그에 대해선 아무것도 합의 본 게 없어요."

"내일 아침, 저 사람들에게 순대와 달걀프라이를 해줄까요?"

시드롤랭은 페인트통과 붓을 집어든다.

"일이 너무 복잡해지지 않는다면요." 시드롤랭이 대답한다. "우리도 영주처럼 보여야죠."

시드롤랭은 건널판자로 들어선다.

"우리가 약혼자라면서요." 랄릭스가 말한다. "그렇다면 우리 서로 말을 놓아야 하지 않을까요?"

"서로에게 높임말을 쓰는 게 좀더 영주처럼 보일 거예요."

랄릭스가 다시 자기 일로 돌아간다. 시드롤랭은 스테네스와 스테프 앞을 지나간다. 그가 그들의 눈을 들여다본다.

"정말 영리해 보이는군." 그가 나지막이 말한다. "이들에게 모자란 거라고는 말하는 것뿐이군."

"우리에게 모자란 거라고는 아무것도 없소." 스테네스가 말한다. "염병." 오른쪽 말굽으로 땅바닥을 차면서 그가 덧붙인다. "조아생이 입 열지 말라고 그리 당부했는데."

시드롤랭은 여전히 보도 위다. 도중에 그는 페인트를 조금 쏟았다.

"이상하군." 그가 나지막이 말한다. "정말 이상해."

"뭐라고요?"

지나가는 이가 시드롤랭에게 묻고자 멈춰선다.

"이상하다고요. 그저 이렇게 말했어요. 정말 이상해라고."

"그런데 뭐가 정말 이상한데요?"

시드롤랭은 문에 도료를 칠하기 시작한다.

"아하." 그가 대답한다.

"선생!" 지나가는 이가 성난 표정으로 소리를 지른다. "그런 식으로 사람들의 호기심을 자극하는 법이 어디 있어요. 호기심을 잔뜩 불러일으킨 뒤 입을 다무는군요. 그러지 마시오, 선생, 그러는 게 아니야."

그는 두 팔을 휘두르며 멀어져간다.

시드롤랭은 아무 소리 않는다.

그러고 있는데 누군가 자신을 부르는 소리가 들린다. 완전히 미완인 것도 아니요, 완전히 완성된 것도 아닌 건물의 수위다. 그가 맞은편 보도 위, 건물 문 앞에 서 있다. 시드롤랭은 그의 인사에 답하고는 작업을 계속한다.

그러고 있는데 그의 숙박객들이 모습을 나타낸다. 그들은 각자 할일에 대해 의견들을 나눈다. 앙푸아뉴는 이노에서 꿀과 귀리를 구입해야 하고, 공작은 연금술 궁전*을 방문할 것

* Palais de l'Alchimie. 파리 시내의 과학기술박물관으로 '발견의 전당'이란 뜻의 팔레드라데쿠베르트를 가리키는 듯하다.

이고, 부인들은 의상디자이너들을 보러 갈 거다. 이는 아침나절의 계획이다. 점심은 도심의 고급 레스토랑에서 들 것이다. 오후는 다양한 명소 구경에 바쳐질 테고, 영화 한 편 역시 예정되어 있다. 저녁은 고급 레스토랑에서 들 것이다. 점심때와 동일한 곳은 아니다. 너무 늦지 않게 돌아와, 그라피티광을 생포할 것이다.

"그럼 말들은요?" 시드롤랭이 묻는다. "걔네들도 돌아다닐 게 아닌가요?"

"내일, 내일이오." 공작이 대답한다. "우리가 그 작자를 생포하고 난 뒤."

"무슨 상관이 있는데요?" 시드롤랭이 물었다.

"전혀 없지." 공작이 대답한다.

그가 걱정스러운 표정을 짓는다.

"맞아." 그가 중얼거린다. "가여운 스테네스, 가여운 스테프. 걔네도 수도의 명소들을 보고 감탄하고 싶을 텐데. 내가 이기주의자가 되어가는가? 시드롤랭 씨, 수치스러워서 얼굴이 다 붉어지려고 하오. 시드롤랭 씨, 선생은 정말 선량한 마음을 갖고 있소. 선생이 옳소, 난 즐기는 동안 내 두 친구가 목이 빠져라 기다리게 내버려두지는 않겠소. 앙푸아뉴, 우리 둘은 말을 타고 이노로 가자. 여성분들, 그대들은 차동차를 타고. 앙푸아뉴, 가서 스테네스와 스테프를 데려와."

임무 완수. 스테네스와 스테프는 입이 한 발은 나온 상태다.

"나의 충직한 데모여." 공작이 말한다.

스테네스가 심통을 부린다.

"자, 자, 나의 충직한 데모여." 공작이 말한다. "내가 널 잊었던 건 아냐. 우린 시드롤랭 씨와 몇 마디 말을 나누려고 했던 거지. 너희를 여기 버려둔다는 건, 너희가 우리와 함께 수도의 아름다움을 감상하러 가지 않는다는 건, 생각도 안 해봤다고. 그렇지 않소, 시드롤랭 씨?"

시드롤랭의 얼굴을 면밀히 뜯어보니 그는 코르네유 및 라신적인 상황에 놓였음이 쉬이 유추된다. 말에게는 거짓말을 해도 되는가? 그는 손님인데, 그의 말을 거짓이라고 반박해도 되는가?

시드롤랭은 우아한 해결책을 찾아낸다. 그는 공작에게 말한다.

"말이 인간의 언어를 이해할 수 있다는 듯이 말에게 말을 거시는군요. 그런 걸 보신 적이 있나요? 그러니까 말을 하는 말이요. 꿈에서야 어쩌면. 아니면 신화에서."

공작은 그 해결책이 우아하다고 생각하지 않았다. 그가 말한다.

"내가 재에게 말을 거는 방법이 선생에게 뭘 어쩐다는 거요? 내가 선생에게 요구하는 전부, 그건 바로 진실! 그러니까, 나의 충직한 데모여, 내가 널 잊지 않았다는 거다."

"오주 씨." 시드롤랭이 말한다. "그러니까 연쇄식 복합삼단논법이라고까지 말하지는 않겠는데 이 생략삼단논법을 한번 들어보시죠. 만약 이 말이 인간의 언어를 이해한다면, 그 말은 따라서 아주 영리하다. 만약 그가 영리하다면 그는 이미 자신이 어떤 상태에 놓인 것인지를 눈치챘다. 다른 한편으로는, 만약 그가 영리하다면, 그는 충직하고, 만약 그가 충직하다면 그는 당신이 저지른 단순한 실수에 대해 너그러움을 보여줄 것이고, 이는 둘의 우정을 바래게 하지 않을 것이다."

그러더니 시드롤랭은 말을 향해 몸을 돌리며 덧붙였다.

"안 그래요, 스테네스?"

스테네스는 살짝 서글퍼 보이는 미소를 짓더니, 고개를 끄덕였다.

"충직한 데모여." 공작이 말했다.

그가 안장에 오르고, 앙푸아뉴도 그러고, 그러더니 둘은 떠나버리고, 여자들도 그러한데, 여자들은 출발 전에 트레일러를 떼어놨는데, 트레일러를 떼내는 일은 바로 펠리즈가 담당했다. 시드롤랭은 계속해서 울타리에 칠을 한다. 관리인은 사라지고 없다.

그러더니 이번에는 랄릭스다. 시장에 가려는 참이다.

"이제 합의 봤나요? 순대 사와요?"

"우리 영주처럼 하지요." 시드롤랭이 대답한다.

랄릭스는 장에 간다. 시드롤랭은 칠을 끝낸다.

그는 페인트통과 붓을 정리해두고 나서, 식당으로 가 길게 누워 점심식사를 기다린다. 점심에 순대가 나온다. 점심식사 후, 그는 자신의 선실로 가서 오수에 든다. 그가 랄릭스에게 다음의 말을 할 때 시각은 열다섯시 삼십이분이다.

"거의 꿈을 꾸지 않는 오수였어요. 꿈이래 봤자 아주 조금, 그다지 재미도 없었어요. 얘기해줄까요?"

"아뇨." 랄릭스가 대답한다.

"아주 짧은 건데."

"그러니 더 싫네요. 그리고 난 미장원에 갈 거예요."

랄릭스는 저녁때나 되어서야 돌아온다. 시드롤랭은 야영객용 야영장에서 무슨 일이 벌어지는지를 보러 갔고, 이번에는 정말로 폐장했음을 확인할 수 있었다. 그가 돌아왔다. 어둠이 내리자 그는 장대를 집어들고, 수송선과 강변 사이 물길에 쌓인 오물들을 강물 한복판으로 밀어 흘려보냈다. 그러고 나서 저녁식사를 기다렸다.

저녁식사에 순대가 나온다.

그뒤, 랄릭스는 담배에 불을 붙이더니, 비스트로에서 슬쩍한 초록색 테이블보로 싼 카드 한 벌을 찾으러 간다. 그녀는 성공점을 치면서 오른쪽 눈을 반쯤 감고 있는데, 계속 입에 물고 있는 꽁초에서 연기가 피어올라서다. 그녀는 꽁초를 비벼 끈다. 성공점은 성공하지 못한다. 랄릭스는 다시 담배를 꺼내 불을 붙이고 다시 성공점을 치기 시작한다. 시드롤랭은 말없이 그녀가 하는 짓을 바라본다. 두번째 성공점도 성공하지 못한다. 다시 시작하고, 그렇게 계속된다. 꽁초들이 쌓여간다. 곧 이십삼시 칠분이다. 이십삼시 칠분이 되자 손님들이 돌아와 식당에 자리잡는다. 랄릭스는 성공점을 접어버리고 회향주를 가져온다.

"그라피티광을 생포하기 전에 우선 우리가 기운을 차려야 해." 공작이 흥겹게 말한다.

"정말로 그 일을 해야만 한다고……" 시드롤랭이 말한다.

"츳, 츳." 공작이 말한다. "그리 예의 차릴 것 없소. 우린 잠깐 쉬었다가 보초를 설 거요."

"제가 함께 가죠."

"관두시오, 관둬. 앙푸아뉴와 둘이서만 이 임무를 완수할 테니까."

“안녕.” 백작부인이 말한다.

그녀는 그 말을 통해 잠자리에 들겠다는 의사를 전달한다.

“메에, 메에.” 펠리즈가 말한다.

그녀는 그 말을 통해 잠자리에 들겠다는 의사를 전달한다.

실제로 두 여자가 자러 간다.

“다 잘됐어요?” 시드롤랭이 벌써 보초를 서러 갈 것 같지는 않아 보이는 공작에게 묻는다.

“대체 뭐가 말이오?”

“수도에서 돌아다닌 거요.”

“스테네스와 스테프가 황홀해했소.”

“선생님은요? 그리고 앙푸아뉴 씨는?”

“곤란한 순간들이 있었소. 수도가 많이 변했더군.”

“안 와본 지 오래됐나봐요?”

“한 세기도 넘었지.” 공작이 차분하게 대답한다.

앙푸아뉴가 헛기침을 한다.

“그러니까 내 말은 아주 오래전이란 거지.” 공작이 다시 말한다. “예를 들자면 교통 말이오, 우린 그 때문에 아주 곤란을 겪었소. 스테네스와 스테프는 그 교통이란 것에 전혀 익숙하지 않았으니. 치안경찰들이 우리에게 작은 전단지들을 한 무더기 나눠줬는데, 어디다가 쓰면 좋을지 모르겠군.”

그가 주머니에서 그것들을 꺼내더니 잘게 찢어버린다.

“당신네의 그 커다란 탑을 구경하려다가 모다 망칠 뻔했다오. 스테네스가 삼층까지 올라가고 싶어했는데, 일층에 만족해야만 했소. 그 일층에 들어가는 일마저도 아주 파란만장했지. 다행히 거기에 영사기를 갖고 연기하는 사람들이 있어서,

그들 덕분에 일이 잘 해결될 수 있었소. 영화랑 관련되기만 하면 모든 게 가능해지니까. 어쨌든 스테네스는 일층에 만족해야만 했고."

"그럼 다른 쪽은?" 시드롤랭이 물었다.

"다른 쪽?"

"다른 말이오."

"스테프? 걔는 올라가고 싶어하지 않았소. 어지러웠거든."

"지금이 망을 보러 갈 때가 아닐까요." 랄릭스가 말했다.

"회향주 한잔만 더 하고 뛰어가리다." 공작이 타협적으로 나왔다.

"그럼 레스토랑은요?" 시드롤랭이 물었다.

"그저 그랬소."공작이 대답했다. "새 모이만큼, 그것도 골골거리는 새로 말이오, 그렇게 주더라고. 게다가 메뉴판에는 내가 예전에도, 그리고 지금도 좋아하는 음식들은 하나도 적혀 있지 않았소. 사프란을 넣은 꾀꼬리 파테, 들쥐기름 넣은 밤 타르트, 해바라기씨를 넣은 곰고기 냉육, 그리고 이런 음식과 함께 마실 넉넉한 술."

공작은 자기 잔을 비웠고 이런 지적을 했다.

"회향주에서 내 마음에 드는 것, 그건 함께 운을 이룰 그 어떤 말도 없다는 거지. 회향과 말이오."

"여성명사로 바꾸지 않는 한은 말이죠." 랄릭스가 단서를 붙였다.

"그건 반칙이오." 공작이 응수했다.

"시인이기도 하신가요?" 시드롤랭이 물었다.

"어, 어." 공작이 말했다. "가끔 짤막한 노래를 뚝딱 짓는 일도 있소만……"

"그야말로 처음 듣는 소식인데요." 앙푸아뉴가 말했다.

그는 이렇게 공손한 침묵에서 빠져나온 뒤 술잔들을 뒤엎어 가며 홀의 반대쪽 끝으로 걸어가다가 자빠졌다. 그가 귀와 목덜미 부위가 포함된 두부頭部를 비비면서 정신을 추스르는 동안, 공작은 시드롤랭에게 건네던 자신의 말을 마무리지었다.

"……난 뭐니뭐니해도 화가라오. 선생과 마찬가지로."

그러더니 소리를 지른다.

"그런데, 이런 생각이 드는군. 만약, 어떻게 해서든 우리가 그라피티광이 그 짓을 다시 하지 못하게 막아낸다면, 선생은 앞으로 어디에 페인트칠을 할 거요? 자신이 아주 멍청하고 할일 없는 사람처럼 느껴질 텐데."

"생각해보죠." 시드롤랭이 말한다. "생각해보죠."

"자! 이제 주사위는 던져졌으니, 티몰레오 티몰레이가 늘 말했듯이, 안디아모. 앙푸아뉴, 내 말을 끊어놨지만 용서하노라. 날 따르거라. 시드롤랭 씨에게 우리가 무슨 일을 할 수 있는지를 보여주자. 차오! 티몰레오 티몰레이는 늘 이렇게 말했지."

그들은 나간다.

"저들을 기다릴 거예요?" 랄릭스가 묻는다.

"예의상 그래야겠죠." 시드롤랭이 말한다.

랄릭스는 담배를 비벼 끄더니, 카드들을 모아 곽에 담고 초록색 테이블보에 싼다. 일어서서 말한다.

"그런데 저 사람들, 정말이지 어떤 사람들이죠?"

시드롤랭은 어깨를 으쓱한다. 그가 말한다.

"우리랑 아무 관계없는 일이잖아요."

랄릭스가 말한다.

"답이 아니죠, 그건. 오히려 관계가 있죠, 우리랑."

시드롤랭이 말한다.

"저 사람들을 꿈에서 이미 봤다는 느낌이 가끔씩 들어요."

"그래서 뭐 어쩌라고요."

"오, 그저 느낌이 그렇다고요."

"그만하죠. 꿈이라니, 난……"

문간에서 랄릭스가 말한다.

"그래서, 여기서 계속 저 사람들을 기다릴 건가요?"

"그래야죠." 시드롤랭이 대답한다.

랄릭스가 나갔다.

시드롤랭은 다시 초록색 테이블보를 펼치고 카드곽을 집어 든다. 성공점을 치기 시작한다.

랄릭스가 다시 나타난다.

"그런데 말들은요?" 그녀가 말한다.

"말들이, 뭐요……"

"희한하잖아요, 그 말에 관한 얘기들."

"당신이 생각하는 것보다도 더 희한해요, 랄릭스. 두 마리 말 중 한 마리가 말을 해요. 내가 들었지."

"무슨 얘기를 하던가요?"

"욕설로 시작을 했는데, 더 들어보겠답시고 꾸물대지는 않았어요."

"꿈에서는 아니었죠?"

"오, 꿈에서야, 말을 하는 말들이란 아주 흔한 거죠."

랄릭스가 다시 자리에 앉는다. 그녀가 말한다.

"같이 있어드리죠."

그녀가 카드들을 집더니 묻는다.

"한판 할까요?"

"좋은 생각이네." 시드롤랭이 차분하게 말한다. 그러고는 둘이 동이 틀 때까지 놀았다.

XIX

새벽녘에 바깥에서 고래고래 악을 쓰는 소리가 들려오기 시작했다.

"그놈을 잡았나봐요." 랄릭스가 말했다.

시드롤랭은 아무런 말도 하지 않았다.

고함소리가 점점 증폭됐고, 거기에 모욕적인 말과 욕설과 신성모독적 언사까지 더해졌으렷다.

"카지노에서 소동이 벌어진 건가." 랄릭스가 말했다.

소란이 점점 가까워졌다. 마침내 문이 열렸다. 어떤 남자가 테이블 위에 내동댕이쳐졌고, 그 바람에 카드, 테이블보, 술잔, 술병, 재떨이가 떨어졌다. 공작과 앙푸아뉴는 그러고 나자 빈틈없이 등뒤로 문을 닫았다. 남자는 다시 균형을 잡았지만 곧바로 다시 주저앉았는데, 덫을 놓은 사냥꾼 둘이 억지로 앉혀서였다.

"자, 여기 있소." 공작이 만족스럽게 말했다. "일을 썩 잘해냈지."

"이의 있소." 덫에 걸린 남자가 꽥꽥거렸다. "이건 납치야!

어른이 유괴라고! 구해줘요! 도와줘요! 뭔가 착각한 거야! 끔찍한 착각이라고! 난 선생네 울타리를 더럽히는 놈들을 현장에서 적발하려고 했는데 이 사람들이 우연히 나랑 맞닥뜨린 거라고요! 어쩌면 이자들이 범인들인지도 몰라요!"

"오, 저런 고약한 중상모략꾼!" 공작이 소리를 지르더니 그에게 강력한 따귀를 날렸다.

"경계경보! 파렴치! 재범! 중대오류! 내 말을 들어보세요, 선생, 당신은 나를 알고 있으니……"

시드롤랭은 공작과 그의 소년마부 겸 자작 겸 시종에게 말한다.

"자, 모두 좀 앉아보세요. 실제로 내가 알고 있는 저 양반의 설명을 듣도록 하죠."

그러고 나서 그는 야영객용 야영장의 전 관리인이자 현 수위에게 말을 건넨다.

"선생, 실제로 내가 선생 모습은 알고 있지만 이름은 몰라요."

"루이앙투안브누아알베르레오폴앙투안네스토르샤를에밀* 라발란스입니다."

"아주 기네요." 시드롤랭이 말한다.

"왜 앙투안이 두 번 나오지?" 공작이 묻는다.

"한번은 내 아버지, 또 한번은 내 할아버지에게서 온 거죠. 길이 문제는 보통 앞글자만 따서 라발란스 곱하기 둘로 줄여

* **L**ouis-**A**ntoine-**B**enoît-**A**lbert-**L**éopold-**A**ntoine-**N**estor-**C**harles-**É**mile **La Balance**.

버립니다."

"혹시 좀더 짧은 건 없나요?"

"흔히 라발이라고 부르죠."

"그럼, 라발 씨." 시드롤랭이 말을 시작했다.

"라발도 떨궈버리세요. 그럼 더 짧아지잖아요."

"그럼, 선생……"

"무슨 권리로 날 심문합니까, 시드롤랭 씨?"

"저 작자의 따귀를 냅다 치시오." 공작이 나직하게 말한다.

"내겐 아무런 권리가 없지요." 시드롤랭이 말한다. "그런데 선생에겐 대답하지 않을 권리가 있고."

"저자는 그걸 이용할 거요." 공작이 넌지시 지적한다.

"좋아요." 라발이 말한다. "그런 조건에서 나의 역사를 말해 드리리다."

"아, 아, 역사라고." 공작이 방백으로 말한다.

"아주 짧고 명쾌할 겁니다."

라발은 숨을 가다듬고는 내친 김에 기운차게 다음과 같은 말들을 뱉어내기 시작했다.

"내가 떠안은 이름이, 여러 선생님들, 나를 야릇한 운명에 처하게 했습니다. 라 발란스, 이걸 잊지 마세요, 균형, 그건 천칭을 의미하니 정의의 상징이고, 나는 그것이 이 지상에 군림하게 하려고 평생을 노력했답니다. 물론 내 미약한 힘이 미치는 한요. 사회가 내게 그런 숙명적인 이름을 줬다면, 한편, 자연은 내게 유난히 활동적인 회백질을 부여했고, 젊어서부터 공적 정의란 빈말일 뿐이라는 것을 깨달았기에, 정식법원의 결함을 내 개인적 노력으로 상쇄하기로 다짐했답니다. 그리하여 내 보기에 처벌이 충분하지 않았던 삼사백 명에 달하는 인간들의 멱을 땄지요. 그 수치가 놀라우시다면 이 사실을 고백하겠는데, 내가 흥미를 가지는 것은 중죄뿐으로, 나는 오심에 대한 유일한 정정수단으로 사형만을 알고 있습니다. 안심하셔도 됩니다. 제가 관심 갖는 사안에 대해서는 반드시 오랫동안 생각하고 난 뒤에서야 행동에 들어가니까요. 바로 이 점에 있어서, 여러 선생님들, 평범한 판사들과 제가 차별화됩니다. 즉 나는 생각한다는 거죠. 무거운 짐이죠, 여러 선생님들, 생각이란 건, 어쩌면 여러분들은 그 묵직한 존재를 버텨내야 할 필요가 없을지도 모르겠지만, 뭐, 이 주제를 붙잡고 시간을 끌지는 않으렵니다. 그에 대해서는 저번날 밤에 시드롤랭 씨와 대화를 나눴으니까. 어쨌든 제가, 여러분과는 무관하며 설명하자면 너무 긴 이유들로 인해 제가, 말씀드리건대, 야영객용 야영장의 야간관리인이 되었기에, 새벽에 집으로 돌아가다가 수송선 앞의, 그러니까 여러분이 지금 타고 계시고 나 자신 내 의사에 반해 타게 된 이 수송선 앞의 공터 울타리에, 누군가 자주 욕설을 적어놓는다는 것을 확인하게 됐지요. 그 소행의 반복성으로 인해 생각을 하게 됐는데, 여러분은 이제 곧 알게 되겠지만, 내가 생각하다라는 말을 하면 그건 내가 그냥 사용해보는 빈말이 아닌데요, 어쨌든, 말씀드리건대, 낙서의 장본인은 어쩌면 나와 같은 종류의 정의구현자일지도 모른다는 생각을, 탁 털어놓고 말하면 나의 경쟁자일지도 모른다는 생각을 하게 됐습니다. 내게는 기분 나쁜 일이었죠. 만약 사람들마다 전부 자기 식으로 정의를 세우기 시작한다면 거기에서 절대 헤어나지 못할 테니까요. 나 혼자만이 자격이 있는 겁니다. 그래서 나는 살짝 조사에 착수했고, 시드롤랭 씨, 선생의 역경을, 그리고 선생을 희생물로 삼은 엄청난 불의를 알게 됐습니다. 무고한 사람이 이 년 동안이나 구금됐다니! 선생을 희생물로 삼았던 박해는 그런 만큼 내게는 더더욱 씁쓸했지요. 저는 정당화되지 않는 처벌로 선생을 못살게 구는 그 비열한 놈의 가면을 벗기려고 강변 반대편에 지은 건물 수위로 들어갔어요. 밤마다 망을 서는데도, 뭐 하나 발견한 건 없었습니다. 조금 전, 수상쩍은 그림자 둘이 눈에 띄었지요. 그들은 둘인데 나는 달랑 하나였어요. 그래도 용기를 내어 뭔가 범죄 냄새를 풍기는 그들의 범법행위 현장으로 갔습니다. 그게 그만 이 일에 뛰어든 뒤로 겪은 첫 실패가 됐으니, 지금 이렇게 내가 여러분 수중에 있게 됐으니까요. 그라피티와 관련하여 나의 무고함에 대해 말해보자면, 필기용이든 그림용이든 조각용이든 간에 도구라고는 지니지도 않았고 지녀본 적도 없다는 사실이 나의 무고함을 충분히 증명해주는 듯합니다만."

그는 입을 다물었고 그러자 이 길고 긴 사설의 첫머리부터 잠이 들었던 오주 공작의 평온한 코골이 소리가 들려왔다.

시드롤랭은 머리를 긁적였다. 그는 앙푸아뉴가 그저 졸고 있을 뿐임을 보고는 그들의 노획물이 필기, 그림 혹은 조각에 쓰일 만한 도구들을 갖고 있지 않았다는 것이 정말인지를 물었다.

앙푸아뉴는 가까스로 눈을 뜨며 대답했다.

"그자의 말은 사실이에요."

"그렇다면 피고인은 무죄로군요." 시드롤랭이 결론을 냈다.

"성급한 말이에요."

"아가씨는 동의하지 않는다는 말씀?" 라발이 도발적으로 물었다.

"그래요." 랄릭스가 대답했다. "얼간이 정의구현자, 덜떨어진 쥐덱스,* 꼰대 몬테크리스토, 늙으데기 조로, 썩은 숲의 로빈, 개발괴발 앙심쟁이, 담벼락의 욕쟁이, 개칠광, 그러니까 한마디로 반反시드롤랭광에 가까운 엿제조기는 바로 당신임을, 그쪽에서 한 이야기 전부 다가 a 플러스 b에 의해서 입증하고 있다고요."

"아가씨." 라발이 침착하게 말했다. "아가씨가 칠뜨기처럼 사고하고, 자기 코끝보다 더 멀리 보지 못하고, 자신의 회백질을 엉뚱하게 사용하고 있다는 말씀을 드리지 않을 수가 없군요. 나는 아가씨에겐 어쩌면 공포를 불러일으킬지도 모르는 생각하다라는 말을 사용하지는 않겠어요. 그저 상식에 비춰보라고 부탁드릴 뿐입니다. 물론 거울처럼은 말고요. 그건 가장 표피적인 것들 축에 낄 텐데, 비록 내가 요즘 젊은 아가씨들이 훨씬 더 익숙해져 있는 것이 뭔지 모르지 않는다 해도……"

"저런 말을 계속하게 내버려둘 거예요?" 랄릭스가 시드롤랭에게 말했다. "내가 자기라면 면상을 날려버릴 텐데. 공작이 자고 있지 않다면 이미 오래전에 저 얼간이가 입 닥치게 했을 텐데."

* 루이 푀이야드의 슈퍼히어로 영화 〈쥐덱스〉(1916)의 등장인물로, 라틴어로 '심판, 재판관'을 뜻한다.

"하지만 그는 자고 있군요." 라발이 말했다. "다시 말하죠. 헤아려보세요, 아가씨. 만약 내가 그런 박해를 저지른 장본인이라면 내 삶을, 본보기가 될 만하다고는 하지만, 여러분에게 이야기했을까요? 그건 말도 안 되죠! 난 백 퍼센트 친親시드롤랭파임을, 아가씨, 받아들이세요."

랄릭스는 대답하지 않는다.

"라발 씨." 시드롤랭이 말한다. "내 손님들을 용서해주세요. 그들은 잘하느라고 한다는 게 그리됐을 겁니다."

"당당하면서도 너그럽도록 해보죠." 라발이 말한다. "없던 일로 하겠어요."

"그건 두고 볼 일이죠." 랄릭스가 말한다.

"안녕." 백작부인이 홀로 들어서면서 말한다.

"메에, 메에." 펠리즈가 말한다.

"이만 물러가도 되겠죠?" 라발이 말한다.

그가 자취를 감춘다.

"아침이 준비 안 됐나봐요?" 앙푸아뉴의 엄마가 묻는다.

그녀는 그 질문을 아주 상냥하게 한다. 랄릭스가 기분 상해할 이유는 없다. 상대방이 덧붙인다.

"좀전의 그 양반은 누군가요? 생포하려 했던 작자?"

"착오가 있었어요." 시드롤랭이 말한다.

백작부인은 이번에는 아들이 잠든 것을 알고 방해하지 않으려 그 이상의 언급을 삼간다. 하지만 그들 모두는 랄릭스가 들고 온 구운 순대 냄새가 콧구멍 속으로 파고들자 눈을 활짝 떴다.

"상쾌하게 깼군." 공작이 외쳤다. "육즙이 뚝뚝 듣는 모습이로세! 우리 같은 고귀한 기사들에게 어울리는 고귀한 보상이야! 그런데 우리의 그 망나니 자식은? 대체 그자는 어디 있나? 시드롤랭 씨, 선생의 그 선량한 발언들에도 불구하고 선생이 그자에게 납덩어리를 몇 개 매달아서 강물에 던져버렸다고 이해하리다."

"아닙니다." 시드롤랭이 말했다. "보내줬어요."

"선행을 베푸는 내 모습을 다시 보게 될 터인데!" 공작이 분개하며 말했다.

"그 행위는 악했어요." 시드롤랭이 평온하게 말했다. "그 남자는 욕설 낙서와는 아무런 상관이 없었으니까요."

"시드롤랭이 속아넘어갔어요." 랄릭스가 말했다.

"내 의심치 않소." 공작이 말했다. "그리고, 이러고저러고 간에 난 개의치 않소. 다시 그림을 그리겠다는데, 내 안 말리겠소, 선생! 다시 그림을 그리게 내버려두겠다고!"

하지만 시드롤랭은 하루종일 울타리를 다시 칠할 필요가 없었고, 전날과 마찬가지로 하루종일 손님들은 보이지 않았다. 그들은 저녁식사 후에야 돌아왔다. 시드롤랭은 랄릭스와 카드놀이를 했다. 랄릭스는 카드놀이를 하면서 담배를 피웠다.

공작과 앙푸아뉴는 그들 곁에 앉더니 회향주를 따라 마셨다. 백작부인과 펠리즈는 곧바로 자신들의 선실로 갔다.

"별일 없었죠?" 시드롤랭이 예의바르게 물었다.

"선생 본인은?" 공작이 활기차게 물었다. "개칠 작업은?"

"오늘은 전무예요."

"아, 우리는 오늘 건축에 뛰어들었소. 재 엄마(손짓)를 즐겁게 해주려고 수도에 있는 사제굴이란 사제굴은 전부 다 방문

했소. 그거야말로 얼마든지 있더군."

"혹시 반교권주의잔가요, 공작님?" 시드롤랭이 물었다.

"아주 격하게! 그러니 내게 공작님이라는 호칭을 쓰지 마시오. 이제 우리가 서로를 알게 됐으니 나를 그저 조아생이라고 부르시오."

"내가 공작님을 왜 조아생이라고 부르겠어요?"

"그야 그게 내 이름이니까."

"그건 내 이름이기도 해요." 시드롤랭이 말했다.

"내가 다른 사람의 형상을 한 나를 부르는 게 상상이 안 되는군요."

"일종의 또다른 당신이지." 공작이 친절하게 대꾸했다. "우리 둘 다 조아생이니, 그렇다면 나를 올랭드라고 불러요. 그건 내 두번째 이름이오."

"나도 그런데."

"난 다섯 개쯤 더 있소. 아나스타즈 크레……"

"……피니앵 오……"

"……노라 이레네 메……"

"……데릭."

"그렇다면 말이지." 공작은 기분이 최고로 좋아져 소리를 질렀다. "우리의 출발점으로 다시 돌아갑시다. 날 조라고 불러요. 난 선생을 시드라고 부르겠소."

"난 시드롤랭이 더 좋아요." 시드롤랭이 말했다.

"시드롤랭, 좋소. 시드롤랭이 원한다면. 하지만 이젠 말을 놓겠소."

"불만 없어요."

"그리고 자네도 말을 놓으라고." 공작이 회향주를 크게 한 모금 삼키며 덧붙였다.

"그러죠. 말을 놓지요."

"그런데, 시드롤랭." 공작이 잔뜩 들뜬 목소리로 다시 말을 이어갔다. "동트자 포로 탈출에 맞닥뜨렸던 오늘 아침에 말이야, 자네 아이주맘에안드러써. 내 이리 생각했지. 주인에게 봉사하려고 밤새도록 엉덩짝을 얼리고 나니 상기 주인이 수줍어하고 어쩔 줄 몰라 하는 엄살풀처럼 행동하다니, 모다 헛수고였군. 하지만 스테네스가 내게 집어줬듯이, 결국 자네가 이 문제에 있어서는 나보다 더 잘 알고 있고, 그리고 자네에게는 그 인물을, 그런데 그 얼굴이 계속 떠오르지 않는단 말야, 어쨌든 풀어줘야 할 그럴 만한 이유가 있는 거겠지. 내가 자네라면 그런 인간을 내 이웃으로 두고 싶지 않을걸세. 자, 그럼, 저녁 시간 잘 보내게나."

이렇게 갑작스레 말매듭을 짓더니 그가 일어섰고, 이 동작을 앙푸아뉴도 똑같이 따라했다. 한데 랄릭스가 끼어들었다.

"(시드롤랭을 가리키는 몸짓) 이 사람에 대해 그런 언급을 한, 그 스테네스 씨라는 분이 누구죠?"

"그분이 아니오. 말이오." 조아생이 대답했다.

"말이 그런 언급을 한다고요?"

"그런데 말이지." 조아생이 그 질문은 들은 척도 않고 말을 이었다. "나도 언급할 게 하나 있었지. 프랑스인들이 삼연승식 경마에 빠지면서 전부 연금술사가 됐더라고. 내 그걸 발견했지."

랄릭스나 시드롤랭이나 입도 벙끗하지 않았다. 앙푸아뉴는 더더욱.

"맞다니까." 공작이 결론을 내렸다. "그들은 말을 갖고 금을 만들어내기를 바라더라고. 이번에야말로, 저녁 잘 보내게!"

그는 사라졌다가 곧 다시 나타났다.

"나의 성찰이 여러분에게는 아마도 이상해 보였을 거야. 사실 그런 생각이 수프 위에 떨어진 말의 털처럼 적절치 못한 순간에 떠올랐다는 건 인정해."

그가 다시 사라졌고 그의 웃음소리가 점점 멀어지다가 사그라졌다.

"우리와 조금 더 있어요." 랄릭스가 마찬가지로 사라지지 않고 꾸무럭거렸던 앙푸아뉴에게 말했다.

"그럴 수 없어요. 공작님 장화 벗는 걸 도와야 해요."

"그분은 장화를 신지 않았는데요."

"정신적 장화를 신었답니다."

"그럼 댁의 말들도 장화를 신었나요?"

"정신적인? 그럴걸요."

귀청을 찢을 듯한 소리가 길게 들려왔다.

"들리죠?" 앙푸아뉴가 말했다. "곧 날 혼낼 거예요."

그는 허둥지둥 사라졌다.

"그럼 이상으로 나도 내 정신적 장화를 벗으러 갈래." 랄릭스가 말했다.

"나는 조금 더 남아 있지." 시드롤랭이 말했다.

혼자 남자, 그는 성공점을 친다. 그러고는 불을 끈다.

연달아 몇 분 동안 야행성 차동차들이 대로 위에서 속살대는 소리만 들려온다.

그러더니 고함소리, 비명소리, 그리고 어쩌면 신성모독의 말도 들렸으렷다. 식당문이 열리고 빛이 들어온다. 라발이 모욕적인 그라피티로 울타리를 뒤덮던 남자를 현장에서 막 붙잡았고, 그 남자를 방안으로 집어던진다. 남자가 자리에 앉아 숨을 고르더니 회향주 한 잔을 따라 마신다. 랄릭스가 달려나오는데, 일어나서 실내복을 입은 상태다. 수송선의 다른 승객들, 그들은 깊이 잔다. 그들은 더이상 혹은 거의 꿈을 꾸지 않게 된 뒤로 늘 깊이 잔다.

달려온 랄릭스의 눈에 회향주를 따라 마시고 있는 시드롤랭이 들어온다. 라발은 앉아 있고, 온통 심각한 표정으로 아무 말도 하지 않는다.

랄릭스는 무슨 질문을 해야 할지 모른다.

시드롤랭은 자신의 회향주 잔을 들어올려 마신다. 그가 관리인에게 말한다.

"날 기다리다가 감기에 걸리지 않았기를 바라오. 회향주를 한잔 마셔도 됩니다."

그는 희미한 미소를 지으며 랄릭스에게 말한다.

"저 양반은 아주 영리한 추적자야."

랄릭스가 자리에 앉는다.

"내가 스스로에게 물어보는 것, 그건 당신이 이제 앞으로 무엇을 하려고 하는가예요." 라발이 말한다. "물론 나랑은 상관없는 일이란 걸 알지만, 최근의 사건들에 대한 주요 책임이 있는 만큼, 내가 그런 질문을 나 자신에게, 그리고 마찬가지로 심지어 선생에게도 제기할 수 있다는 걸 이해하시겠죠."

시드롤랭이 대답을 하지 않자, 라발이 말을 이었다.

"뭐니뭐니해도 예전처럼 쭉 계속할 수도 있고요."

그가 덧붙인다.

"내가 선생을 감시하는 일은 없을 겁니다. 이제 내 임무를 완수했으니, 수위직을 사임하고 새로운 모험을 찾아 이 지역을 떠나렵니다."

그는 랄릭스를 향해 몸을 돌리더니 말을 맺었다.

"나는 시드롤랭 씨에게 해를 끼치고 싶은 생각이 조금도 없지만, 어제의 사소한 사건을 겪고 나니 나의 순전하고 전적인 무고함을 인정받으려고 노력하는 게 당연했죠. 시드롤랭 씨는 스스로가 운이 좋다고 판단하셔도 됩니다. 이렇게 세상과 나 자신을 조롱했다고 해서 내가 그의 멱을 따지는 않았잖아요. 회향주는 고맙군요. 내가 마실 일은 없지만. 이제 물러가도 되겠죠?"

"제발 그래 달라고 할 판이네요." 랄릭스가 말했다.

그는 홀을 나가 등 뒤로 조심스럽게 문을 닫는다.

"난 다시 자러 갈래요." 랄릭스가 말한다.

"그래요." 시드롤랭이 말한다. "밤이 끝나가네. 잘 자요."

랄릭스는 식당을 나가 등뒤로 조심스럽게 문을 닫는다. 공작은 동이 트자 혹시 아침식사를 차리는 중은 아닌지 보러 와서, 시드롤랭이 잔을 앞에 놓고 앉아서 졸고 있는 모습을 발견한다.

"이런!" 공작이 소리를 질렀다. "벌써 일어난 거야, 아니면 안 잔 거야? 약혼녀는 아직 자고? 냉장고엔 아직 순대가 있나? 비 올 날씨로군."

앙푸아뉴가 나타난다.

"아침을 준비해라." 공작이 그에게 말한다. "배가 엄청 고프군."

"그럼 말들은요, 공작님?"

"그렇군."

앙푸아뉴는 말들을 돌보러 간다. 공작은 시드롤랭을 마주 보고 앉는다.

"그러니까 약혼녀의 기상을 기다려야만 하겠군. 이제 뭘 마실까? 어쨌든 회향주는 아니야. 이 시간에는. 그게 아무리 말 그림을 달고 있는 슈발블랑이라 하더라도, 내 입맛에는 그다지 신통치 않은 만큼 더더욱 그렇지. 내가 나의 연금술사 티몰레오 티몰레이의 비법에 따라서 제조하는 것보다는 못하거든. 그러고 보니 또 말과 연금술 사이의 관계로군. 마금술. 이건 제대로 된 말일까? 나 자신에게 묻는 거야. 보다 훌륭한 어휘들을 만들어내곤 했거든. 최근에도…… 이전에도…… 옛날옛적에도……"

그가 하품을 했다.

"제길, 시드! 자네 오늘 아침에 전혀 수다스럽지가 않군!"

"오늘 알려드릴 소식이 있군요."

"이제 우리 더이상 서로 말을 놓지 않는 건가?"

"……알려줄 소식이 있어."

"듣고 있네."

"맞은편 수위가 울타리를 더럽히고 있는 작자의 덜미를 잡았어."

"이번엔 진짜?"

"진짜."

공작은 몹시 크게 오랫동안 웃더니 이렇게 말했다.

"그래, 그자가 자넬 붙잡았나?"

"바로 그렇다네."

"그게 뭐 중요하다고!"

"중요해질 수도 있을걸세."

"자네가 그러고만 싶다면 울타리를 칠하고 또 칠하는 걸 어쨌든 그 작자가 막을 수는 없을 거야."

"내게 근심거리를 안겨주는 사람이 그자는 아니야."

"그래서 그녀가 일어나질 않는 거군, 오늘 아침엔." 공작이 말했다.

"모르겠어." 시드롤랭이 말했다.

"사정이 이러니 말이야." 공작이 말했다. "난 말들 산책이나 시킬래. 그리고 우린 시내로 아침 먹으러 갈 거야. 이를테면 시렌토르트로. 여자 둘에게 그리로 오라고 전해주게."

"그러지." 시드롤랭이 말했다.

공작은 나가며 아무렇게나 식당문을 쾅 닫았다.

XX

시드롤랭은 홀을 조금 치우고 갑판으로 나갔다. 백작부인과 펠리즈가 순대를 먹겠다고 도착했다. 공작의 지시에 따라 두 여자는 시렌토르트로 오라는 청을 전달받았고, 따라서 복종했다. 랄릭스가 나타났을 때는 두 여자가 출발하고 나서 이미 십육 분이 흐른 뒤였다. 랄릭스는 손에 가방을 들고 있었다.

"잘 있어요." 그녀가 말했다.

그러더니 가방을 내려놓고 시드롤랭에게 손을 내밀었다.

시드롤랭은 그녀가 떠난다는 결론을 내렸고, 그 깨달음을 말로 표현하고 싶은 욕구를 느꼈음에 틀림없는 것이, 이렇게 말했으니까.

"떠나는 건가요?"

"보다시피."

"떠나야 할 진지한 이유가 있나요?"

"난 맛이 간 인간들을 좋아하지 않아요."

"누굴 보고 하는 말이죠?"

"난 당신에게 애착을 가졌더랬죠. 난 누군가 당신을 괴롭힌다고 생각했어요."

그녀가 울기 시작했다.

"자, 자." 시드롤랭이 말했다. "내가 원망스러워요?"

"그럼요." 그녀가 코를 훌쩍거리며 대답했다. "당신은 날 비웃었어요."

"난 아무도 비웃지 않았어요. 그저 날 위한 소일거리를 찾아낸 것뿐이었죠. 일상의 소소한 즐거움, 그 이상은 아니에요."

"그런 일들을 저지르려면 맛이 살짝 가야 하잖아요."

"비스트로에 출입하는 것보다야 훨씬 낫잖아요."

"게다가 당신은 너무 많이 마셔요."

"내가 취했던 적이 있나요?"

"그런 낙서를 하러 갈 때면 회향주에 절어 있는 거겠죠. 스스로를 욕보이다니! 그런 짓에 몰두한 동안 엉덩이는 왜 안 까나요?"

"그건 전혀 내 취향이 아니니까." 시드롤랭이 말했다. "게다가 당신은 혼동하는 것 같군요."

"뭐와 뭘 혼동한다는 거예요? 쫀쫀하게 따지고 들려고 하지 마요."

그녀가 다시 눈물을 흘리기 시작했다.

"자, 자." 시드롤랭이 말했다. "내가 당신을 힘들게 했다니, 난 너무나 불행할 거요."

"바로 이런 말이 나와야죠."

그녀는 뺨 위로 흐르는 물기를 찍어내고 나서 기운차게 코를 풀었다.

"갈래요." 그녀가 덧붙였다.

그녀가 가방을 들어올렸다.

"뭘 할 건데요?" 시드롤랭이 물었다. "알베르 씨를 보러 돌아가기? 일자리 구하기? 집으로 돌아가기?"

"그게 당신하고 무슨 상관이 있다고요! 난 당신 삶에서 나가는 거라고요!"

자신이 방금 내뱉은 말에 너무나 격렬한 흐느낌이 터져나오자 그녀는 가방을 다시 내려놓아야 했다.

"그렇게 심하게 울 거면서." 시드롤랭이 말했다. "그러니 그렇게 하지 말아요."

"고작 찾아낸 말이 그게 전부라면……"

그녀가 눈물을 삼켰고 다시 손에 가방을 들더니 작별인사를 하고는 굳건한 발걸음으로 떠나갔다. 시드롤랭은 그녀가 비탈을 올라가 울타리의 쪽문을 미는 것을 지켜봤다. 그녀가 멀어져갔다.

그녀는 다리 근처의 비스트로에 커피를 마시려고 들렀다. 카페테라스에서 여러 커플이 일터로 가기 전 흡반질과 더듬질을 해대고 있었다. 그 광경을 보며 랄릭스는 다시금 눈물 몇 방울을 흘렸고 그러다가 살며시 훔쳐낸다. 안에서는 연금술사들이 연필과 구멍뚫개를 들고 삼연승식 경마를 준비하고 있다. 그들 가운데에는 그 정의의 구현자도 끼어 있었다. 랄릭스는 서둘러 커피를 마시고 다시 길을 나섰다.

그녀는 알베르 씨를 만났던 역에 들러 수하물보관소에 가방을 맡기고, 자신의 현재 상황을 살짝 찔끔 살펴보고저 두번째 커피를 마시러 갔다. 그녀는 어떤 맥주홀의, 우글거리는 손님들과 우글거리는 종업원들, 심지어 여러 명의 급사장까지 둔 아주 커다란 맥주홀의 테라스에 앉았다. 인도에는 수많은 사람이 지나가고 있었고, 차도에는 수많은 차동차가 굴러가고 있었다. 고래고래 소리를 질러대는 신문팔이가 있었고, 복권을 파느라고 작은 방울을 흔들어대는 여성 연금술사도 있었다.

랄릭스는 그 자리에 멍청하게, 넋 놓고서, 족히 한 시간은 넘게, 그러니까 약 한 시간 사 분 동안 머물렀다. 그러다가 갑작스레 돈을 치르더니, 버스를 타고 내려서는, 비튀르 바로, 나머지 다른 바들과 흡사한 모습을 띤 바로 들어간다. 그녀가 자리에 앉는다. 실내는 비어 있다. 고객도 주인도 없다. 바닥의 뚜껑문이 열려 있는 것이, 주인이 지하실에서 바쁘게 움직이는 것 같긴 한데, 무슨 일을? 혼자인 틈을 타 랄릭스는 다시 조용히 눈물을 흘린다.

갑자기 흑백 바둑판문양의 부드러운 천으로 만든 반단반장半短半長의 챙모자가 바닥에 나타난다. 랄릭스가 이미 축축해진 손수건으로 눈두덩과 코를 닦는 동안, 상기 간략히 묘사한 모자가 바닥 위로 서서히 올라온다. 얼굴이 뒤를 잇고, 그러고는 나머지가, 그러니까 어깨부터 흑백 바둑판문양의 부드러운 천으로 만든 반단반장의 실내화와 그 실내화 바닥까지가 또 뒤를 잇는다. 그 전체가 뚜껑문을 닫고 나서 삼십칠 도 회전하자, 거울에 비친 새뮤얼핀레브리즈 모스의 작품 〈죽어가는 헤라클레스〉의 복제화를 넋 나간 표정으로 보고 있는 젊은 여자 한 명이 눈에 들어온다.

"뭘 원하죠?" 주인이 묻는다. "우리는 혼자 온 여성에게는 술을 팔지 않아요. 어쩌자는 건지?"

"알베르 씨를 기다리고 있어요." 랄릭스가 유순한 목소리로 대답한다.

"알베르? 어떤 알베르 씨요? 내가 고객들의 이름을 전부 다 꿰고 있을 정도라고 생각해요?"

그는 한 바퀴 휘 둘러보는 것으로 대상물의 광대함을, 주변이 무인지경임을 확인한 뒤 그로부터 유출해낼 수 있는 광대함을 콕 집어준다. 랄릭스는 굽히지 않는다.

"내가 무슨 말을 하려는지 잘 알고 있잖아요. 알베르 씨, 이봐요, 알베르 씨라고요. 그에게 해를 끼치려는 게 아니에요. 그와 이야기해봐야 할 일이 있어서 그래요. 그를 기다리고 있겠어요."

오네지포르는 챙모자를 들어올리더니 전두부前頭部를 긁는데, 어찌나 그 기세가 격렬한지 턱뼈들이 마침내 움직거리다가 벌어지면서 그 틈으로 다음과 같은 말들을 내보내고 만다.

"그러니까, 알베르 씨라, 아가씨가 찾는 사람이 그가 맞다면, 그는 지금 빵에 있어요."

"설마요!"

"내가 거짓말쟁이처럼 보여요?"

그가 위협적인 표정으로 모자를 다시 머리에 내려놓는다.

"나는 운도 오지게 좋네." 랄릭스가 투덜댄다.

"찾는 게 그거라면 또다른 알베르 씨들이 수두룩이 찾아줄 텐데, 뭐."

"내가 믿었던 건 그 사람이에요."

그녀가 다시 한바탕 눈물을 흘리려는 참이다. 오네지포르가 선수를 친다.

"썩 꺼지라고, 썩 꺼져." 이렇게 말한다. "아가씨의 그 알베르 씨는 오랜 시간이 흐르지 않고서는 다시 만나지 못할 거야. 아주 오랜 시간이. 그러니 꺼져요…… 꺼지라고……"

비감한 표정으로 일어나 밖으로 나간 랄릭스가 조심스럽게 문을 닫고, 주인장은 카운터 뒤에 주저앉아 눈물을 쏟는다.

랄릭스는 제 길을 가는데, 그 길이란 게 그 어디로도 이르지 않기에 길 아닌 길이고, 그렇다고 지금 숲속에서 헤매는 중은 아니나, 랄릭스는 우연에 맡기고 걷고 있고, 자칫 바람과 함께 사라질 것 같은데 실제로 바람이 불고, 지금은 십일월이고, 비까지 뿌려대고, 랄릭스는 비를 맞으며 계속 제 길을 가나 비가 너무 심하게 퍼붓기 시작하고, 결국 랄릭스가 어떤 포치 밑에 멈춰서는데, 얼굴 위로는 빗물 혹은 눈물이 줄줄 흘러내린다.

"어머나." 백작부인이 말한다. "흠뻑 뒤집어썼군요."

"메에, 메에." 펠리즈가 말한다.

랄릭스는 어리둥절해져서 그들을 바라본다.

"어디 안 좋아요?" 백작부인이 묻는다. "우리가 좀체 익지 않는 완두콩을 팔아넘기기라도 한 듯이 우릴 곁눈으로 바라보네. 이런! 우릴 알아보겠어요?"

"안녕하세요, 부인." 랄릭스가 흠잡힐 데 없이 인사한다.

"안녕." 백작부인이 말한다.

"메에, 메에." 펠리즈가 말한다.

"우린 비를 피하러 들어왔죠." 백작부인이 말한다. "조금만 덜 쏟아지면 재빨리 저기(몸짓) 길모퉁이에 세워둔 차동차로 뛰어가요. 데려다줄까요? 조조와 푸스푸스를 만나 식사하기로 했어요. 우리랑 같이할래요? 최고급 레스토랑으로 가려고요. 등급을 매기자면 별 세 개가 필요한 게 아니라 별무리 전체가 통째로 필요할 거예요. 말인즉슨, 접시를 앞에 놓고 지겨워할 일은 없을 거라는 거죠, 안 그래, 펠리즈?"

"메에, 메에." 펠리즈가 침이 보글거리는 혀끝을 보이면서 대답한다.

"비가 덜 오네." 백작부인이 말한다. "갈까요?"

"전 됐어요, 부인." 랄릭스가 중얼거린다.

"자, 가요, 여러 소리 말고!"

그녀가 랄릭스를 끌고 가고 펠리즈가 뒤에서 종종걸음친다.

"그런데 여기서 우리랑 함께 점심을 들면 그이 식사는 누가 만들어주나?" 공작이 최고급 별무리 레스토랑에 다 같이 모여 앉자 묻는다.

"절대로, 더는 안 해줄 거예요." 랄릭스가 말한다. "나는 더는 아니에요. 절대 더는 아니에요. 난 떠나요. 우리 사이는 끝났어요."

그녀가 비통하게 흐느끼기 시작했다.

"그러지 마요, 그러지 마, 그러지 말라고!" 공작이 소리쳤다. "우리 식사를 망치려는 건 아니겠지!"

"무슨 일인지 우리에게 말해봐요." 푸스카유가 대담하게 중얼거렸다.

"난 맛이 살짝 간 사람들을 좋아하지 않아요." 랄릭스가 간간이 눈물을 흘리며 말했다.

"대체 누구에 대한 얘기요?" 공작이 물었다.

"시드롤랭요." 랄릭스가 더듬거리며 대답했다. "바로 그 사람이……"

"알아요, 알아." 공작이 역정을 내며 말했다. "그러고?"

"그건 정상이 아니에요." 랄릭스가 말했다.

이 대답에 공작은 미소를 짓더니 다음과 같은 말로 대화를 이어갔다.

"그 사람에게 애정이 있죠?"

"그랬죠."

"그러니까 그를 사랑한다는 거로군."

"그래요, 사랑했죠."

"그건 정상이었나요?"

랄릭스는 깜짝 놀라 입을 다물었다.

공작이 말을 이어갔다.

"아가씨가 여전히 그를 사랑한다는 데 걸겠소."

랄릭스가 대답하지 않았다.

"그렇지 않소?"

"그래요."

"그럼, 그건 정상인가?"

랄릭스는 아무런 대꾸도 하지 않았다.

"봐요." 공작이 말했다. "정상인 건 아무것도 없다오."

그가 덧붙였다.

"자! 식사 후에 돌아가서 당신의 그 시드롤랭과 재회하구려. 약속하오?"

"그래요." 랄릭스가 중얼거렸다.

공작은 백작부인을 향해 몸을 돌리더니 그녀에게 말했다.

"알겠소. 그게 그렇게 어렵진 않다니까."

그는 손뼉을 치더니 큰 소리로 외쳤다.

"자, 우린 대짜 순대로 시작하겠소, 급사장, 그다음은 중짜 순대, 급사장, 그다음은 소짜 단 과자들로 마무리하겠소. 이런 거가 바로 연쇄 식사라는 거지. 까짓거 캐비어니, 모스크바에서 온 또다른 요리들도! 그리고 샴페인!"

그리하여 그들은 대짜 소시지, 중짜 소시지, 그리고 소소한 단 과자들을 양껏 먹었으나, 랄릭스는 수송선으로 돌아가고 싶어 조바심이 났다. 커피를 마시고 나자, 그녀는 공작이 아홉 번째 샴페인 병을 즐기는 동안 조심스럽게 물러났다.

밖에서는 말 두 마리가 주차금지 푯말에 묶여 있었다. 지나다가 그 광경을 본 사람들은 잠시 잠깐 구경꾼으로 변했다가 각자의 천성으로 되돌아갔다. 작은 무리를 이룬 치안경찰들 사이에 이러저런 의견들이 조금 오갔다. 그 모든 광경에도 사람들이 많이 모여들지는 않았다. 랄릭스는 그곳에서 주춤거리지 않았는데, 그녀는 스테네스와 스테프를 겨우 아는 정도였으니까. 택시비를 치른 뒤 랄릭스는 담배를 사려고 다리 근처 구석쟁이 비스트로 앞에 내려달라고 했다. 그곳에서는 커플 몇 쌍이 열과 성을 다해 흡반질을 해대고 있었고, 연금술사 몇몇은 본인들의 증류 작업의 정당성을 소형 커피머신이 깨우쳐주기를 기다리고 있었다.

랄릭스는 담배가게에서 나와 강변대로로 접어들었고, 저 멀리에 엄청난 사람들이 모여 있는 게 눈에 띄었는데, 그곳이 가까워짐에 따라 경찰차들과 소방차들이 분간되었다.

"염병할." 그녀가 나지막하게 말했다. "무슨 일이 또 벌어질 수 있다는 거지?"

"짓고 있던 건물이 무너졌어요." 반대편 방향에서 걸어오던 사람이 지나치며 대답을 해줬다. "사람은, 당연히 살지 않았어요. 늘 짓고 있는 중이었으니까. 경비원만 있었답니다. 지금 그 사람을 무너진 건물 더미에서 끄집어내는 중이고요. 내 말이 흥미롭나요?"

"그럭저럭." 랄릭스가 대답했다.

"까다로우시구먼." 그 사람이 쏘아붙이고는 역겹다는 표정으로 멀어져갔다.

대로는 차단 상태였다.

"난 저기 살아요." 랄릭스가 말했다. "수송선에서요."

지나가게 해준다.

그녀는 시드롤랭을 찾는다. 시드롤랭은 수송선에 없다. 그녀는 식당에 앉아 담배에 불을 붙이고 녹색 테이블보를 펼치더니 성공점을 치기 시작한다. 시드롤랭, 그는 강변에 모인 구경꾼들 사이에 끼어 있다. 다른 사람들은 작업중이다. 그러니까 도로를 치우고, 수위를 건물 잔해에서 끄집어내려고 애쓰고, 뉴스와 티비를 위해 촬영한다. 밤기운이 점점 짙어지자 군인들이 탐조등을 갖고 온다. 정말 근사하긴 하나 탐조등은 쓸모가 없을 거다. 드디어 잔해 밑에서 뭔가를, 아주 상태가 좋지 않은 라발란스의 시신을 끄집어낸다. 그의 시신은 그 신속함에 버금갈 만한 신중함으로, 사람들 눈에 띄지 않게 처리된다. 차도가 훤히 뚫리고 차동차들의 운행이 다시 시작되고 구경꾼들은 다른 곳을 구경하러 가고 지나가는 사람들이 새롭게 지나간다. 지나가는 사람들은 늘 그렇듯 드무나, 이제는 야행성이다. 그리고 치안경찰, 소방수, 군인들이 어둠 속으로 멀어져간다.

울타리 쪽문 앞에서, 시드롤랭은 사건사고란에 실릴 만한 그 일련의 작업이 차츰차츰 잦아드는 걸 보고 있다. 그는 몸을 돌리다가 수송선에 불이 켜져 있는 걸 발견했다.

"저런." 그가 나지막하게 말했다. "내 손님들이 돌아온 건가?"

지나가는 사람 그 누구도 그에게 답하지 않았다.

그는 비탈을 내려가 건널판자를 건너 홀로 들어갔다. 랄릭스가 이미 가득찬 재떨이에 담배꽁초를 비벼 끄고 그에게 미소를 지었다.

"잘돼가요, 이번 성공점은?" 시드롤랭이 그녀와 마주앉으며 물었다.

랄릭스는 대답하지 않았다. 그러고는 새 카드를 한 장, 그리고 또다시 한 장을 뒤집더니, 갑자기 손가락 끝으로 이마를 치며 외쳤다.

"내 가방! 수하물보관소에 맡긴 가방을 깜빡했어요!"

"내가 찾아다주죠. 어떤 역인데?"

"걱정 말아요. 제가 내일 아침에 갈게요."

"좋을 대로."

잠시 침묵이 흐른 뒤, 랄릭스가 다시 말했다.

"제가 없는 동안 여러 가지 일이 벌어졌군요."

"오, 그다지 많은 일은 아니에요. 맞은편 건물이 수위 머리 위로 떨어져내렸지요."

"그 쥐덱스 같은 인간은 어떻게 됐는데요?"

"죽었어요."

"그럼 당신은요? 칠 작업은요?"

"난 실직상태."

"어쨌든 내가 없는 동안 제법 일들이 있었군요."

잠시 침묵이 흐른 뒤 시드롤랭이 다시 말문을 열었다.

"가여운 사람."

"대체 누가요?"

"수위."

"왜 가엾죠? 골칫덩이에 살인잔데."

"어쨌든 죽었으니."

"물론 웃을 일은 아니지만 그 사람 없어도 잘들 살 거예요. 그거야 우리 힘으로 어쩔 수 없죠."

그녀가 담배 한 개비를 뽑더니 불을 붙였다. 그러더니 말을 이었다.

"적어도……"

잠시 침묵을 두더니 다시 말을 이었다.

"그게 그렇게 허술한 건축물은 아니었을 텐데, 그 건물 말예요. 혼자서 무너졌을 리가 없잖아요. 안 그래요?"

잠시 침묵이 흐른 뒤 시드롤랭이 대답했다.

"난 칠쟁이지, 건축가가 아니에요."

그는 심각하게 미소를 짓더니 말매듭을 지었다.

"정말로, 우리 힘으로는 어쩔 수 없어요."

랄릭스가 재떨이에 한 모금 빨았을까 말까 한 담배를 비벼 끄더니 말했다.

"저녁 준비하러 갈래요."

"냉장고에 아직 순대가 남아 있어요." 시드롤랭이 말했다. "빵을 사러 갈 용기가 안 나긴 했는데. 다녀올까요?"

"그럴 필요 없어요. 있는 대로 그냥 먹죠."

랄릭스가 일어나서, 카드와 테이블보를 정리한다. 그녀가 문간에 이르자 시드롤랭이 제안한다.

"저녁 먹고 나서 영화관 갈래요?"

둘이 집으로 돌아와보니, 수송선의 갑판에는 말들이, 홀에서는 손님들이 발견됐다. 시드롤랭은 그들이 어찌 된 건지 보러 간다.

"곤란한 일이 생겼어." 공작이 열을 내며 소리를 질렀다. "건물이 붕괴되면서 유개화차가 납작 깔렸다고! 엄청난 이음돌이 그 위에 떨어졌지. 스테네스와 스테프를 선창에 대피시킬 수 없겠소?"

"어찌 해보죠." 시드롤랭이 말했다.

"그게 다가 아닐세." 공작이 여전히 열을 내며 말을 이었다. "석재 몇 개가 떨어져내리면서 내 차동차도 망가뜨렸다네. 완벽하게, 전적으로 쓸 수 없게 됐다고 말할 수 있지. 오늘 오후에는 앙푸아뉴 어머니의 차동차도 고장이 났기 때문에, 이제 우린 어떻게 돌아갈까를 궁리중일세."

"돌아갈 생각이었어요?" 시드롤랭이 물었다.

"그리고 저 사람들은 말이야." 공작이 그 질문은 무시하면서 덧붙였다. "자전거가 작살났다는군."

"오토바이 이인조요." 리팽트 사제가 말했다.

잘 세보니, 시드롤랭은 자신의 손님들이 넷에서 여섯으로 불었다는 걸 알아차렸다.

“아주 뛰어난 운송수단이었는데.” 비로통 예하가 말했다.

“그보다 더 좋을 순 없죠.” 리팽트 사제가 말했다.

“이탈리아제였지.” 비로통 예하가 말했다.

“트렌토에서 샀지요.” 리팽트 사제가 말했다.

“맞아.” 공작이 말했다. “저 둘은 공의회에서 돌아오는 길이오.”

“우린 그곳에서 선사시대 인류의 일신론에 관한 몇 가지 주장을 폈지요.” 비로통 예하가 말했다.

“그들의 동굴벽화가 그 명백한 증겁니다.” 리팽트 사제가 말했다.

“그런데 선생의 약혼녀는?” 공작이 성직자들의 말을 자르면서 시드롤랭에게 물었다. “여기 없소?”

“아니, 아니에요.” 시드롤랭이 말했다. “피곤했는지, 자러 갔어요.”

“이해하오.” 공작이 말했다. “감정적 혼란이지.”

“그렇죠.” 시드롤랭은 그 말 뒤에 서둘러 덧붙였다. “댁의 동물들을 돌보러 가보렵니다.”

그러고는 나갔다.

선창 입구를 치우고 난 시드롤랭은 선 채 생각하는 사람의 자세를 취했는데, 어찌나 오래 그러고 있었는지 그에게 말을 거는 목소리를 듣고야 만다.

“제법 넓은 널빤지를 대기만 하면 돼요. 미끄러져들어갈 테니.”

시드롤랭은 돌아봤다. 다른 그 누구도 아닌 바로 그 두 마리 말이 그를 바라보고 있었다.

"그럼 올라올 때는?" 그가 물었다. "어쩔 건데요?"

"아, 그거야, 도르래와 뱃대끈이 필요하겠죠." 스테네스가 대답했다. "그리고 일정 정도의 힘도. 그 계량 단위는 그 때문에 뉴턴의 이름보다 천 배는 더 우월한 내 이름을 따서 마력이라 불릴 겁니다."

"일단 그 안에 들어가게 되면 계속 머물러야 할지도 몰라요."

"알아서 잘 헤쳐나갈 거면서. 지금으로서는 우린 밖에서 밤을 보내고 싶지 않다는 거죠. 특히나 비가 오기 시작한다면. 안 그래, 스테프?"

시드롤랭이 움직이지 않자, 스테네스가 다시 말을 잇는데 다음과 같았다.

"벌써 밤이 됐네. 잘 찾아보면 보일 거예요. 제법 넓은 널빤지 말예요. 건널판자로 쓰이고 있는 널빤지 같은, 이를테면."

시드롤랭은 스테네스가 자신에게 말해준 대로 했다.

말들이 안전하게 대피하자, 그는 잠자리에 들었다.

XXI

다음날 아침 시드롤랭이 갑판에 나가자, 공작은 닻줄을 부엌칼로 자르고 앙푸아뉴와 성직자들은 장대를 활용해 수송선을 강가에서 밀어내고 있는 모습이 눈에 들어왔다.

"지금 뭐 하는 중인지 알 수 있을까요?" 시드롤랭이 정중하게 물었다.

"집으로 돌아가네." 공작이 대답했다.

시드롤랭이 몇 가지 보충질문을 하려는데, 공작이 그에게 단호하게 말했다.

"그에 대해서는 나중에 얘기하지."

시드롤랭은 머리를 긁적이다가 부엌을 향했고, 그곳에서 한창 순대를 구워대는 랄릭스를 발견했다.

"그런데 말예요." 그녀가 말했다. "우리 여행 가는 건가요?"

"그런 것 같아요."

둘이 더는 아무런 말도 나누지 않았다. 시드롤랭은 그러고는 식당으로 들어갔다. 그곳에서 침묵 속에서 아침식사를 기다리고 있는 부인네와 처자 여럿을 발견했다. 갑판으로 돌아간 그는 자신의 손님이 끝없이 불어나고 있음을 알아차렸다. 공작이 새로 온 사람들을 호명하며 명령을 내려댔다. 마지막 닻줄을 절단하자, 수송선이 강변으로부터 멀어져갔다. 시드롤랭은 휙 몸을 돌려 다시 부엌으로 향했다. 다른 사람들은 그에게 전혀 신경쓰지 않았다. 그가 랄릭스의 팔을 잡고 갑판으로 끌고 나갔다.

서서히 수송선이 강물을 거슬러오르고 있었다. 공작이 키를 잡았는데, 그 일에 엄청난 즐거움을 느끼는 듯했다. 그의 눈에 시드롤랭과 랄릭스가 보트로 내려가더니 밧줄을 풀어버리는 모습이 들어왔다. 그 둘은 곧 강가에 닿았고 사라졌다.

바로 그 순간 비가 쏟아지기 시작했다. 며칠이고 며칠을 비가 내렸다. 안개가 어찌나 자욱하게 끼었는지, 수송선이 앞으로 가는지 뒤로 가는지 아니면 가만히 있는지 알 길이 없었다. 마침내 배가 어떤 성의 망루 꼭대기에 걸렸다. 선객들은 그곳에 발을 디뎠고, 스테네스와 스테프에게는 어려움이 없진 않았다. 둘은 가엾게도 비쩍 말랐고 기력이 없었다. 물은 평소의 물길과 저수조로 물러났고, 다음날 공작이 잠에서 깼을 때는 해가 이미 지평선 위로 높이 걸린 뒤였다. 그가 역사적 정황을 살짝 찔끔 살펴보고저 총안에 다가갔다. 진흙이 대지를 여전히 뒤덮었으나, 이미 여기저기에 자잘한 연푸른 꽃들이 피어 있었다.

저자의 말

중국의 그 유명한 우화 호접몽은 다들 알고 있으리라. 장자 자신이 나비가 되는 꿈을 꾼다지만, 오히려 나비 자신이 장자가 되는 꿈을 꾼 것은 아닐까? 이 소설에서도 마찬가지다. 오주 공작 자신이 시드롤랭이 되는 꿈을 꾸는 걸까, 아니면 시드롤랭 자신이 오주 공작이 되는 꿈을 꾸는 걸까?

175년 간격으로 역사를 가로지르며 등장하는 오주 공작을 따라가보자. 오주 공작은 1264년에 성 루이대왕과 만난다. 1439년에는 대포를 몇 문 구입하고, 1614년에는 연금술사 한 명을 발굴하며, 1789년에는 페리고르지역의 동굴에 들어가서 희한한 활동에 몰두한다. 그러다가 1964년에, 그의 꿈에 나타나 강가에 묶어둔 짐배를 거처로 사용하면서 전적인 무위의 생활을 영위하는 모습을 보여주던 시드롤랭을 드디어 만난다. 시드롤랭으로 말하자면, 그는, 꿈을 꾼다…… 그의 유일한 소일거리는 알 수 없는 누군가가 욕설로 더럽혀놓는 정원 울타리를 다시 칠하는 작업인 듯하다.

본격 추리소설에서처럼 그 미지의 인물이 누구인지가 밝혀지리라. 연푸른 꽃들에 대해서는……

옮긴이의 해제

0. 레몽 크노와 잠재문학작업실*

평생 일천 편에 가까운 시와 열여섯 편의 소설, 그 밖에도 다양한 글을 남겼던 레몽 크노(Raymond Queneau, 1903~1976)는 다방면에서 지적 활약이 눈부셨던 인물이다. 엄청난 독서광이자 영화광이었던 크노는 소설가, 시인, 번역가, 언어학자, 시나리오 작가, 대중가요 작사가, 화가이기도 했고 심지어 클로드 샤브롤 감독의 영화 〈랑드뤼〉(1963)에서는 정치인 클레망소 역을 맡은 배우이기도 했다. 크노는 프랑스수학협회와 난센스논의학회, 유머학회, '쓸모없는 학술 단체'를 표방하는 '콜레주드파타피지크Collège de pataphysique' 등 여러 단체의 회원으로 이름을 올렸는데, 그의 다재다능함을 엿볼 수 있는 대목이다. 또한 크노는 1945년 갈리마르출판사와 플레이아드판 백과전서 편찬에 관한 첫 계약을 체결

* 2008년에 레몽 크노의 『지하철 소녀 쟈지』를 위해 작성했던 옮긴이 글에서 상당 부분 따왔음을 밝혀둔다. 레몽 크노의 삶에서 주요 이정표라고 생각하는 부분들이 그때나 지금이나 다르지 않아서이다.

한 뒤 생을 마감하는 날까지 백과전서 편찬을 책임졌고, 이는 이 인물의 왕성한 지적 호기심을 상징적으로 보여주는 사건이다.

크노는 초현실주의, 참여문학, 누보로망 등 다양한 유파를 알았지만, 그 어느 유파에도 안주하지 않고 실험정신과 유희정신을 원동력으로 삼는 '잠재문학작업실(Ouvroir Littérature Potentielle, 울리포OuLiPo)'의 창설로 나아간다. 대중문화와 순수문학을 오가며 왕성한 창작활동을 폈던 그가 남긴 작품들 가운데에서도 『문체연습*Exercices de styles*』(1947)과 『시 100조兆 편*Cent mille milliards de poèmes*』(1961)은 각기 소설과 시 분야에서 크노 작품세계의 주요 특징인 실험정신과 유희정신의 독특한 결합을 단적으로 보여준다.

이미 여러 권의 작품을 선보였던 크노라는 작가를 처음으로 대중에게 각인시켜준 작품이자 바흐의 푸가로부터 영향받아 구상했다는 『문체연습』은, 어휘, 어조, 문체에 각양각색의 변화를 줘가며 동일한 에피소드를 아흔아홉 번 변주하여 들려주는 아흔아홉 개의 미니소설 모음이다. 책이름에 '100조' 라는 천문학적 숫자가 들어 있는 시집 『시 100조 편』은, 크노가 고도로 복잡한 놀이규칙을 완벽하게 구상했다는 점에서 『문체연습』에서부터 한걸음 더 나아갔다는 평가를 받는 작품이지만, 실제로는 고작 10편의 소네트가 수록된 얄팍한 시집이다. 시집을 열면 14행짜리 소네트 10편이 시행마다 수평으로 가닥가닥 길게 잘린 채 제본되어 있는 파격을 만나게 된다. 독자는 내키는 대로 14개의 시행을 골라 조합하면 운까지 완벽하게 어우러지는 소네트 한 편이 탄생하는 것을 볼 수 있다. '100조', 즉 10의 14승이라는 숫자는 이렇게 해서 만들어질 수 있는 잠재적인 소네트들의 총합이다. 모차르트가 미리 작곡해놓은 272개의 마디에서부터 출발하여 우연성의 원칙에 입각한 곡 제조기를 구상했듯이, 크노 역시 순열조합의 원리에 입각한 시 제조기를 만들어낸 것이다.

『문체연습』으로 이름을 알린 크노는 『지하철 소녀 쟈지 *Zazie dans le métro*』(1959)를 출간하면서 대중적 인기를 확고하게 다지게 된다. 『지하철 소녀 쟈지』는 출간된 지 한 달 만에 5만부가 팔려나갔고, 그 이듬해 루이 말 감독에 의해서 영화로 만들어졌으며, 12개 이상의 언어로 번역됐을 뿐만 아니라 지금까지도 꾸준하게 읽히고 있다. 한국에서는 2008년에 번역되었고, 한국 독자가 처음으로 만난 크노의 소설이기도 하다.

1. 『연푸른 꽃』, 퍼즐

『연푸른 꽃』은 『지하철 소녀 쟈지』로 예상치 못한 대중적 인기를 누리며 '쟈지의 아버지'라는 호칭까지 얻게 된 크노가 그로부터 6년의 시간이 흐른 뒤 13번째로 펴낸 소설이다. 크노는 그의 작품 인생 후반부를 장식하는 이 소설에서 무르익을 대로 무르익은 거장의 솜씨를 유감없이 발휘하여, 구성은 치밀하고 내용은 풍성하며 등장인물 각각이 생생하게 살아 움직이는 매혹적인 허구 세계를 독자에게 선사한다.

이 소설의 특이한 서사구조는 두 주인공 오주 공작과 시드롤랭, 이들 각자의 꿈과 현실이 변주되며 펼쳐지는 이중주를 통해 1장에서부터 단박에 드러난다. 오주 공작은 잠이 들면 어김없이 꿈속에서 시드롤랭의 현실을 보게 되고, 낮잠이 하루의 주요 일과인 시드롤랭 역시 꿈속에서 오주 공작의 현실을 본다. 오주 공작은 여덟번째 십자군 원정을 꾀하는 성 루이 대왕이 통치하던 시절(1264년)의 봉건영주로 처음 모습을 드러낸 뒤(1장에서 4장까지), 샤를 7세가 통치하는 1439년으로(5장에서 8장까지), 그러고는 루이 13세를 대신해 마리 드 메디치가 섭정을 펼치는 1614년으로(9장에서 12장까지), 그다음에는 루이 16세의 폐위를 몰고 온 대혁명의 해인 1789년으로(14장에서 17장까지), 그리고 마침내 드골이 통치하는 1964년으로(18장에서 20장까지) 건너뛰어 시드롤랭이 살고 있고 작가인 크노가 이 작품을 집필하던 시점인 현대로 온다. 이렇게 서로의 꿈이 상대방의 현실인 두 주인공은 마침내 꿈과 현실이 겹쳐지는 순간을 맞이하게 된다.

크노는 「소설의 기술Technique du roman」에서 전통적으로 소설이라는 장르의 장점이자 특성으로 여겨오던 소설의 무정형성에 대한 반감을 드러낸다. "그 누구든, 너른 들판 펼쳐지듯 한정 없이 넘어가는 페이지들을 가로지르며 실재할 법한 수많은 인물을 거위 떼 몰듯 몰고 갈 수 있다. 어찌됐든 그 결과물을 소설이라고 하리라…… 나로서는 그처럼 되는 대로의 진행 앞에 숙이고 들어가지는 못할 듯싶다." 이야기가 막히면 새로운 등장인물로 돌파구를 마련하는 엉성한 구성의 소설을 거위 떼가 끝없이 지나가는 너른 들판에 빗댄 이 비유에는 마치 방만한 구성이 소설이라는 장르의 특권인 듯 착각하는 경향에 대한 놀림이 넘실댄다. 숫자에 민감한 독자들은 눈치를 챘겠지만, 거위 몰이꾼이 될 생각이 전혀 없고 언어놀음만큼이나 숫자놀음에도 푹 빠져 있는 크노는 오주 공작 앞에 그가 밟고 올 역사의 징검돌들을 정확하게 175년 간격으로 놓아준다.

크노는 소설도 시와 마찬가지로 형식에 제약이 가해질 때 오히려 그 형식을 넘어서기 위해 작가가 자신의 역량을 최대한으로 끌어올린다고 생각한다. 어쩌면 그는 정형시에 버금갈 정형소설을 꿈꿨을지도 모른다. 크노는 A-B-B-A의 구조를 보여주는 정형시처럼 오주 공작이 성의 망루에서 역사적 정황을 살펴보는 장면을 이 소설의 시작과 끝에 배치한다. 이렇듯 소설의 시작과 끝이 맞물리는 수미상관의 탄탄한 구조는 오주 공작이 끈질기게 물어보는 역사에 관한 질문과 맞아떨어지면서 내용과 형식의 절묘한 어우러짐을 제공한다. 중세로부터 성큼성큼 현재를 향해 다가오는 오주 공작의 행보는 선조적線條的 시간의 흐름을 쫓는가 싶다가도, 시작과 끝이 맞물리는 이야기 구조는 순환의 시간을 보여주는 듯하다. 그러다가도 같은 듯 달라진 대단원의 풍경에 생각이 미치면, 어쩌면 역사의 시간은 나선형을 그리며 흘러간 것이 아닐까라는 생각이 불현듯 든다.

크노는 이렇게 치밀하고 복합적인 서사구조를 견고하게 짜 놓고서, 그러한 바탕 위에 단어, 대화, 장면 등 다양한 층위에서 조금씩 변주되며 반복되는 요소들을 촘촘히 배열한다. 야영장이 어디인지를 묻는 이방인들과 시드롤랭의 만남이 반복되고, 시드롤랭이 지나가던 이와 뜬금없는 대화를 나누고 있으면 어김없이 어디선가 '얼추 사제'가 나타나는 일이 되풀이

되고, 심지어 사위와 딸들은 텔레비전을 짐배에 들일지 말지의 문제에서부터 출발해 역사란 무엇인가를 반복적으로 논하다가 자신들이 동일한 대화를 반복하는 것 아니냐는 질문을 스스로에게 제기하기까지 한다.

크노가 즐겨 사용하는 반복의 수사법은 정형시의 운과 같은 효과를 담당하여 소설 전체에 일종의 리듬감을 부여하는 동시에, '데자뷔déjà-vu'의 불안감을 자아내기도 한다. 동일 장면을 거리낌 없이 뻔뻔하게 반복하는 작가를 보며 웃음을 흘리다가 불현듯 막연한 불안감에 이미 읽은 부분을 다시 읽고 있는 것은 아닌지를 확인했던 독자라면, 반복되는 순간들이 예사롭게 다가오지만은 않을 것이다. 이렇게 독서의 흐름이 끊어지는 순간, 흘러간 줄 알았던 순간을 되살게 하는 크노의 의도적 반복은 서사 장르가 전통적으로 표방해오던 시공간 지표의 확실성에 균열을 일으키는 쐐기 구실을 톡톡히 해낸다.

가벼움과 진중함의, 쾌활함과 씁쓸함의 갈마듦이 어지러울 정도인 이 소설에서, 크노가 줄곧 붙잡고 가는 또하나의 묵직한 주제는 바로 꿈이다. 오주 공작과 시드롤랭 각자의 꿈과 현실의 교차가 전체적 얼개를 이루고 있는 이 작품에서 유일하게 오주 공작의 이야기만으로 채워진 13장을 제외하면 나머지 장에서는 꿈과 현실 사이의 넘나듦이 반드시 한두 번은 발생한다. 그런데 그 넘나듦의 순간은 모호하다. 꿈과 현실이 밤과 낮처럼 서로의 반쪽임을 보여주듯, 그 둘 사이에 선명한 경계를 긋기란 불가능함을 보여주듯.

"그는 대꾸하지 않는다. 갑판 위에서는 장의자가 주인을 기다리고 있다. 그가 얼굴을 손수건으로 덮자, 어느 결에 그의 앞에 수도의 성벽이 솟아나니, 수도까지의 여정이 얼마나 걸렸을지는 내 알 바 아니다." 수도의 성벽이 잠이 든 시드롤랭의 눈앞에 솟아났다는 말인가, 아니면 오주 공작이 잠이 든 채 말에 실려 어느새 수도의 성벽이 보이는 곳에 당도했다는 소린가? "시드롤랭은 대답하지 않는다…… 그러고는 회향주 세 잔 반을 마시고 잠자리에 누워 잠이 든다. 그는 매머드, 진짜 매머드를 마주하고 있다.// 오주 공작은 냉정하게 짐승을 판단한다."(본문 114쪽) 이 '그'라는 삼인칭 대명사는 실제로 매머드와 마주친 오주 공작인가, 아니면 꿈에서 매머드를 보고 있는 시드롤랭인가? 이처럼 모호한 대명사 앞에서 독자는 머뭇거릴 수밖에 없다. 하지만 이러한 모호성이 꿈과 현실의 전환 장면에서 반복됨에 따라 의도적임이 드러나게 되면, 이제 모호성의 정체를 밝히려던 노력은 모호성의 의미에 대한 성찰에 자리를 내주게 된다.

크노는 시드롤랭의 꿈-현실과 오주 공작의 꿈-현실 사이에는 단속성이 아니라 연속성이 존재함을 알려주고 싶었던 것이 아닐까? 이러한 연속성은 두 인물의 감각 공유를 통해서도 확연히 나타난다. 시드롤랭이 형편없는 음식을 먹으면 오주 공작도 같이 입맛을 버리며 꿈에서 깨곤 하지 않던가? 결국 모호한 대명사나 감각 공유, 혹은 두 주인공의 삶이 노정하는 공통점 등은 꿈과 현실의 경계짓기를 거부하는 효과적인 문학적 장치이리라. 사실 크노가 『연푸른 꽃』의 독자를 위해 작성한 짤막한 서문에 등장하는 호접지몽도, 제사로 사용된 플라톤의 『테아이테토스』의 한 구절 "그럼 자네 꿈 대신 내 꿈을 들어보게"도, 모두 이 연속성 안에서 퍼즐의 한 조각처럼 제자리를 찾게 된다.

크노는 자신의 소설이 양파 같기를 원했다. 독자가 작가가 여기저기 흘려놓은 단서들을 찾아내어, 양파처럼 겹겹의 이야기를 품고 있는 자신의 소설을 종횡무진 훑고 다녀주기를 바랐다. 사실 「작품 해설」이란 종류의 글에 대해 일반적으로 품고 있을 기대치를 충족하려고 이 작품의 주요 테마인 역사와 꿈을 중심으로 이야기를 풀어놨지만, 『연푸른 꽃』을 읽어내는 방식 혹은 즐기는 방식은 거의 무한정이다. '엄근진'(크노라면 이런 신조어에 반색을 표하리라) 독자라면 이 만화경 같은 작품을 진지한 주제를 중심에 놓고 읽어나가겠지만, 크노가 창조한 맹랑한 계집아이 '쟈지'의 추종자들이라면 그 꼬맹이를 본떠, '꿈? 역사? 그런 건 엿이나 먹으라지'를 외치며 다른 종류의 즐거움을 기세 좋게 찾아낼 것 같다. 사실 이 소설에는 곳곳에 크노 특유의 유머가 도사리고 있다.

몇 가지만 말해보자면, 루이성왕이 오주 공작에게 내린 처벌이 전달되는 심각한 장면에 뜬금없이 등장하는 현란한 사칙연산이 그렇고, 그 어떤 모자도 "정사각형이자 준準 원형에 난형"으로 존재할 수 없는데도 그러한 모자에 대해 진지하게 나노단위의 묘사를 이어가는 능청스러움도 그렇고, 이 능청스러움 뒤에 숨은 크노 나름의 누보로망에 대한 유머러스한 오마주도 그렇다. 하지만 이러니저러니 해도 오주 공작과 그의 애마 두 마리가 펼치는 앙상블만 할까. 역사소설인 양 시작했다가 곧바로 역사적 지식과 덜떨어진 말장난을 뒤섞으며 색다른 허구의 세계로 독자를 인도한 크노는 오주 공작이란 전무후무한 캐릭터를 창조해냈다. 이 인물은 소설의 주인공이긴 하나 영웅의 모습과는 거리가 멀다. 종교, 왕권, 그 어떤 대의명분 앞에서도 주눅들지 않으며, 이성의 소리만큼이나 본능의 소리에도 아낌없이 귀기울이고, 척하면 인육 섭식을 들먹이며 무지막지한 언행을 선보이나 그 뒤에서 언뜻언뜻 내비치는 것은 뜻밖의 통찰력이다. 오주 공작이 그 어느 인간보다도 높이 사는 두 마리의 말 스테프와 데모 역시 주인만큼이나 범상치 않다. 인간의 언어를 이해하는 것을 넘어서서 인간의 언어를 능란하게 구사하며 어리석은 인간을 골탕 먹이는 짓궂음도 간간히 보여주지만, 라틴, 고전 문학에 능통할 뿐만 아니라 유머와 지식, 나아가 지혜까지 겸비한 말들이다. 이 삼인조의 여행을 쫓아다니며 그들의 대화만 엿들어도 책 읽는 재미가 쏠쏠하리라.

2. 번역, 노동과 유희 사이

번역에 관한 이야기를 잠깐 하겠다. 크노는 번역계에서는 악명이 높은 작가다. 따라잡기 버거운 그의 백과전서에 버금가는 지식은 제쳐두고라도 말장난투성이인 텍스트와 맞붙어야 하기 때문이다. 말장난의 대원칙은 유사한 소리의 어우러짐에서 생겨나는 독특한 효과다. 그런데 언어가 달라지면 그러한 효과는 당연히 사라지고 만다. 이제 번역가는 완전히 달라진 언어의 토양 위에서 새로운 방식으로 동일한 효과를 창출해야 한다.

움베르토 에코는 크노의 『문체연습』을 번역하고 난 뒤, 대부분의 작품들이 원작에서 번역작품으로 갔다가 번역작품에서 원작으로의 다시 돌아감이 가능하다면, 『문체연습』의 경우 일단 원작에서 번역작품으로 넘어가고 나면 번역작품에서부터 출발해서 다시 원작으로 돌아가기는 불가능하다는 의견을 남겼다. 그 이유는 쉽게 짐작할 수 있다. 번역과정에 번역주체의 적극적 개입이 절대적으로 필요했기 때문이다.

『연푸른 꽃』을 화려하게 수놓는 수많은 말놀이들을 번역하는 일 역시 마찬가지였다. 말놀이를 구성하는 글자들을 곧이곧대로 옮겨놓고 더이상 말장난이 아니게 된 말장난을 설명하는 주를 달며 독자에게 프랑스어를 가르칠 일은 아니었다. 크노가 말장난을 던지며 웃고 놀자고 청하는데 중간에서 정색한 번역가가 독자에게 무겁고 재미없는 주를 한가득 안겨줄 수는 없지 않은가. 그래서 우리는 따로 또 같이 놀았다. 크노는 자신의 모국어인 프랑스어로, 번역가는 번역가의 모국어인 한글로. 그런 까닭에, 더 재미있게 놀 수 있는데 왜 그 정도밖에 못 놀았느냐는 꾸짖음은 내켜 하지 않으며 받겠지만 왜 놀았느냐는 꾸짖음은 반사(한번 더, 크노는 이런 신조어를 만나면 반색을 했으리라 주장해본다)!

어쨌든 『연푸른 꽃』으로 처음 크노의 작품을 접하는 독자를 위해 간단히 크노의 언어유희를 소개하겠다. 라틴어, 희랍어, 이탈리아어, 독일어, 어설픈 영어, 심지어는 인공언어까지 총동원하여 언어의 향연을 펼치고 있는 이 소설에서도 역시 기발한 언어곡예가 넘쳐난다. 우선, 글말에 맞서 입말에 힘을 실어주고 싶어했던 크노는 이 작품에서도 '말쏘리 철짜뻡'을 실천한다. "어디서이케써근내가나"로 포문을 열었던 『지하철 소녀 쟈지』에서 보이던 표현들이 ("입따무러꼬" 등등) 이 작품에서 그대로 다시 등장하기도 한다. 번역에 띄어쓰기, 철자법을 무시한 표현들이 보이는 이유다. 이 작품에는 시쳇말로 '아재개그'라 할 만한 유치하고 시답잖은 말장난에서부터 (첫 페이지를 장식하는 덜떨어진 말장난들) 기존 단어를 살짝 비튼 신조어 만들기나 (들어본 듯하나 존재치 않는 국가 "루머니아"나 "잔나비아" 등) 초성이나 음절 바꿔치기처럼 일상의 흔한 말실수를 활용한 말장난을 비롯해 (맞는 듯 맞지 않은 "천개번둥" 등) 언어적·문화적 박식함을 전제로 하는 고급 말장난에 이르기까지 가능한 온갖 종류의 언어유희가 총망라되어 있다. 이 허구의 세계에 입장한 이상, 그저 긴장을 풀고 한데 어우러져 놀다 가기를 바란다.

이 작품의 원제는 'Les fleurs bleues'다. 글자 그대로 옮기자면 '푸른 꽃'이다. 작품의 처음과 끝에 등장하며 제목으로도 사용된 이 표현이 워낙 수수께끼 같아서 비평가들 사이에서도 해석이 구구하다. 프랑스어로는 이 표현이 감상주의에 대한 비유로 쓰이니만큼, 영웅과는 거리가 먼 주인공 시드롤랭의 소박하고 수줍은 사랑을 넌지시 가리킨다고 보는 의견도 적잖다. 그런가 하면, 작품 말미에서 대홍수가 휩쓸고 지나간 뒤 피어난 자잘한 꽃들이 작품 첫머리에서 언급된 대규모 역사적 사건들이 벌어졌던 바로 그 장소를 뒤덮어버림으로써, 역사의 무게중심을 거창함에서 일상의 소소함으로 옮겨갔음에 주목하는 이들도 있다. 그리고 제목 번역과정에 영향을 미친 또다른 요인으로, 크노의 소설 『뤼에이로부터 멀리 *Loin de*

Rueil』(1944)의 한 구절, "높이 자라나지 않으며 아주 연한색의", 그리고 물론 푸른색인 "잔꽃 물결"이라는 구절을 들 수 있겠다.

위의 해석들을 고려하여 제목을 '푸른 꽃'이 아닌 '연푸른 꽃'으로 정했다. 푸른색이 갖는 서슬, 기상, 깊이보다는 연푸른색이 갖는 부드러움, 수줍음, 소박함의 이미지가 작품 전체의 해석과 보다 잘 어울린다는 판단에서였다.

3. 독자는 이미 성이 났을까?

글을 마무리하기에 앞서 이 작품의 편집을 맡아준 송지선 편집인에게 감사를 전한다. 번역가에게 할애된 이 공간에 『연푸른 꽃』의 첫 독자로서 번역가 편에 서주고 이 작품의 색깔을 선명히 살려준 편집인의 이름을 꼭 남기고 싶었다. 크노처럼 개성이 강한 작가의 튀는 작품일 경우, 작품의 성격을 완벽하게 파악하고 번역가의 의도를 속속들이 헤아려주는 편집인을 만나는 행운을 늘 누릴 수 있는 것은 아니다.

작품해설 쓰는 일은 늘 재미없는 숙제인지라 꾸역꾸역 써내려간 이 글을 마음에 쏙 드는 다음의 구절로 매듭짓겠다.

"왜 독자에게 일정 정도의 노력을 요구하지 않을까? 그에게는 언제나, 뭐든지, 다 설명해준다. 자신을 그다지도 함부로 다루는 모습에 끝내 성이 나고 만다, 독자는."

크노가 초기에 펴낸 소설 『석상*Gueule de pierre*』(1934)을 소개하며 남긴 말이다.

레몽 크노 연보

1903년	2월 21일 프랑스 북부 르아브르에서 아버지 오귀스트 크노와 어머니 조제핀 미뇨의 독자로 태어남.
1914년	독서목록 작성을 시작하여 평생 이 일을 게을리하지 않음.
1919년	라틴어와 그리스어를 선택하여 1차 바칼로레아를 통과함. 이 해에 프루스트를 발견하고, 체스와 당구를 배움.
1920년	2차 바칼로레아 통과함.
1920~1924년	파리 소르본대학에 철학으로 입학해 문학과 수학을 전공하다 다시 철학과 심리학을 공부하여 수료증을 획득함.
1924년	초현실주의그룹과 어울리나, 자동기술법이나 극좌파 정치 성향의 초현실주의자들과는 거리를 둠. 대다수 초현실주의자들과 마찬가지로 정신분석학에 관심을 가졌으나, 자신의 창조적 작업을 위해서라기보다는 미셸 레리스, 조르주 바타유, 르네 크르벨 등과의 개인적 친분이 작용해서였음.
1925년	학사 학위 취득
1925~1926년	알제리, 모로코 등지에서 군복무함. 스탈린을 지지하는 초현실주의자들과는 거리를 두었으나, 여전히 앙드레 브르통은 물론 브르통과 결별한 시몬 칸과도 연락을 주고받음.

1928년 일명 '샤토 거리의 모임'에 속한 자크 프레베르, 이브 탕기, 마르셀 뒤아멜 등, 초현실주의의 이탈자들과 교류함. 시몬 칸의 여동생 자닌 칸과 결혼함. 그림을 그리기 시작함.

1929년 앙드레 브르통이 2월 회합에 크노와 1924년부터 친하게 알고 지냈던 레리스, 롤랑 튀알 등을 초대하지 않자 그와 결정적으로 사이가 멀어짐. 3월 11일 레온 트로츠키와의 대담 자리에 서기관 대리로 동석함.

1930년 크르발, 엘뤼아르, 아라공, 브르통이 프랑스공산당 당원으로 합류하자, 크노는 바타유, 레리스, 프레베르, 카르펜티에르, 바롱, 데스노스, 비트락 등이 공동으로 참여한 반브르통주의자 팸플릿 『한 송장*Un cadavre*』 집필에 합류함. 바타유, 레리스 등과 민주공산주의 서클에 가담해 1933년까지 보리스 수바린이 이끄는 기관지 『라 크리티크 소시알』에 짧은 서평을 몇 년간 실었고, 일례로 바타유와 공동으로 「헤겔 변증법의 기초 비판」을 기고함. 레몽 루셀을 읽으며 "수학자의 열정과 시인의 합리성"을 결합한 상상력에 찬탄을 보냄.

1932년 초현실주의와 결별한 뒤, 철학자 알렉상드르 코제브와 알렉상드르 코리에, 종교역사학자 샤를앙리 퓌에크의 강의를 수강하고, 정신분석을 받는(1932~1939) 한편, 수학에 깊은 관심을 가짐. 여름부터 가을까지 그리스를 여행함.

1933년 첫 소설 『잡초*Le Chiendent*』를 발표함. 이 작품의 애호가들이 제정한 제1회 되마고상을 수상함.

1934년 독자 장마리 태어남. 『석상*Gueule de pierre*』을 발표함.

1936년 자전소설 『마지막 나날들*Les Derniers jours*』을 발표함. 일간지 『랭트랑지장*L'intransigeant*』에 글을 기고함.

1937년 운문소설 『떡갈나무와 개*Chêne et chien*』를 출간함. 소설 『오딜*Odile*』을 발표함. 이 작품 속 인물 작셀의 모델은 루이 아라공이라고 함.

1938년 『진흙의 아이들*Les Enfants du limon*』을 발표함. 갈리마르출판사의 도서검토 일을 맡음. 파리에 머물던 헨리 밀러와 『볼롱테*Volontés*』 잡지를 창간함.

1939년 이차대전 발발로 8월 말에 군에 징집당해 11개월 후에 제대함. 이후 그와 그의 가족들은 생레오나르드노블라에 있는 화가 엘리 라스코와 함께 생활함. 『지독한 겨울*Un Rude hiver*』을 발표함. 갈리마르출판사에서 내내 일하며 1956년까지 플레이아드총서 발행을 총괄함. 틈틈이 에콜누벨드뇌유에서 학생들을 가르침.

1941년 『뒤죽박죽 날씨*Les temps mêlés*』를 발표함. 갈리마르출판사 사무국장이 됨. 독일 점령하에서 친독 성향을 띠게 된 『누벨 르뷔 프랑세즈*N.R.F.*』의 협력 요구를 거절함.

1942년 『내 친구 피에로*Pierrot mon ami*』를 발표함. 시 「네가 이런 생각이라면Si tu t'imagines」을 발표함. 이 시는 1946년 『운명의 순간』에 묶여 출간되며, 1949년에는 장폴 사르트르가 노래로 만들어볼 것을 권유하여 조제프 코스마가 작곡하고 쥘리에트

그레코가 노래를 불러 폭발적 인기를 누림.

1943년 시집 『눈-물*Les Ziaux*』 출간.

1944년 『뤼에이로부터 멀리*Loin de Rueil*』 『도중에*En passant*』를 발표함. 항독 문인단체 전불작가위원회 간부가 됨. 레지스탕스 기관 국민전선Front National 산하의 잡지 『프롱 나시오날』에 협력하는 한편, 항독 지하잡지들에 기고함.

1945년 해방 후 파리의 명사, 생제르맹데프레의 유명 인사가 됨. 향후 약 15년간 수많은 심사위원회, 강연회, 영화계 행사 등에 참여함.

1946년 시집 『운명의 순간*Instant fatal*』을 출간함.

1947년 대표작 『문체연습*Exercices de style*』을 발표해 대중에게 널리 알려짐. 시집 『목가*Bucoliques*』를 출간함. '살리 마라'라는 가명으로 소설 『여자들에게 늘 너무 친절해*On est toujours trop bon avec les femmes*』를 출간함. 르네 클레망과 볼테르의 『캉디드』 영화화를 위한 각색 작업을 하나 촬영은 하지 못함.

1948년 프랑스수학협회 회원이 됨. 소설 『성聖 글랭글랭*Saint-Glinglin*』을 발표함. 생제르맹데프레에서 사르트르를 위시한 실존주의자들의 활동에 참여함.

1949년 파리의 한 갤러리에서 수채화 작품들(1928~1948)을 전시함. 이브 로베르가 만든 연극 〈문체연습〉이 무대에 올라감.

1950년 소설 『살리 마라의 내면일기*Le Journal intime de Sally Mara*』를 발표함. 시집 『휴대용 우주형성소론*Petite cosmogonie portaitve*』을 출간함. 비평에세이

집 『선, 숫자, 그리고 글자*Bâtons, chiffres et lettres*』를 출간함. 콜레주드파타피지크그룹에 들어가 총수가 되고, 롤랑 프티가 이끄는 파리발레단과 미국 여행을 함. 시나리오작가이자 감독이자 주연으로 참여한 단편영화 〈다음날Le lendemain〉을 발표함. 이 영화는 안타깝게도 지금은 유실되고 없음.

1951년 아카데미공쿠르 회원으로 선출됨. 이듬해에는 유머학회 회원으로도 선출됨. 다큐멘터리 단편들 〈산수Arithmétique〉에서는 작가로, 〈생제르맹데프레〉에서는 작가 및 해설자로 참여함.

1952년 『인생의 일요일*Le dimanche de la vie*』을 발표함. 리오네, 보리스 비앙 등과 공상과학애호가 모임을 창설함.

1953년 다큐멘터리 단편 〈샹젤리제〉 작가 및 해설자로 참여함. 나이지리아 소설가 아모스 투투올라의 『야자주 술꾼』을 번역해 출간함. 1930년대 사르트르, 바타유, 메를로퐁티 등과 함께 알렉상드르 코제브의 문하생이었던 크노는 추후에 헤겔의 『정신현상학』에 대한 코제브의 강의록을 편집해 출간함.

1954년 시나리오작가로 참여한 르네 클레망의 영화 〈리푸아 씨Monsieur Ripois〉가 개봉함.

1955~1957년 칸영화제 심사위원으로 활동함. 틈틈이 르네 클레망의 영화 〈제르베즈〉의 노래가사를 쓰거나 루이스 부뉴엘의 영화 〈이 정원에서의 죽음La mort en ce jardin〉의 대사를 쓰며 멕시코를 여행하는가 하면 잉그마르 베르히만의 〈어느 여름날의 미소〉 프랑스판 대사를 번역하기도 함. 앙케트 결과를 책

으로 묶은 『이상적인 도서관을 위하여*Pour une bibliothèque idéale*』를 출간함.

1958년 다큐멘터리 단편 〈뱅뱅Bang Bang〉 작가이자 해설가로 참여함.

1959년 소설 『지하철 소녀 쟈지*Zazie dans le métro*』를 발표하여 큰 성공을 거두며 블랙유머상을 수상했고, 연극으로도 만들어짐. 다큐멘터리 단편 〈스티렌의 노래Le chant du Styrène〉 작가이자 해설자로 참여함.

1960년 수학자와 문인들로 구성된 실험문학 단체 울리포(잠재문학작업실) 그룹을 창단함. 루이 말이 감독하고 크노가 시나리오작가로 참여한 영화 〈지하철 소녀 쟈지〉가 개봉됨.

1961년 『시 100조 편*Cent Mille Milliards de Poèmes*』을 출간함.

1963년 에세이 『변邊들*Bords*』을 발표함. 시나리오작가이자 극중 정치인 조르주 클레망소로 참여한 〈랑드뤼Landru〉를 집필함.

1965년 『연푸른 꽃*Les Fleurs bleues*』, 시집 『만돌린을 연주하는 개*Le chien à la mandoline*』를 발표함.

1966년 에세이 『표본 역사*Une histoire modèle*』를 출간함.

1967년 『인생의 일요일』 소설을 대본화함. 시집 『거리를 달리다*Courir les rues*』를 출간함.

1968년 시집 『들판을 쏘다니다*Battre la campagne*』, 소설 『이카로스의 비상*Le Vol d'Icare*』을 출간함.

1969년 시집 『파도를 가르다*Fendre les flots*』를 출간함. TV 시리즈물 대본 작업은 꾸준히 이어감.

1972년	아내 자닌 칸이 사망함.
1973년	자닌에게 헌정한 『그리스 기행*Le Voyage en Grèce*』을 발표함. 울리포 공저 『잠재문학*La littérature potentielle*』을 출간함.
1975년	시집 『기본 윤리*Morale élémentaire*』를 출간함.
1976년	10월 25일 사망함. 파리 외곽 에손에 있는 쥐비지 쉬로주 묘지의 부모의 무덤 옆에 묻힘. 수학자로서의 면모가 발휘된 『다비트 힐베르트풍의 문학 기초*Les fondements de la littérature d'après David Hilbert*』가 출간됨.
1980년	〈내 친구 피에로〉 TV 영화로 방영됨.
1981년	중편소설과 단편 텍스트 모음집 『콩트와 이야기*Contes et propos*』가 출간됨.
1986년	『일기 1939~1940*Journal 1939~1940*』가 출간됨.
1989년	플레이아드총서로 『전집』 1권, 2002년에 『전집: 소설들 1』 2권, 2006년에 『전집: 소설들 2』 3권이 나옴.
1996년	『일기 1914~1965*Journaux 1914~1965*』가 출간됨.

연푸른 꽃

초판 인쇄 2019년 3월 15일
초판 발행 2019년 3월 27일

지은이 레몽 크노
옮긴이 정혜용
펴낸이 염현숙

기획 및 책임편집 송지선
편집 김영옥 고원효
디자인 최윤미 최미영
마케팅 정민호 이숙재 양서연 안남영
홍보 김희숙 김상만 이천희
제작 강신은 김동욱 임현식
제작처 한영문화사(인쇄) 경일제책사(제본)

펴낸곳 (주)문학동네
출판등록 1993년 10월 22일 제406-2003-000045호
주소 10881 경기도 파주시 회동길 210
전자우편 editor@munhak.com
대표전화 031) 955-8888 | 팩스 031) 955-8855
문의전화 031) 955-3578(마케팅) 031) 955-2686(편집)
문학동네카페 http://cafe.naver.com/mhdn
문학동네트위터 @munhakdongne
북클럽문학동네 http://bookclubmunhak.com

ISBN 978-89-546-5568-2 03860

www.munhak.com